Koorts

Ibiza

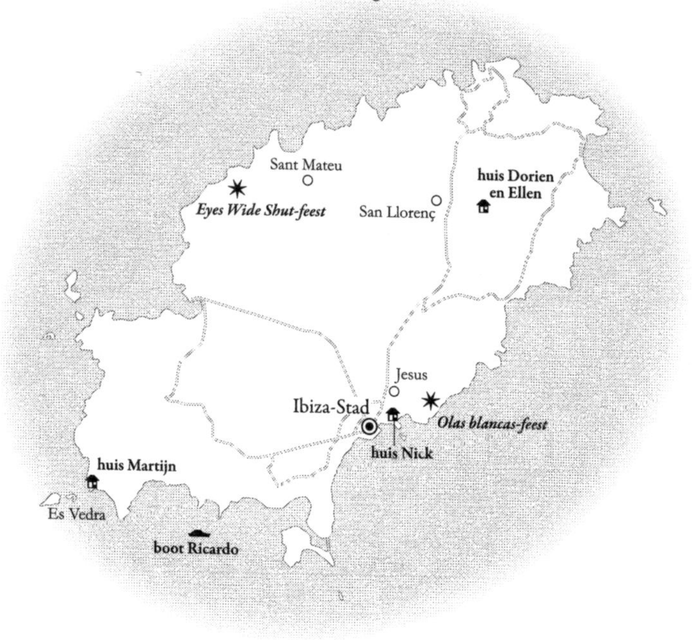
Sant Mateu
Eyes Wide Shut-feest
San Llorenç
huis Dorien en Ellen
Jesus
Ibiza-Stad
Olas blancas-feest
huis Nick
huis Martijn
Es Vedra
boot Ricardo

Saskia Noort

Koorts

Anthos | Amsterdam

Deze roman is fictie. Alle namen, personages, plaatsen en gebeurtenissen zijn ontsproten aan de verbeelding van de auteur of fictief gebruikt. Elke overeenkomst met ware gebeurtenissen of bestaande personen berust op toeval.

MIX
Papier van verantwoorde herkomst
FSC® C013683

Eerste druk november 2011 (paperback)
Tweede druk november 2011 (gebonden)

ISBN 978 90 414 1766 4 (gebonden)
ISBN 978 90 414 1607 0 (paperback)

Omslagontwerp Marry van Baar

Verspreiding voor België:
Veen Bosch & Keuning uitgevers n.v., Antwerpen

Freedom is just another word for nothing left to lose.

– Janis Joplin, 'Me and Bobby McGee'

Who's to say what a 'literary life' is? As long as you are writing often, and writing well, you don't need to be hanging-out in libraries all the time.

Nightclubs are great literary research centers. So is Ibiza!

– Roman Payne, *Cities & Countries*

Voor mijn woordkunstenaar Frans

Het is de snijdende pijn die het eerst tot me doordringt. Alsof er hete breinaalden door mijn hersenen gaan. Een ondraaglijke druk op mijn ogen, die ik probeer te openen. Even weet ik niets, behalve dat ik in het water lig, dat ik naar boven moet, dat mijn hoofd op ontploffen staat. Mijn mond opent zich en er golft zout water naar binnen. Ik hoest. Het prikkelt mijn neus, mijn ogen en het schrijnt tussen mijn benen. Mijn benen spartelen. Mijn armen maaien. Om me heen is het zwart. Vanbinnen ook. Ik weet niets. Ik ben hol. Een omhulsel. Ik drijf in de leegte. Misschien verdrink ik. Misschien maakt dat me niet meer zoveel uit.

Voor leven is kracht nodig. Voor overleven nog meer. Zo zachtjes dobberend weg te glijden, me over te geven aan de rust, het is een aantrekkelijk idee. Met moeite open ik mijn ogen weer. Dit lichaam leidt een eigen leven. De armen en benen bewegen vanzelf, net genoeg om het hoofd een stukje boven water te houden.

In de verte klinkt dof gebonk. Ergens aan de kust is een strandfeest. Zoals er hier altijd en overal feesten zijn. De lucht is inktzwart en bezaaid met stralende sterren. Ik ben zo moe. Mijn adem schuurt langs mijn luchtpijp. En ik heb het koud. Mijn huid voelt aan als rubber en mijn kaken klapperen vanzelf. Even laat ik het gaan en verdwijn helemaal in het zwarte zoute water. Dit is mijn einde. Het einde van een onbetekenend bestaan. Ik heb geprobeerd er iets van te maken en dat bracht me hier. Karma. Het lot. Het is goed.

De dag zal aanbreken, zegt een stem in mijn hoofd. Ik ben alleen. Alleen met die formele stem die mijn ledematen aandrijft en zegt dat ik het niet mag opgeven. Daar gaan we weer, naar boven. Happen naar adem, door de pijn heen, ik geef maar niet op. De voeten die rondgaan, ondanks de kramp, de tenen die lijken te graaien.

Ik ben niet alleen. En ik heb veel op te lossen. Er wacht een leven, nieuw leven, daar in de verte, achter die duistere rotsen. Met hernieuwde kracht beweeg ik me voort. Ik laat alles los. Het is goed. Ik heb het gered. Ik weet waar ik vandaan kom, ik weet waar ik naartoe ga. Ik ben er nog. Ik ga het redden. Alleen of niet alleen, het maakt allemaal niets meer uit. Ik heb mezelf.

Er klinkt geschreeuw. Vlak bij mij. Dan plonst er iets. Ik draai me om, alles is wazig. Ineens lijkt het alsof ik onder water word gezogen. Twee stevige armen omklemmen mijn middel en ik heb de kracht niet meer me te verzetten. Zo licht als een veertje voel ik me, mijn bloed suist bruisend en bubbelend als champagne in mijn hoofd. Ik geef het op. Ik geef me over. Eindelijk. Ik heb er alles aan gedaan.

De meisjes dansen traag. Eigenlijk is het niet meer dan wiebelen wat ze doen, denkt hij. Waardeloos zijn ze. Oost-Europees restmateriaal. Hij klapt in zijn handen en fluit. ¡Venga! *Verstaan ze natuurlijk niet. Hij neemt nog een hijs van zijn sigaret en grijpt met zijn andere hand naar zijn kruis. Er gebeurt niks. Het zijn die kutwijven. Hij staat op en loopt naar ze toe. Slaat de mollige blonde op haar billen. Alle drie slaken ze overdreven kreetjes. Razend maken ze hem.* ¡Vamos! Go! Get out of here, stupid pigs! *Een van hen valt van de tafel. De gasten deinzen achteruit. Ze grinniken. De meisjes rennen wankelend weg. Hij heft zijn handen naar de hemel en schreeuwt.* La Luna, people! Full moon! Make fun!

Het witte pak staat hem goed. Hij ziet zichzelf in de spiegelende ruit van zijn villa en balt zijn vuisten. Maakt een dansbeweging. Elena brengt een mojito en slaat haar magere armen om hem heen. Zoekt zijn blik. Haar pupillen lijken rond te tollen in haar oogkassen. Van haar wordt hij allang niet meer geil. Maar ze is lief. En ze zorgt goed voor hem. Ze moet alleen niet naar zijn lul graaien.

Joost en ik zaten in de auto. Ik achter het stuur, hij naast me, starend naar zijn handen in zijn schoot. Vanuit mijn ooghoek zag ik hoe de tranen uit zijn ogen op zijn broek drupten. Dat wilde ik niet zien. Evenmin als die mooie, grote handen, die nu hulpeloos trillend op zijn bovenbenen lagen. We zaten in de auto, gevangen in een gespannen stilte die we geen van beiden wilden doorbreken. Ieder woord, ieder gebaar, iedere uitgewisselde blik bracht ons dichter bij het einde.

Ik wilde dat einde. Ik was de beul. Daarmee had ik mijn recht op tranen, op mededogen en begrip verspeeld. Vandaar dat ik mijn pijn en verdriet wegslikte. Ik legde mijn hand in zijn nek.

'Het spijt me.'

Hij schudde zijn schouders en ik trok mijn hand terug.

'Ik ben bang...' zei hij zacht.

'Sorry,' was alles wat ik kon uitbrengen.

En ik vond het ook erg. Voor hem. Maar nu het zover was, nu alles was gezegd en besloten, nu ik de moed kon opbrengen bij mijn pijnlijke besluit te blijven en zelfs hier te zitten, achter het stuur, met al mijn bezittingen in de achterbak en hem wanhopig snikkend naast me, voelde ik niets. Mijn handen en voeten waren versteend van de kou, mijn schouders zaten zo ongeveer tegen mijn oren van spanning, maar in mijn hoofd en hart was het rustig. Ik had hem verlaten. Zomaar. Ineens. Drie weken voordat we samen op vakantie zouden gaan. Om daar, onder de zon en in alle rust, een baby te gaan maken. Welke vrouw van midden dertig neemt zo'n ondoordacht besluit na tien jaar samenwonen? Dat vroeg ik me ook af. Maar ik kon niet anders.

Ik deed het onvoorbereid. De kracht kwam vanuit het niets, of misschien uit de glazen wodka en het heerlijke gesprek dat ik even daarvoor met mijn nieuwe collega en vriendin Ellen had gehad.

Ik kwam thuis, zeker een uur te laat, en trof hem chagrijnig aan, zoals altijd als ik later thuis was dan gebruikelijk. Niet dat we daar echte afspraken over hadden gemaakt, maar het was wel een ingesleten gewoonte dat hij rond zessen op mij rekende en ik rond zessen een vage beklemming in mijn maagstreek voelde dat ik thuis hoorde te zijn, met een grote tas boodschappen. Nu was het halfacht, ik stonk naar drank en de tas boodschappen ontbrak. Hij mopperde dat hij honger had, dat ik mijn telefoon niet opnam en ik mopperde dat hij ook zelf boodschappen had kunnen doen en iets in de pan had kunnen gooien, waarop hij schreeuwde dat hij dat gerust zou hebben gedaan, maar we hadden nu eenmaal afgesproken dat ik de boodschappen zou doen, en ik wilde er net overheen gillen dat we dat helemaal niet hadden afgesproken, we spraken nooit iets af, hij ging er gewoon altijd maar van uit… toen me een enorme kalmte overviel. Ik ging hiermee stoppen. Het was niet eens een keuze, maar een dwingend gevoel. Ik kon dit geen dag, geen minuut langer meer volhouden. Het was alsof er een vreemde voor me stond. Zomaar een man aan wie ik mijn hele toekomst had opgehangen, zonder dat ik een idee had waarom. We leefden op de automatische piloot en deden de dingen omdat ze zo hoorden, omdat we midden dertig waren en het hoog tijd was serieus te worden, omdat we de *VT Wonen* lazen en we die grote keukens zo mooi vonden, en daarin hoorden nu eenmaal een stuk of wat kinderen en familieleden. We gingen ieder jaar een keer samen op wintersport en een keer apart met vrienden, en die keer met vrienden was altijd leuker, hoewel ik hem dagelijks sms'te dat ik hem miste. Maar ik miste hem helemaal niet. Nooit eigenlijk. We deden hetzelfde als iedereen om ons heen van onze generatie, we leefden naar het plaatje toe. Er zou een baby komen. En een stationcar. De verhuizing naar de rustige buitenwijk. Een bakfiets. Nog een kind. Ik zou minder gaan werken en hij niet, want zijn inkomen was hoger. En hij zou stoppen met gitaarspelen in de band. Hij was een goede man, zou ik dagelijks tegen mezelf zeggen, en tegen de tijd dat een van ons een affaire had gehad, zouden we tegenover onze vrienden beweren dat onze relatie er alleen maar sterker van was geworden.

'Weet je,' zei ik, 'ik heb hier helemaal geen zin meer in.'

Ik keek hem aan.

Hij rolde met zijn ogen. 'Ja hoor. Gaan we zo beginnen!'

Hij opende de koelkast en pakte er een flesje bier uit. Ik rechtte mijn rug. Drukte mijn nagels in mijn handpalmen.

'Ik meen het, Joost...'

'Wat?' vroeg hij fel. 'Waar heb je geen zin meer in?'

'Dit burgerlijke gekibbel. Met jou. Deze relatie. Ik kan het niet meer.'

Hij staarde me verbijsterd aan.

'Door,' stamelde hij, 'doe even normaal...'

Zijn handen gingen door zijn stugge blonde krullen.

'Luister,' zei hij, ineens vastberaden, 'je loopt je een beetje aan te stellen. Vorige week dacht je nog dat je zwanger was. Hadden we het over trouwen.'

Ik stond met mijn rug tegen het kookeiland. Klemde mijn handen om de koele randen van het hardstenen keukenblad.

'Ja,' zei ik, waarna ik zweeg.

'Dus hoezo heb je er ineens geen zin meer in?'

Hij friemelde aan zijn neus. Rode vlekken bereikten zijn stevige kaak. We bewogen ons traag en voorzichtig, alsof we over een vliesje ijs liepen.

'Oké, ik snap het best dat je nu nog even geen kind wilt, maar je voelt toch nog wel wat voor mij?'

Ik sloeg mijn ogen neer. Voelde ik nog iets voor hem? Ik wist het niet meer. Hij was Joost. Hij was er gewoon. Altijd. En ik vond hem lief. Een goede man. Aardig ook. Niemand had ooit een kwaad woord over hem gezegd. Hij hield rekening met me. Was een fijne minnaar. Verdiende genoeg geld. Maar wat ik voor hem voelde wist ik niet, zo vanzelfsprekend was hij voor me geworden.

'Ik weet het niet,' fluisterde ik. 'Op dit moment is het niet genoeg, ben ik bang.'

Hij nam een slok van zijn bier. Zijn hele lichaam trilde.

'Jezus christus, dat kan toch niet van de ene op de andere dag!'

Hij snifte. Haalde zijn neus op.

'Ik weet dat ik te veel werk de laatste tijd, dat ik soms knorrig ben als ik thuiskom. Dat kan allemaal veranderen, dat weet je toch? We kunnen er toch aan werken, Door, we kunnen erover praten. Je gooit toch niet zomaar vijftien jaar liefde weg?'

Hij reikte naar mijn hand. Ik reikte niet terug.

'Ik hou van je. Jij bent het voor mij. Ik wil alles doen om het weer goed te krijgen. Geef me alsjeblieft die kans, dat heb ik toch wel verdiend?'

Volhouden, dacht ik, nu niet terugkrabbelen. Ik plukte aan mijn lip.

Ik dacht aan iets wat Samantha zei in mijn favoriete tv-serie *Sex and the City*. Ellen en ik hadden het er nog over gehad. *I love you, but I love me more.* Geniale uitspraak, vond Ellen. Het was haar liefdesmotto. En nu dus ook het mijne.

Ellen haat het. Alleen thuiskomen. De kater begint al bij het openen van de deur. De stilte, de klamme kou, de geur van vuile borden in de gootsteen. Hoewel ze al een leven lang alleen is, went het nooit.

Ze gooit haar jas in de hoek, steekt lopend naar haar kleine keuken een sigaret op en schenkt zichzelf een glas wodka in. Niet verstandig. Wel lekker. Ze kijkt op haar iPhone. Geen berichten. Geen nieuwe mails. Het weekend ligt voor haar. Twee hele dagen die gevuld dienen te worden. Ze is moe. Iemand om tegenaan te kruipen voor de tv zou nu fijn zijn. Zoals Dorien heeft. Een relatie, die zij vanmiddag even langs haar vileine meetlat heeft gelegd. Waarom doet ze dat altijd? Relaties van anderen onder de loep nemen, tot er niets meer van over blijft? Om aan zichzelf te bewijzen dat ze alleen toch maar het beste af is?

De wodka brandt op haar tong. Ze huivert. Uit de koelkast pakt ze de chicken masala met pandanrijst en doet die in de magnetron. De geluiden van haar stille leven. Het getinkel van ijsblokjes. Het oplichten van haar aansteker. De piepjes van de magnetron. En over enkele minuten de stem op tv die haar vertelt over het leven daarbuiten.

Joost liep zwijgend naar het raam. Hij staarde naar buiten en dronk met gulzige slokken zijn flesje bier leeg. Ik keek naar zijn grote brede rug, zijn goedgevormde smalle billen in de vale spijkerbroek. Vroeg me af waarom dat schitterende mannenlichaam me niets deed en zelfs zijn pijn me koud liet. Wat mankeerde er aan mij dat ik zo hard en koel kon zijn? Het liefst zou ik nu al vertrekken. Ik hoefde ook niets mee te nemen, zelfs mijn kleren niet. Hij mocht alles hebben. Als ik maar weg kon, naar buiten, de zomer in.

'Dorientje...' hoorde ik hem zachtjes zeggen. 'Waarom?'

'Ik weet het niet,' zei ik naar waarheid. 'Ik denk dat ik vrij wil zijn.'

'Bespaar me die *Viva*-teksten alsjeblieft.'

Ik kon hem moeilijk zeggen dat iedere minuut die ik hier nog doorbracht me te veel leek, dat ik hem niet meer in de ogen kon kijken zonder een grote vluchtdrang te voelen, dat het idee hem aan te raken me vervulde met weerzin. Waarom wist ik ook niet. Mijn liefde voor hem was gewoon van de ene op de andere dag verdwenen en dat was afschuwelijk. Ik had tot dan toe ook niet geweten dat liefde zo plotseling kon vervagen en ik vroeg me af of het dan wel echte liefde was geweest.

'Ik weet niet waarom. Het ligt niet aan jou. Jij bent een geweldige vent.'

'Misschien heb je wel *cold feet*. Of een soort midlifecrisis.'
'Dat zou fijn zijn.'
'Hoezo zou dat fijn zijn?'
'Nou, dan is er een reden, een verklaring, zoiets als de puberteit of de overgang, dan weet je dat het erbij hoort en dat het tijdelijk is.'
'Denk je dat?'
'Wat?'
'Dat het tijdelijk is?'
'Misschien. Ik hoop het.'
Hij draaide zich om en glimlachte door zijn pijn heen.
'Ik hoop het ook,' zei hij.
En heel even, het was slechts een klein flitsje, bereikte hij mijn hart.

Met niet meer dan mijn tandenborstel, een pillenstrip en een schone onderbroek in mijn tas verliet ik ons ruime appartement aan de Johannes Verhulst. Ik sloeg de deur dicht, haalde mijn fiets van het slot en sprong op het zadel. De zomerhitte zinderde nog na in de straat, al was het inmiddels september. Ik fietste langs de Cornelis Schuyt, over de Willemsparkweg via de Van Baerle en het Leidseplein naar de Jordaan, terwijl ik Ellen aan de telefoon had. Het leek alsof ik de volle terrassen, de mensen die allemaal onderweg waren, die lachten en naar elkaar riepen voor het eerst zag en het gedreun van muziek dat uit de cafés klonk voor het eerst hoorde. Al mijn zintuigen stonden op scherp. Ik rook het water van de grachten, de vette lucht van McDonald's, de sigaretten die gerookt werden, de uitlaatgassen van de scooters, het parfum van de opgedofte meisjes, ik voelde de hooggespannen verwachtingen, de energie van iedereen, maar vooral die van mezelf. De kracht in mijn benen waarmee ik mijn pedalen voortduwde, mijn handen om het stuur, mijn haren in de wind. Ik was vrij. Ik had hem en alles wat ik bezat achtergelaten en nu lag er een oceaan aan nieuw leven voor me. Het was niet langer bepaald en ingevuld, het lag open en leeg aan mijn voeten. De opluchting voelde net zo overweldigend als een intense verliefdheid.

Ik kon terecht bij Ellen. Zij woonde in een souterrain aan de Lauriergracht en had een klein kamertje voor me, dat ze eigenlijk haar *walk-in closet* noemde, maar dat we binnen drie dagen omtoverden tot een soort ruime bedstee voor mij. Perfect en beschaafd als Joost was, had hij er na twee verdrietige dagen op gestaan mij te helpen verhuizen. Hij wachtte me op met koffie en appeltaart en zei dat, hoe triest ook, je elke verandering in je leven diende te vieren. Mijn spullen stonden al in dozen, mijn meubels uit elkaar gehaald in de hal. Ik had geen idee hoe ik dat allemaal in de ruime bedstee moest zien te krijgen. We spraken ongemakkelijk over het weer en Joost vroeg me wat ik met onze reeds geboekte vakantie wilde doen. Ik haalde mijn schouders op. We hoorden het allebei knakken.

'Annuleren wordt moeilijk,' zei Joost.

'Misschien wil jij gaan, met een paar vrienden,' zei ik.

Hij schudde driftig zijn hoofd. 'Dacht het niet. Nee. Ik blijf in de stad. Genoeg te doen.'

Hij schraapte om de paar zinnen zijn keel. Het ergerde me.

'Ga jij maar met je nieuwe beste vriendin. Twee oude meisjes die samen lekker gek gaan doen.'

Ik negeerde het stekende cynisme en keek langs hem heen door het raam naar het streepje blauwe lucht boven de huizen aan de overkant. Ik kon niet aanzien hoe hij zichzelf maar bleef vernederen.

'Als jij niet gaat, dan wil ik inderdaad graag met Ellen gaan,' zei ik.

Hij sperde zijn neusvleugels open en snoof driftig.

'Je lijkt wel verliefd op dat wijf,' mompelde hij en hij leek er zelf van te schrikken.

Joost haatte Ellen net zo hevig als ik op haar gesteld was, vanaf de dag dat ik haar voor het eerst zag op de wekelijkse redactievergadering van *HER*. Ze kwam binnen, ruim te laat, gooide een grote leren tas met franjes op de vergadertafel en nam er een appeltje uit en vervolgens een mes, waarmee ze de appel begon te schillen. Ze was mooi op een Sienna Miller-manier. Piekerig blond lang haar, een gezicht zonder een spoortje make-up, grote bruine ogen, een popperige volle mond en een hele rits zilveren ringen in haar oren. Haar nagels waren kort en donkergroen gelakt en ze droeg een vale gescheurde boyfriend jeans, korte zwarte puntlaarsjes met hoge naaldhak en een wijd, wit sweatshirt met daarop het portret van Blondie. Om haar heen hing de geur van nicotine vermengd met een zwaar patchoeli-achtig parfum.

Hanna, onze hoofdredactrice, heette haar welkom, stelde haar voor als de nieuwe styliste en begon gelijk een preek over het belang van op tijd komen, waardoor ik plaatsvervangend kleurde en toen onze blikken elkaar vonden, de hare brutaal spottend, de mijne voorzichtig monsterend, wisten we beiden dat er tussen ons een innige vriendschap zou ontstaan, zoals je ook een man in de ogen kunt kijken en weten dat je ooit met elkaar de koffer in zult duiken.

Als kind al wilde Ellen liever een type zijn zoals Dorien. Rustig. Gedisciplineerd. Waar zij overal chaos creëert, creëert Dorien rust en orde. Zelfs hier, in haar kleine huisje waarvan zij dacht dat het zeker te klein was voor twee, heeft Dorien in een mum van tijd een soort gestructureerde, overzichtelijke gezelligheid geschapen. Kleding op kleur, in nette, rechte stapels, opgemaakte bedden, fruit in een schaal op tafel, iedere avond de kaarsen aan en een koelkast gevuld met gezonde, lekkere dingen. Wat Ellen betreft mag dit samenwonen eindeloos duren. Dit is wat ze nodig heeft. Iemand die voor haar zorgt en weinig voor zichzelf vraagt. Die haar de ruimte geeft om grillig en luidruchtig te zijn, die lacht om haar harde grappen, die zich niet ergert aan haar dominantie. Dorien is haar bezemwagen, de vriendin die stilletjes de kreukels die zij achterlaat gladstrijkt.

Mijn mobiel rinkelt en een klein moment weet ik niet waar ik ben. Het is inktzwart om me heen en het stinkt naar verf en knoflook. Mijn maag borrelt en het zuur brandt in mijn slokdarm. 'Welkom in je nieuwe leven,' zegt een stem. Het lijkt op Joost zijn stem en ik zie hem voor me, hoe hij zijn hoofd scheef houdt en zijn glas naar me opheft. Een hevig schuldgevoel overvalt me. Ik heb Joost verlaten. Ik ben vijfendertig en leef in een hok, lig op een hard kutmatras met naast me een berg kleren en schoenen. Enkele uren geleden heb ik een fles wodka geleegd met Ellen. We aten shoarma op bed en rookten een pakje shag leeg. We lachten om Joost; ik hoor nog Ellens harde schorre lach. Hij had een sms gestuurd. Ik weet niet meer wat erin stond. Wel dat we hem belachelijk maakten.

Op de tast zoek ik naar mijn telefoon, en ik vind hem onder het kussen naast me. Ik open mijn berichten. Joost heeft er drie gestuurd.

Ik ga kapot, Door, is het eerste.

Weet dat ik je liefheb, wat er ook is gebeurd en gaat gebeuren. Er is een weg terug... Please bel me even voor je vertrekt. Het tweede.

Slijmbal, zei Ellen. Ze trok een pruillip en deed hem na. Ik lag in een deuk. Volgens mij hebben we ook nog geblowd.

Ik hoop dat je vakantie je zal brengen wat je ervan verwacht, xxx. Het laatste.

We gierden het uit. *You bet!* gilde ik hysterisch. En waarom? De man heeft me niets misdaan. Hij houdt van me. Hij is gekwetst en verdrietig en snapt er niets van. En toch voel ik een razende woede wanneer ik aan hem denk.

Ik klauter mijn bed uit en doe het licht aan. Niet nadenken, douchen. Over een klein uur staat de taxi voor de deur. Ik plens wat koud water in mijn gezicht en kijk in de spiegel. Zet mijn handen tegen mijn slapen en trek mijn wangen iets omhoog. Beter.

'Ja ja, de tand des tijds,' hoor ik Ellen grinniken en ik zie haar in de spiegel achter me staan. Niks tand des tijds bij haar, ze ziet er net zo fris en beeldschoon uit als altijd.

'Hoe komt het dat jij geen rimpels krijgt, en dat je geen wallen hebt na zo'n zuipgelag? Ik snap het niet! Je rookt, je drinkt...'

Ellen trekt haar slaaphemd over haar hoofd.

'Spuiten, lieverd, heel simpel. Jaarlijks een tripje Istanbul, de boel laten opvullen met eigen vet en weer door.'

Ik draai me om. Ellen draait de douche open. Ik kan haar ribben tellen. Ze heeft nauwelijks borsten en een ronde tribal tattoo op haar rechterschouderblad.

'Eigen vet? Jij hebt geen vet.'

'Tuurlijk wel,' antwoordt ze en ze buigt en pakt de binnenkant van haar dij. Geen put of blauwe ader te zien.

'Hier sucken ze het uit, en daar spuiten ze het weer in,' zegt ze, en ze wijst naar haar gezicht. 'Beetje botox in de fronsrimpel, niks aan de hand. Zolang je maar zorgt dat je geen Connie wordt.'

Ze stapt onder de douche en ik poets mijn tanden.

'Zin?' vraagt ze.

'Jezus, nou!' zeg ik. Zin is een understatement.

We drinken koffie en roken. Onze belachelijk grote koffers staan klaar. Instapkaarten zijn uitgeprint. Buiten kwetteren de vogels en begint het licht te worden. Ik heb nooit gerookt. Ik weet niet waarom ik daar nu opeens, op mijn vijfendertigste, aan begin, en meteen ook in het tempo van Ellen.

'Dat ik naar Ibiza ga,' zegt Ellen en ze grinnikt aanstekelijk.

Ze wilde in eerste instantie niet mee. 'Hè bah, Ibiza, het eiland van Yolanthe met de Kabouter en Estelle. Waarom gaan we niet naar Buenos Aires, of India? Echt op avontuur?'

'Dat gaan we doen,' zei ik, 'maar niet nu. Nu wil ik gewoon in mijn blote kont aan een zwembad liggen en niet langer dan drie uur in een vliegtuig zitten. Bovendien ben ik op Ibiza verwekt...'

'Kijk, dat vind ik nou een goede reden om te gaan. Dat is cool. Gaan we achter je roots aan.'

Ibiza, mijn ouders hebben er de mooiste tijd van hun leven gehad. Waarom ze er sindsdien nooit meer geweest zijn, kan ik hun niet meer vragen. Mijn moeder is vijftien jaar geleden gestorven aan eierstokkanker en mijn vader is daarna nooit meer de oude geworden. Hij lijdt aan korsakov en woont al jaren in het Sarphatihuis. Slechts af en toe herkent hij me.

'Hoe doe je dat met je vader?' vraagt Ellen in de taxi die ons naar Schiphol brengt op dit belachelijk vroege uur.

Ik sla mijn armen om mijn middel. Dit is niet het moment om aan mijn vader te denken.

'Hij weet niet eens wie ik ben, laat staan dat ik weg ben. Mijn tante heeft beloofd dagelijks te gaan. En Joost gaat ook af en toe even kijken...'

'Joost?' vraagt ze verbaasd en licht geërgerd. 'Wat moet hij daar? Jezus Do, zo kom je nooit van hem af.'

Ik glimlach naar haar. Ik wil geen discussie over hoe ik Joost uit mijn leven zou moeten bannen. Zo hard als zij kan zijn, zo ben ik nu eenmaal niet.

'Ik vind het niet erg. Joost is gek op mijn vader. Zij kennen elkaar tenslotte ook al vijftien jaar.'

'Je moet het zelf weten. Maar ik geloof in de tactiek van de verschroeide aarde. Alles van waarde opgeven. Geen communicatie meer. Uit je leven bannen die gast. Des te eerder kun je weer door. En hij ook, *mind you.*'

Ik wend mijn blik af en staar door het raam naar de bedauwde weilanden. Ik kan Joost niet uit mijn leven bannen. Ik kan hem verlaten en me erbij neerleggen dat hij het met een ander doet, maar uit mijn leven bannen, nee, dat gaat niet. Hij is heel lang mijn leven geweest.

Toen mijn moeder stierf, mijn vader daaraan onderdoor ging en ik net begon aan mijn studie journalistiek, was daar Joost, aan wie ik me vastklampte als aan een reddingsboei. Joost was de opgeruimde begeleider van mijn introductiegroepje en hij gidste ons met tomeloze energie door de nieuwe stad. Avond aan avond eindigden we in het café, alwaar we grote glazen bier dronken en Joost zich over me ontfermde. We spraken over het verlies van mijn moeder en ook dat van mijn vader, die ik was kwijtgeraakt aan verdriet en alcohol. We bespraken hoe vreemd het was dat ik twee dagen na haar begrafenis mijn nieuwe kamer betrok, en hoe heftig dat ik sindsdien niets van mijn vader had gehoord. Joost was groot en blond en breed en nam me zonder bijbedoeling in zijn armen, zoals hij ook mijn hand in de zijne nam als we door de stad liepen. Hij kookte voor me, wachtte me in de pauzes op met koffie en fietste met me mee naar huis als het donker was. Samen schilderden we mijn sombere kamertje en als ik 's nachts een paniekaanval kreeg, belde ik hem. Dan kwam hij en kaartten we al mijn angsten weg.

Het duurde een halfjaar voordat onze vriendschap overging in een relatie. De nacht nadat we samen aan een bar hadden besloten nooit met elkaar te vrijen – want dat zou onze vriendschap kapotmaken – eindigden we in mijn bed. En er ging niets kapot. Integendeel. Zelden was ik in mijn leven gelukkiger dan die ochtend, toen ik wakker werd in zijn met blonde krulletjes bezaaide armen.

We drinken witte wijn in het vliegtuig. Proosten op de vrijheid. Bladeren door het dozijn tijdschriften dat Ellen meegenomen heeft. Zij valt in slaap met haar hoofd op mijn schouder. Ik ben nerveus als een klein kind dat op het punt staat van de hoogste duikplank te springen. Aarzelend en tegelijkertijd verheugd. Ik zou ook wel vol overgave willen slapen, zoals Ellen. Maar de onrust die in me woedt is te nadrukkelijk aanwezig.

Ik bestel thee en glimlach vriendelijk naar het stel naast me, dat hun baby stil probeert te krijgen. Met een woest gebaar plant de vrouw het kind op schoot bij de man, die zijn zoontje vasthoudt als een vuilniszak vol poepluiers. Ze werpt hem een boze blik toe. Zoek het maar uit, zak, hier heb jij hem een keer. Draait zich dan demonstratief naar het raampje. Doet haar iPod-oortjes in en sluit haar ogen. Het kind krabt de vader in het gezicht. De man pakt onverstoorbaar een gevallen speen van de grond, stopt hem even in zijn eigen mond en dan in die van zijn zoon.

Het had niet veel gescheeld of Joost en ik waren zo'n stel geworden. Nog geen halfjaar geleden wilde ik dat zelfs. Ik stopte met de pil. Tot ik over tijd was en enkele dagen dacht dat ik zwanger was. Toen voelde ik alleen maar paniek. Ik was er nog lang niet klaar voor om moeder te worden. Iedere vezel in mijn lichaam vertelde me dat. Een kind baren van

Joost zou betekenen dat ik me overgaf aan zijn zorgen, zijn sturing, zijn eeuwige superieure controle. Dat was precies wat ik niet wilde: Joost die de rest van mijn leven voor mij en de kleine zou zorgen, die altijd alles beter wist en het goede deed. Ik wilde nog een tijdje mijn mislukte zelf zijn, al was ik dan al vijfendertig en drong de tijd.

Met een grom wordt Ellen wakker van de inmiddels krijsende baby. De daling is ingezet. Beneden ons ligt een rotsachtig eiland, omringd door een azuurblauwe zee.

'Mijn god,' mompelt ze. Over haar wang loopt een vurige vouw. 'Dit is toch ook de hel.' Ze buigt zich naar haar tas en haalt er een make-upetui uit.

'Zo lady, smeren maar. Kom op. Ik wil spic en span aan die bagageband staan.'

Onder me zie ik bootjes dobberen in helblauw water, witte stranden bezaaid met bedden en parasols, grote villa's met zwembaden lukraak tegen de bergen geplakt, kronkelige weggetjes door de heuvels. De vesting van de oude stad. Het eiland roept. Schreeuwt. Krijst. Lonkt. Voor ons liggen twee weken hedonisme, twee vrije weken die niet al zijn ingevuld door Joost. Ik hoef niet om acht uur 's morgens op een tennis- of golfbaan te staan, geen boot te huren, niet te waterskiën, duiken, wakeboarden, geen baantjes te trekken, uit een helikopter te springen of bergen te beklimmen.

'Hier, smeer dit op je gezicht. Superspul. Zie je er meteen uit alsof je al drie weken aan het strand hebt gelegen.'

Ellen duwt me een tube in de hand. Ik doe wat bruinige crème op mijn vingers en smeer het op mijn gezicht. Het ruikt naar oude koffie.

'Goed uitsmeren,' zegt Ellen en ze geeft me een Zwitsaldoekje. 'En handen schoonmaken, anders heb je straks oranje vingers.'

'Ah, en nu krijg ik dus een oranje gezicht?'

'Welnee, *sunkissed* heet dat.'

Ze geeft me een spiegeltje. Ik kijk erin en zie een vermoeid, oud hoofd. Wallen, grove poriën, hangogen.

'Doe die maar weer weg.'

'Stel je niet zo aan, je ziet er fantastisch uit,' zegt Ellen met haar gladde sunkissed huidje en ze begint alvast een shagje te draaien.

Op de trap naar buiten slaat de droge hitte ons in het gezicht. Mijn schouders ontspannen zich en ik sluit even mijn ogen terwijl ik diep inadem. Warmte. Wat heb ik daar als verkleumde Hollander naar verlangd.

'Woho, we're going to Ibiza...' zingt Ellen achter me met haar schorre stem.

'Woho, we're going to have a party...' vul ik aan. We giebelen als kleine meisjes.

'We gaan er zo'n godsallejezus klerezooitje van maken,' schatert Ellen en ze slaat een arm om mijn middel.

Ze verlangt naar koffie en een peuk en sms't haar vriend Stu, haar eigen Ibiza-expert. Vanaf het moment dat ze het eiland zag opdoemen, jeukt de onrust in haar buik. Hoe lang is het geleden dat ze lekker twee weken kon feesten zonder rem erop? Toch zeker een jaar. Ze heeft er zin in, al is Ibiza haar iets te platgetreden. Met hulp van Stu zal het zeker goed komen. Ellen slaat een arm om Doriens middel en merkt op hoe zij enigszins ineenkrimpt. Op vakantie met een vriendin. Ze vraagt zich af hoe lang het zal duren voordat de pleuris uitbreekt. Zo is het tot nu toe altijd gegaan. Ze heeft weinig sociaal talent, maar met Dorien is het anders. Dorien vraagt weinig ruimte voor zichzelf en is makkelijk blij te maken.

Tot voor kort zocht Ellen haar vrienden uit op bruikbaarheid en stijl, zoals ze ook haar schoenen en tassen daarop selecteerde. Maar dat was zelden een goede basis voor een langdurige vriendschap. Dorien voldoet nauwelijks aan het plaatje dat zij in haar hoofd had van beste vriendin. Het plaatje was een soort verbeterde versie van haarzelf, iets minder knap, maar wel vele malen brutaler, succesvoller en energieker. Iemand aan wie zij zich zou kunnen optrekken, die haar zou helpen aan goede contacten, interessante mannen, plekken op gastenlijsten van de nieuwste hotspots. Dorien is niets van dat al en toch voelt ze zich meer dan ooit op haar gemak naast haar. De vriendelij-

ke rust, de volledige acceptatie van wie ze is, het gemak waarmee Dorien haar leiding aanvaardt, de onderkoelde humor waarmee ze haar af en toe op haar plaats zet… Heerlijk is het, als het zusje dat ze nooit gehad heeft.

Dorien gaat de auto regelen en zij pakt het karretje voor de koffers. Haar iPhone trilt zachtjes in haar broekzak. Ze kijkt en glimlacht. Stu stelt haar niet teleur met zijn waslijst aan tips. Hiermee kunnen ze de hele vakantie vullen. Ook heeft hij het nummer van zijn vaste dealer erbij gezet. Laat het feest maar beginnen! Neuriënd wurmt Ellen zich tussen de mensen die op hun koffers wachten.

De koffers liggen achter in onze huurauto, een splinternieuwe witte Golf. We rijden meteen maar naar de stad. Ik achter het stuur, want Ellen haat autorijden. Zij bladert door de papieren die de hostess ons heeft gegeven bij aankomst.

'Alsof we dit huis ooit gaan vinden,' mompelt ze, en ze vouwt de kaart in haar schoot weer dicht.

'We hadden misschien toch ook een TomTom moeten huren...' zeg ik.

'Welnee, zo'n ingewikkeld flauwekulapparaat. We komen er wel. We laten ons leiden door ons gevoel. En dat gevoel zegt nu: koffie!'

Ik draai aan de volumeknop van de radio. Vrolijke house klinkt uit de speakers. Op grote borden langs de weg nodigen dj's ons uit naar hun club night te komen.

'Het zijn nooit de knapsten, die dj's,' roept Ellen boven de muziek uit. Ik grinnik.

'Die nerds uit de klas, die zich op feestjes verstoppen bij de stereo-installatie, worden dj en trouwen vervolgens met een topmodel!'

Ik sla bij een rotonde rechtsaf. Ellen draait haar raampje open en steekt haar hoofd naar buiten.

'Woho, we're going to Ibiza!'

Ik draai de volumeknop nog verder open. De stevige beat

doet de auto trillen. Ik wieg heen en weer achter het stuur. Andere bestuurders toeteren naar ons. Spanjaarden lachen en steken hun duim op.

'Ik mag het niet zeggen, ik weet het, maar op straffe van *bad* karma: dank je, dank je, schat, dat je het hebt uitgemaakt met Joost. Dat ik in zijn plaats mee mag. Ik ben hier zwaar aan toe!'

Ik lach naar haar en zie mezelf in een flits in de achteruitkijkspiegel, die me eraan herinnert dat we geen achttien meer zijn. Ik druk het gaspedaal nog dieper in en Ellen kijkt me even verschrikt aan.

Hij kan nauwelijks nog focussen. Schiet in het wilde weg. Ledematen vliegen in het rond en het duurt ook niet lang meer of hij gaat eraan. Zijn hoofd in duizend stukjes over het beeldscherm. Hij werpt de controller van zich af en laat zich achterover in de bank vallen. Wrijft in zijn ogen. Ze branden. Hij komt weer omhoog en staat op. Zijn benen dwingen hem. Zijn hart lijkt in zijn keel te zitten. Buiten is het licht. De gasten dansen nog steeds. Enkelen zijn gaan zwemmen. Ze zouden moeten oprotten. Hij schuift de glazen pui open. Gejoel klinkt. Alle handen gaan de lucht in. Hij glimlacht en maakt een buiging. Miljoenen kleine beestjes gieren door zijn lichaam. Het is beter daar niet aan te denken. Hij neemt een aanloop en springt. De verkoeling is fijn. Onder water wil hij blijven. Hij opent zijn ogen. Ziet een vreemd wezen op zich af zwemmen. Het is naakt. De borsten zijn enorm. De pik ook. Het wezen geeft hem zijn iPhone.

'Croissant Show,' zegt Ellen, starend naar het scherm van haar iPhone. Ik rijd de Golf door de nauwe, drukke straatjes van de stad.

'Daar moeten we heen, zegt Stu.'

'Wie is Stu?' vraag ik.

'Stu is mijn gay partyfriend en tevens Ibiza-expert. Hij heeft me een heel fijn lijstje met adresjes gestuurd en hij zegt dat we het zondagse ontbijt bij de Croissant Show echt moeten meemaken...'

We parkeren de auto naast een hoge oude stadswal en stappen uit.

'Bij de oude markt...' mompelt Ellen.

'Ik denk dat een oude markt wel in de buurt van een oude stadswal zal liggen,' zeg ik en we volgen de muur tot we na enkele minuten uitkomen bij een pleintje met in het midden een overdekte marktplaats.

'Dit moet het zijn,' zegt Ellen vastberaden en ze wijst op een donkergeel gestuukt pand met een breed, overvol terras. We vinden een plekje aan het enige lege tafeltje. De zon is nog maar net een uur op, en toch lijkt het hier spitsuur. Uitbundig geklede mensen krioelen over het terras, in een walm van alcohol en sigarettenrook. Ze schreeuwen naar elkaar met schorre stemmen, het klinkt alsof er een zwerm kraaien is neergestreken. Naast ons speelt een volgetatoeëerde Spaanse man woest op zijn gitaar, omringd door meezingende mannen en vrouwen. Een man met ontbloot bovenlijf en een roze, glanzende maillot doet een bescheiden dansje, waarop iedereen klapt en joelt.

Wij bestellen een café con leche en Ellen steekt een shagje op.

'Wauw,' zeggen we als we een meisje in een kort spijkerrokje zien wegstrompelen, dat vervolgens haar complete maaginhoud uitkotst over straat.

'Ook goedemorgen.'

'*What's going on here?*' vragen we aan het meisje met gepiercete lippen dat onze koffie brengt.

'*Party people*,' antwoordt ze glimlachend. '*Pacha just closed*.' En ze loopt weer weg, zichtbaar genietend van de hyperactieve sfeer.

Ellen vouwt de kaart open op de plakkerige tafel. Ze haalt een pen uit haar tas en zet een kruisje bij Ibiza-Stad.

'Hier zijn we ongeveer,' zegt ze. 'En hier moeten we naartoe.' Ze wijst met de pen naar het cirkeltje dat de hostess op de kaart heeft gezet, ergens in het noorden van het eiland.

'Het lijkt me dat we gewoon die grote weg nemen en aan het eind naar links gaan, dit kronkelweggetje op. Wat zei ze nou? Bij de blauwe steen naar links en dan bij een of ander roestig bord scherp naar rechts, een steil pad op... Casa Jolie, staat er op het hek...'

'Eitje.'

Een man met ontbloot bovenlijf vraagt in het Engels of de derde stoel aan onze tafel vrij is. Ellen en ik kijken elkaar aan. Zij haalt haar neus op. De man stinkt. Voor we antwoord kunnen geven, is hij al gaan zitten. Ik schuif mijn stoel iets dichter naar die van Ellen. 'Jezus...' fluistert ze. We onderdrukken onze lach en staren weer naar de kaart. Ellen houdt haar iPhone in de ene hand en trekt met de andere een lijntje met haar rode pen.

'Kijk, hier is een goed restaurant, volgens Stu...' zegt ze en ze omcirkelt de naam San Llorenç. Daarna tekent ze een pijl omhoog en zet een kruis bij een baai. 'En hier een leuk strand. Allemaal vlakbij.'

Ik zucht. Joost was goed in dit soort dingen. Hij wist gewoon overal de weg alsof hij er dagelijks kwam. Hoe, daar heb ik me nooit mee beziggehouden. Ik volgde hem.

'Mijn god, wat meurt die vent,' fluistert Ellen.

'Ah, *Holländer*!' roept hij en hij barst uit in een bulderende lach.

'Ja hoor, een *looney*, dat hebben wij weer,' zegt Ellen en ze drukt haar peuk uit. De man staat op en rekt zich uit. De lucht van oud zweet, drank en urine verspreidt zich. Om zijn heupen hangt een gebatikte omslagdoek. Zijn voeten zijn bloot en zwart van het vuil.

'*Mädchen*!' roept hij. '*Holländische Mädchen*!'

Hij gaat weer zitten en slaat met zijn hand op zijn borst. Ellen en ik staren hem met open mond aan.

'*Ich bin Paki*.'

Hij steekt zijn hand naar me uit. Ik steek de mijne op. Ellen schopt tegen mijn scheen. 'Negeer die idioot!' zegt ze fluisterend. Ik weet niet wat ik moet doen. Ik ben slecht in dit soort dingen. Idioten kiezen mij altijd uit, waarschijnlijk omdat ze mijn angst en verwarring voelen. De man grijpt mijn hand met zijn eeltige vingers en trekt me naar zich toe. Zijn gezicht buigt zich naar mijn oor. Ik kijk naar Ellen, die quasigeërgerd met haar ogen rolt.

'Seid bitte vorsichtig...' fluistert hij en zijn adem, die ruikt naar bedorven vlees, slaat in mijn gezicht.

'*Diese Insel... Scorpio Insel. Macht alles kaputt. Ich bin kaputt...*'

Dan staat hij abrupt op en loopt gehaast weg.

Ellen en ik kijken elkaar lichtelijk verbijsterd aan.

'Waarom komen dit soort idioten altijd op mij af?' vraag ik.

'Omdat je ze toelaat in je aura,' zegt ze. 'Voor dit soort lieden moet je *boem* een denkbeeldig hekje dichtgooien. Ze voelen dat je geen duidelijke grenzen hebt. En dat je bang voor ze bent.'

'Ik ben niet bang...'

'Jawel, dat ben je wel. En dan ga je vaag doen. Bovendien wil jij dat iedereen je aardig vindt, zelfs zo'n looney moet je aardig vinden.'

Het irriteert me wat ze zegt, vooral omdat ze gelijk heeft. Ik kan er niet tegen als mensen een hekel aan me hebben, zelfs niet wanneer ik een hekel heb aan hen. Ik weet niet hoe dat komt; daar zou misschien een psycholoog aan moeten sleutelen, maar ik denk dat het iets te maken heeft met de behaagzucht van mijn moeder. Zij ging zelfs koffiezetten voor de deurwaarder die een paar keer per jaar langskwam, en ik constateer bij mezelf naarmate ik ouder word dezelfde neiging. Wat erop neerkomt dat ik mijn werkster twee keer per week op de koffie heb, haar Nederlands leer en help met haar scheiding en de school van haar kinderen en het vinden van een nieuw huis, terwijl zij nauwelijks nog iets in mijn huis doet. Met mijn tennisleraar tennis ik niet meer, maar praat ik over zijn moeizame relaties en de worsteling met zijn geaardheid, en als er iemand bij mij komt loodgieten, schilderen of elektricienen zit ik uren na gedane arbeid nog steeds met hen aan de thee en koeken, meedenkend over uitbreiding van hun bedrijf. Ik wil dat iedereen mij de leukste, de liefste, de grappigste vindt, al vind ik mezelf helemaal niet zo leuk en lief en grappig.

Ellen kijkt op haar horloge.

‘Negen uur... We kunnen pas om drie uur dat huis in... Zullen we gewoon naar het strand rijden? Even een tukkie doen in de zon? Klein lunchje aan het strand straks?’

Ze wrijft over mijn arm en ik glimlach.

‘Goed idee. Maar eerst even naar de wc,’ zeg ik en ik sta op. Om me heen hangt nog steeds de verrotte geur van die maffe Duitser.

Het water druipt uit zijn pak. Hij zit op de rand van het zwembad en lacht om zichzelf. Wat een wereld. Wat een bizar mooie wereld. Hij kijkt naar zijn verzopen iPhone en slingert die dan de lucht in. Even verderop spat hij op het terras uit elkaar. Troep. Er is te veel troep. Het wezen zwemt nog. Staart hem aan met grote bruine, zwaar opgemaakte ogen. De uitgelopen mascara in strepen over de wangen. Sierlijk rondzwaaiende armen en benen. Benen zeg, geen vrouw heeft zulke strakke, slanke benen. Het wezen pakt een borst, een meloen van een borst. Brengt het naar haar mond. Een lange, roze tong probeert de tepel te likken. Pfff, wat is hij naar de kloten. Het prikkelt in zijn hoofd. Kleine vonkjes. Hij roept Manel. Nog een keer. Heel hard nu. Manel moet komen. Hij sluit zijn ogen, want hij kan het wezen niet meer zien. Hij moet zich beheersen. Nog even. In ieder geval tot Manel er is.

Het zand is heet. We staan zwetend te wachten tot de kleine drukke *beach waiter* tijd heeft om ons een bedje toe te wijzen. De overige badgasten zijn vooral Nederlanders, en dat zal de reden zijn waarom de vriendelijke serveerster van de Croissant Show ons hierheen stuurde.

'Dos hamacas por favor,' vraagt Ellen in haar beste toeristen-Spaans en de beach waiter begint druk in een microfoontje dat aan een snoertje langs zijn wang hangt te rebbelen.

'¿Estan reservadas?' vraagt hij ons en wij schudden ons hoofd. Mijn ogen branden van vermoeidheid. Ik bedenk dat ik eigenlijk een kater heb van afgelopen nacht. En bij de gedachte aan de vette shoarma die we vlak voor het slapen verorberd hebben, komt mijn maagzuur in volle hevigheid omhoog.

'Okay, me siguen...' zegt de beach waiter en hij pakt twee witte hoeslakens van een grote stapel en begint te lopen. Wij volgen hem over het gloeiende zand naar twee bedjes op de achterste rij.

'Is okay?' vraagt hij, en wij knikken, hoewel we weten dat we afgezet worden met deze rotplek, zo ongeveer in de keuken van het restaurant, maar het maakt niet uit, we zijn moe, we willen liggen en slapen en aan een cocktail lurken,

zegt Ellen. We knikken dus en hij wurmt gehaast de hoeslakens om de matrassen. Ellen ploft neer en bestelt een water en een pina colada.

'Een pina colada... Om tien uur 's morgens?'

'Holiday! Celebrate!' zingt Ellen.

Ik ga zitten op het andere bed en bestel koffie.

'Zo girl,' zegt Ellen, 'nu gaat de vakantie eindelijk echt beginnen,' en ze trekt haar T-shirt uit.

We smeren ons in met factor 30. Steken een sigaret op en proosten met de koffie en de pina colada.

'Op ons,' zeg ik.

'Op overdag drinken,' zegt Ellen. Even denk ik aan Joost, die nu ongeveer wakker wordt terwijl de zachte regen op zijn ruit tikt. Deze vakantie heb ik hem ontnomen. Ik neem een flinke slok koffie en zet mijn zonnebril op. Ik wil niet aan Joost denken. Ik wil zijn treurige ogen niet voor me zien. Het gaat nu om mij. Mijn leven. Dat moet ik leren, zegt Ellen. Gewoon even lekker alleen maar aan mezelf denken.

'Pas als je daar goed in bent, kun je echt van een ander houden,' waren haar woorden. Kennelijk is zij daar zelf nog steeds ver van verwijderd.

Als Ellen het water in gaat, draai ik me op mijn buik en doe een poging tot een stranddutje. Om me heen klinken opgewonden kinderstemmen en loungemuziek. De geur van zee, zonnebrand en gegrilde vis prikkelt mijn neus en de zon brandt aangenaam op mijn rug. Ik ben op Ibiza. Ik ben ineens op Ibiza. Mijn lichaam is in ieder geval hier. Mijn geest lijkt nog ergens tussen Amsterdam en dit strand te zweven.

Ze duikt de zee in. Het zoute water prikkelt haar huid, haar neus, haar ogen. Alsof ze een champagnebad neemt. Wat een weldaad. De vermoeidheid, de kater, het stille onbehagen dat altijd diep vanbinnen sluimert, alles lijkt weg te spoelen. Geluk lijkt zo makkelijk en binnen handbereik onder de zon, ver weg van de druk en dagelijkse verplichtingen. Ze voelt hoe al haar vezels zich vullen met een bruisende energie.

Zou het niet heerlijk zijn als het leven altijd zo was? Zo licht, tintelend en helder als dit water? Ze is blij en dankbaar dat Dorien haar heeft meegenomen, hoewel ze zich heimelijk en met een licht schuldgevoel afvraagt of haar cynisme over mannen en relaties niet heeft bijgedragen aan het einde van Doriens relatie. Als zij er niet was geweest, had Dorien hier waarschijnlijk met hem gelegen. Hand in hand, samen zwemmen, tongzoenen in de zee. Met haast om naar het huis te komen en daar de hele middag vrijend door te brengen. Onder haar middenrif voelt ze een scheut van jaloezie om iets wat niet is. Iets wat zij stukgeluld heeft.

Ik ben soms echt ziek in mijn hoofd, denkt ze bij zichzelf.

Ik word wakker van koude druppels op mijn rug. Mijn hoofd voelt aan als dat van een tachtigjarige.

'Je moet het water in, het is heerlijk!' jubelt Ellen. Ik open mijn ogen en draai me om. Zie haar gespierde buik en de zachte blonde haartjes rond haar navel. Het maakt dat ik me dik en oud en gedeukt voel. Ellen laat zich zuchtend op haar strandbed vallen en graait in haar tas naar haar pakje shag.

'Ik lag in dat bruisende water en besefte hoe heerlijk het is om vrij te zijn,' zegt ze, en ze spreidt wat tabak uit over een vloeitje.

'Ik bedoel, onze moeders waren al lang en breed middelbaar toen ze zo oud waren als wij. Hadden kinderen, een man, een hypotheek, zorgen… en wij, jezus, wij zijn nog steeds meisjes. Wij leven het leven!'

Ze steekt haar hand in de lucht en wenkt de ober. Haar kleine, parmantige borst wiebelt mee.

'Misschien is het hebben van kinderen, een man en een hypotheek wel het leven. Dat kan toch ook?'

Ik weet niet waarom ik dat zeg. Ik ben chagrijnig ontwaakt uit mijn kleine dutje.

Ellen kijkt peinzend voor zich uit terwijl ze het vloeitje met tabak tussen haar vingers rolt. Ik haal een sigaret uit mijn pakje en steek hem aan.

'Ja, dat zou ook kunnen,' mompelt ze dan, haar blik nog steeds op de zee gericht. 'En jij had dat bijna,' gaat ze verder. 'Maar je bent ervan weggevlucht. Waarom eigenlijk, als je gelooft dat een gezin misschien wel het echte leven is?'

De beach waiter verschijnt aan onze bedjes. Ellen bestelt nog een pina colada. 'Jij ook?' vraagt ze.

'Doe mij maar water. En iets te eten...'

Wellicht dat ik daar iets van opknap.

Ze kijkt me vragend aan, de sigaret bungelend in haar mondhoek.

'Nou ja, ik weet in ieder geval dat ik uiteindelijk wel een relatie wil,' zeg ik. 'Liefde, een kindje, innerlijke rust. Tevreden zijn met een kabbelend bestaan. Daarin schuilt volgens mij het ware geluk. Maar toen ik het bijna had... ik weet niet wat me ineens overkwam. Het vloog me aan. De paniek...'

Ik voel het bijna weer, die plotselinge beklemming.

'Het kan toch zijn dat Joost het gewoon niet is voor jou? Dat er een ander komt die het wel is, die nog beter bij je past? En misschien zijn we gewoon niet meer in staat tot een langdurige monogame relatie. En waarom zouden we, trouwens? Met al die mogelijkheden die we hebben. We hoeven ons nergens meer bij neer te leggen, niets te accepteren. Het kan altijd leuker, beter, mooier, geiler. Dus die zucht, of de onrust zoals jij dat noemt, die blijft. We zijn gewoon extreem verwend. Ik denk dat we dat maar moeten accepteren.'

Ellen pakt de fles zonnebrand, doet wat olie op haar handen en begint haar gladde, dunne benen in te smeren. De sigaret hangt nog steeds in haar mondhoek. Ik vraag haar of zij zich nooit eenzaam voelt.

'Niet zo eenzaam als tijdens mijn relaties,' zegt ze zacht.

'Maar soms wel... Een mens is natuurlijk niet geschapen

om alleen te zijn. Maar ik heb me ook voorgenomen me nooit meer zo klote te voelen als tijdens mijn relaties. Dan maar geen man, dan maar geen liefde. Voor goede seks heb je geen relatie nodig, zelfs geen liefde. En om een kind te krijgen ook niet.'

Ik vind het koud klinken. Het idee om de rest van mijn leven zonder liefde door te brengen boezemt me angst in.

'Wil jij een kind?' vraag ik.

'Wanneer ik een jaar of veertig ben,' antwoordt ze. 'Dan laat ik me gewoon door iemand bevruchten en ga ik er alleen voor zorgen. Dan heb ik liefde, rust, een kabbelend bestaan...'

Ze kijkt me met een stralende glimlach aan. Was het maar zo simpel, denk ik.

De beach waiter brengt onze drankjes en de menukaart. Wij klinken.

'Tot die tijd, schat,' zegt Ellen met het glas geheven, 'party time!'

Manel treft de voorbereidingen. Hij kan hem totaal vertrouwen. Hij hoeft alleen maar te wachten terwijl hij een koud flesje bier tegen zijn slapen houdt. Zijn aderen pulseren tegen het glas. Al het bloed suist naar zijn kruis. Zijn pik groeit. Eindelijk. Hij vraagt zich af waar Manel het naartoe gebracht heeft. Hopelijk niet te ver, want hij moet dit vasthouden. Hij staat op en begint te lopen. Hij wiegt zijn heupen en spreidt zijn armen. Met hem komt iedereen weer tot leven. De meisjes zoemen om hem heen als muggen. De technobeat beukt in zijn borst. Met stramme benen loopt hij naar de tafel. Hij pakt de vrouw die eroverheen gebogen staat bij de heupen en wrijft zijn harde lul even langs haar kont. Dan duwt hij haar opzij en neemt het opgerolde biljet uit haar handen. Hij bukt en snuift en hij is er klaar voor, tot in zijn tenen.

We kletsen en staren zo nu en dan over de glinsterende zee. Ik bestel een clubsandwich, Ellen een caesarsalade, en samen nemen we een flesje cava. We maken grappen over de voorbij slenterende badgasten en nippen van onze bubbels. Ellen smeert mijn rug in, die volgens haar zo hard is als een plank, en we bedenken wat we allemaal willen doen de komende tijd.

'Jij gaat je dagelijks laten masseren,' zegt Ellen tegen mij.

'Yes, yes, yes!' zeg ik. 'En jij dan?'

'Ik ga in ieder geval neuken, *that's for sure,*' antwoordt ze en ik schiet in de lach.

'Die afdeling laat ik lekker geheel en al aan jou over,' zeg ik en ik neem een flinke slok.

'Niks daarvan,' zegt Ellen. 'Jij krijgt van mij een opdracht. Je gaat een lekkere kerel zoeken en laat je helemaal uit elkaar trekken. Gewoon omdat het kan. Jij gaat afscheid nemen van de serieuze Dorien en je gaat genieten.'

Haar plagerige blik boort zich in de mijne en om haar mond speelt een glimlach. Ik lach terug en negeer de vleug van angst en irritatie die door me heen slaat. Ellen is grenzeloos. De meeste mensen ergeren zich daar kapot aan. Ik niet. Ik vind het heerlijk. Meestal.

'Als ik ergens slecht in ben,' zeg ik, 'dan is het wel in mannen versieren.'

'Welnee, je moet jezelf niet zoveel wijsmaken. Als iets gemakkelijk is, lieve Dorien, dan is het wel een man versieren.'

'Voor jou, ja.'

'*Listen,* ik haat dit soort gelul. Je bent een ontzettend lekker wijf, dus ga alsjeblieft niet zo zuur Hollands zitten doen. *Be beautiful!* Dat is niet zo moeilijk, hoor, gewoon laten zien wat je hebt en er trots op zijn. Straal! We zijn op fucking Ibiza! *Free as a bird!*'

'Hé, ik ben net bij Joost weg... Ik ben in mijn hoofd wel met andere dingen bezig dan de vraag hoe ik me zo snel mogelijk uit elkaar kan laten trekken.'

Ellen zet haar glas neer en komt voor me staan.

'*It takes men to forget a man,*' zegt ze met haar handen in haar zij. 'Kom op, zeg. Het leven is kort en we zijn bijna op de helft.'

Ellen wiegt met haar heupen mee met de muziek.

'Leef!' roept ze. Ik krijg een kleur.

'Ik leef heus wel, schat. Laat mij het gewoon lekker op mijn manier doen, ja?'

Ze grinnikt. 'Je bent prachtig, Dorien. Geniet daar gewoon van. Gooi die rem los. Het maakt allemaal niet uit. Er kan je niets gebeuren.'

Ze buigt zich over me heen en geeft me een kus op de mond. Er kruipt een rilling langs mijn ruggengraat. Soms denk ik weleens dat zij too much voor me is, een beetje te heftig.

'Ik ben gewoon niet zo,' zeg ik en ik sta op en loop naar het toilet.

Manel zit achter het stuur. Hij vraagt hem niet waar het is. Hij wil het niet weten. Hij steekt een sigaret op en laat zijn hoofd hangen. De zon brandt en toch heeft hij het gevoel dat het nacht is. Zijn leven hier is een hele lange nacht.

Zijn been trilt. Zijn hoofd suist. Hij is een panter. Zijn spieren liggen direct onder zijn glanzende huid, strakgespannen, klaar voor de apotheose. Hij haalt het zilveren doosje uit zijn broekzak en draait het dekseltje eraf. Schept met een sleutel wat van de coke op zijn linkerhand en snuift het op. Hij wil nuchter zijn, glashelder, de schoonheid schuilt in een foutloze performance.

Manel zet de cd-speler aan. The Platters.

'Only You.'

De stem van Tony Williams snijdt door zijn ziel.

Only you can make this world seem right.

Manel grinnikt. Hij kent zijn baas.

Only you can make the darkness bright.

Kippenvel.

Zijn bewustzijn sluit zich af voor het alledaagse. Alles wat telt is dat wat op hem wacht. De verlossing.

Only you and you alone can thrill me like you do.

We zijn dronken. Het is onmogelijk om nog te rijden. Ik stel voor koffie te bestellen.

'Wat jij wilt,' zegt ze, 'maar ik neem er nog een.' Ze pakt haar iPhone en scrolt door haar berichten. Ellen is het soort vrouw dat overal mensen kent, altijd weet waar je moet zijn, wat je moet dragen en wat je dient te eten wil je bij de überhippe incrowd horen. Het is haar levensmissie en haar dagtaak. En aan haar hand mag ik ook meedoen.

Ze zet haar mobiel aan haar oor. Ik kijk de andere kant op, staar naar de mensen die loom voorbijsjokken door het zand. Ik hoor haar nerveus grinniken en ineens ergert alles me. De warmte, mijn verbrande huid, dat we halfdronken op een strand liggen terwijl we nog zoveel moeten doen, de manier waarop Ellen de regie van de vakantie op zich neemt en het feit dat ik dat zomaar over me heen laat gaan. Maar bovenal ergert het me dat het me ergert.

Ik wil boodschappen doen voor het huis, een lauwe douche nemen, ik wil mijn kleren in een kast ophangen en een dutje doen op koele katoenen lakens. Ik wil het loslaten. *Go with the flow.*

Ik krabbel overeind en loop naar de zee. Mijn hoofd voelt zwaar en gezwollen van de drank. Ik ga het koele, heldere water in, zet me af en maak krachtige slagen onder water. Ik zwem door naar de oranje boei halverwege de baai en zie hoe het water onder me donkerder en onheilspellender wordt. Ik pak de boei vast en klem me er met mijn armen en benen omheen als een klein kind. Dan draai ik me om en kijk naar het gekrioel op het strand, de groene bebouwde heuvels erachter, de ijsblauwe lucht erboven. Alles zindert van de verlokkingen. Probeer het gewoon eens lekker te laten gaan, zeg ik tegen mezelf. Zie het als een test. Geen betere plek dan hier om te kijken of ik de controle, de angst, kan loslaten. Ik neem een flinke hap lucht en merk hoe de opwinding weer voorzichtig begint te kriebelen in mijn buik. Ik zit niet vast. Ik kan alle kanten op, gaan waar ik wil. Ik ben vrij. Vrij om die wereld daar in de verte te betreden, vrij om te dansen, te praten, te lachen. En ik laat het nu allemaal over me heen komen. Ik volg Ellen, waar dat ook heen mag leiden. En als dat me niet bevalt: terug kan altijd.

Haar iPhone piept. Een sms. Ellen haalt loom de telefoon uit haar tas en kijkt. Het is Stu, met weer een hele rits Ibiza-tips, waarvan één haar bijzondere interesse wekt. De Apotheker. Dan weet ze wel hoe laat het is.

Ze belt Stu en hij neemt vrijwel onmiddellijk op.

'Lieverd! Hoe is het dan!'

Ze vertelt van het prachtige weer, dat ze op zijn strandje hangen en dat ze wel zin heeft in een beetje herrie. Stu lacht.

'Weet ik toch? Daarom heb ik je dat nummer ge-sms't. Bel haar even. Ze heet Lana, ze is ontzettend leuk en zij heeft echt goeie shit.'

Ze zegt dat ze geen zin heeft in ingewikkelde toestanden, ze kent hier nauwelijks de weg.

'Schatje, Lana komt waar jij haar wilt hebben. Overdag loopt ze gewoon de strandjes af, vette kans dat ze bij jou in de buurt is. Doe het nou maar. Bel. Ik zweer het je, zij heeft roze snoepjes die je echt naar de hemel brengen.'

Ze kijkt naast zich. Dorien is weg.

'En Lana is een feestbeest. Sowieso handig om te bellen. Zij weet alle party's en krijgt je overal op de lijst. Noem mijn naam en ze komt. Hoor je, El? Je hebt maar twee weken en je wilt toch de diepte in daar? Dus doe het. Lekker wappie gaan. Kom op, meid, je hebt het verdiend.'

Ellen grinnikt. Lekker wappie gaan, ja, dat is precies waar ze zin in heeft.

Als ik uit het water kom, zit er een kleine, magere, leeftijdsloze Spaanse vrouw naast Ellen, gehurkt in het zand, in een te kleine gehaakte roze bikini. Voor haar voeten liggen dezelfde gehaakte bikini's uitgestald op een gebatikte doek. Ellen bekijkt ze quasigeïnteresseerd. Ik drentel onhandig om hen heen, droog me af en geef de vrouw een hand. Ze stelt zich voor als Lana. Haar huid is bruin en gelooid als een oude leren tas. Met behendige vingers draait ze een joint. Er is inmiddels een tweede fles cava aangerukt. Ellen schenkt een glas voor me in. Ik neem het aan. We proosten en Lana grinnikt.

'Party girls, eh?' raspt ze met schorre stem. *'Ibiza seems to be the place for you, ladies.'*

Ik neem een slok van het tintelende koele spul en glimlach naar haar. Zij en Ellen lijken elkaar al langer te kennen.

'You like my bikini's?' vraagt ze en ze overhandigt me een lichtblauw exemplaar.

'Handgebreid,' vervolgt ze in het Engels, met een sterk Spaans accent. *'From Brasil. Very special.'*

Ik kijk ernaar. Voel aan het zachte breisel. Niets voor mij. Te klein.

'Koop er een, Door! Ik heb een roze gekocht. Dertig euro. Dat is niets!'

Ellen klinkt vreemd opgewonden. Ik schud mijn hoofd en leg de bikini terug.

'*I'm sorry*,' zeg ik, 'mijn kont is hier te dik voor.'

Lana lacht en ontkent luidruchtig. Noemt mijn *ass* 'beautiful'.

Ellen vraagt haar hoe lang ze al op het eiland woont. Ze haalt haar schouders op.

'*I think*... twintig jaar,' mompelt ze en ze likt met haar tong langs de vloei. '*I don't know exactly*... Op Ibiza vergeet je de tijd snel, *you know*.'

Ze geeft de joint aan Ellen, die hem achter haar oor steekt.

'Maar het is veranderd hier...' vervolgt ze. 'Niet voor jullie, party girls, maar voor ons, you know.'

Er glijdt een harde trek over haar gezicht.

'Veel problemen. Het leven hier is echt heel duur geworden. Ze proberen er een soort Saint-Tropez van te maken... Maar, Ibiza is *especial*... niet bedoeld voor iedereen met een beetje geld.'

Ze krabbelt met haar klauwachtige vingers door haar stugge zwarte krullen.

'Hoe bedoel je?' vraag ik.

Ze kijkt me lang en ernstig aan.

'Ibiza kan moeilijk zijn, het heeft een eigen wil, een eigen karakter. Sommige mensen komen hier en denken dat ze alles maar kunnen kopen. Vrijheid, bergen, vrouwen, stranden. Maar dit eiland is niet corrupt. Het keert zijn rug naar iedereen die het probeert te misbruiken.'

Ellen en ik kijken elkaar aan. Er volgt een onhandige stilte.

'You know...' begint Lana. 'Vrijheid en individuele onafhankelijkheid zijn de mooiste schatten van Ibiza. Is dat ook niet de reden dat jullie hier zijn? Om deze twee heilige gralen te vinden?'

'Ja... Ik denk het wel...' zeg ik.

'Ik heb ze al gevonden,' zegt Ellen en ze heft haar glas. 'In mezelf.'

Dan zet ze haar zonnebril op.

'*Good for you,*' zegt Lana.

'En op Ibiza zoeken we alleen maar een beetje avontuur, waar jij ons bij gaat helpen...'

'Ja, dat kan...' antwoordt Lana. 'Ik neem aan dat je wat E wilt?'

Ellen glimlacht. '*O, yes.*'

Ik voel een vreemd soort gejaagdheid opkomen. E. Ecstasy. Ik heb me altijd voorgenomen verre van drugs te blijven.

'En misschien wat wit? Paar pakjes? *I've got very, very good stuff.*'

'Oké. Twee pakjes is genoeg, denk ik.'

Ik weet niet eens waar ze het precies over hebben.

'Als je meer wilt, kun je me altijd bellen.'

We zijn nog geen vijf uur op het eiland en er worden al drugs gekocht. Het maakt me verschrikkelijk nerveus. Lana pakt haar rugtas en begint haar bikini's in kleine plastic zakjes te stoppen.

'Het is het veiligst om bij mij te kopen. Ik verkoop alleen de allerbeste kwaliteit. Maar dat wist je al, van Stu, *right?*'

'Yep,' zegt Ellen. Ze pakt de joint vanachter haar oor en steekt hem op.

'Er gaat een hoop vergif rond, dus kijk uit. Vooral het spul dat ze je in de clubs aanbieden...'

Ellen inhaleert diep. Geeft de joint aan Lana, die ook een flinke trek neemt en hem daarna aan mij overhandigt. Ik wuif licht paniekerig met mijn hand.

'*You don't like?*' vraagt Lana. Ik merk dat ik begin te blozen.

'Ik moet nog rijden...' stamel ik en ik maak een stom stuurgebaar met mijn handen.

'Dan zou ik ook maar niets drinken,' zegt Lana. 'Er geldt hier een *zero-alcohol policy.*'

'Nou, dan hebben we een probleem,' zegt Ellen lachend en ik grinnik stompzinnig mee.

'*Oh, no problem,*' zegt Lana terwijl ze met haar hand in de lucht wappert. 'Je kunt ook een chauffeur bellen. Wacht, ik geef je zijn nummer, kun je dag en nacht gebruiken. Weet je wat? Kom met mij mee! Er is een feest bij Estanyol, dan drinken en dansen we wat... Bel je daarna de chauffeur en die brengt jullie veilig thuis.'

Ellen kijkt me opgetogen aan.

'Dat doen we, Door!'

'Moeten we zo langzamerhand niet eens op zoek gaan naar ons huis?' vraag ik.

'Hé, we worden hier uitgenodigd voor een feestje. Ik zeg meepakken. Dat huis loopt niet weg.'

'We weten niet eens waar het is. We moeten nog douchen...'

'We moeten helemaal niks, Door.'

Ze neemt nog een trek van de joint en laat de rook tergend langzaam uit haar mond omhoog kringelen. Lana pakt een doosje uit haar rugzak en stopt Ellens bikini erin.

'*It's two fifty,*' zegt ze. '*Ten E, two packs.*'

Ellen pakt haar portemonnee uit haar tas.

'Kom op, Door, laten we meegaan. Zo'n feestje, dat kan echt helemaal te gek zijn!'

'Waar is dat feest precies?' vraag ik Lana.

'O, slechts een kleine tien minuten rijden naar de volgende baai. En we komen onderweg geen politie tegen, want het is een camino, een privéweg...'

Ellen geeft Lana het geld. Lana overhandigt haar het doosje met de bikini.

'*Come on, you partygirls. Go with the flow,*' zegt ze en ze staat op. De batikdoek wikkelt ze om haar tanige lichaam.

'Ik zie er niet uit,' zucht ik.

Ellen is al met make-up in de weer. Lana heeft de joint te pakken.

'*It's gonna be fun,*' mompelt ze.

Ik veeg het zand van mijn benen. Kijk naar mijn ongepedicuurde voeten. Ben ik een zeur? Ja, dat ben ik.

Ik haal mijn toilettas uit mijn tas en pak het spiegeltje eruit. Mijn haren hangen als slierten touw in mijn gezicht. Mijn mascara is uitgelopen en mijn wangen en borst zijn rood van te veel zon. Niet zeiken, denk ik en ik steek mijn haar op in een rommelige knot. Ik smeer wat zonnebrand op, een beetje lipgloss en werk mijn ogen bij met een zwart oogpotlood.

Lana en Ellen lachen ergens om. Ik pak mijn strandtas. Ellen rekent af. We hebben nog geen pot gemaakt, denk ik.

Een hotelkamer zoals er zoveel zijn. Klein, muf, beige vloertegels met marmermotief. Eigele wanden. Groene velours gordijnen. Precies goed. Anoniem. Een plek zonder betekenis. Voor wezens zonder betekenis.

Het ligt op de buik op het spartaanse houten bed, een geel-groen geblokte sprei rommelig om zich heen. Hij loopt heen en weer, om het bed, naar de badkamer, kijkt door de gordijnen naar het balkon. Hij heeft alle tijd. Daarom schenkt hij zichzelf eerst een glas in van de wodka die Manel heeft klaargezet. Steekt een sigaret op. Haalt uit zijn koffer de iPod en het boxje. Doet de plug in de iPod en legt beide op het wankele nachtkastje. Zet zijn nummer aan.

Hij zit op bed, naast het onbeweeglijke lichaam. Blaast zijn rook in het gezicht. Grinnikt bij de gedachte dat het zichzelf zou kunnen zien liggen. Lelijk. Gevloerd. Overgeleverd. Geen grote bek meer. De mond halfopen, vouwen in de wangen.

They asked me how I knew
My true love was true
I of course replied
Something here inside
Cannot be denied

Zijn vingers gaan over de rug. Maken de rits van het minuscule gouden loverjurkje open. Gaan over de glanzend gespierde bruine rug. Openen de sluiting van de huidkleurige beha. Pakken het vel en trekken eraan. Hij buigt zich voorover en snuffelt aan de haren. Ruikt drank, sigaretten, een lichte zweem zweet gecombineerd met een zoetig parfum. Het liefst zou hij bijten. Met zijn tanden het zachte gebruinde vel doorboren. Vlees en bloed proeven. Het vlees losscheuren als een panter.

'Y chicas, ¿qué estaís buscando?' vraagt hij. Lana draait haar raampje open.

'Las olas blancas,' zegt ze.

De jongen gebaart dat we door kunnen rijden.

'Waar ging dat over?' vraagt Ellen terwijl ze haar gezicht voor de zoveelste keer checkt in haar spiegeltje.

'Dat was het geheime wachtwoord om het feest binnen te komen. Olas blancas betekent witte golven.'

We parkeren de auto op aanwijzing van een andere jongen in een geel vest zo strak mogelijk tegen de stekelige begroeiing op de rotsen. Lana en Ellen stappen uit, ik klim via de passagiersstoel naar buiten. We openen de achterbak en nemen alle drie een paar slokken water. Controleren onze make-up nog een keer, sprayen deo onder onze oksels, wat parfum in onze nek, en ik trek mijn korte Spaanse laarsjes aan. Mijn schouders lijken zich te ontspannen. Het is de pompende beat van de muziek, het uitzicht op het glinsterende water, het aangename gekakel van blije, opgewonden mensen in de verte, waar ik rustiger van word. Ellen heeft gelijk. Dit maak je niet vaak mee.

Lana schudt met een doosje voor mijn neus en vraagt stralend of ik een *happy mint* wil. Ik weiger. Ellen omarmt me en geeft me een kus op de wang.

'Ik vind je lief,' fluistert ze in mijn oor, en ze steekt een hand uit naar Lana. Die laat een klein roze tabletje op haar handpalm vallen. Ellen breekt het doormidden, stopt de ene helft in haar mond, en de andere in de zak van haar rokje. Met het laatste water uit de fles spoelen beiden de pil weg. Even overweeg ik terug te komen op mijn besluit. Waarom niet? Voor alles moet een eerste keer zijn. Zou het niet heerlijk zijn even de controle te verliezen, al mijn angsten en onzekerheden te vergeten? Ik doe het niet. Simpelweg omdat ik een schijterd ben.

We lopen in de richting van de strandtent op de maat van de droge, kale beat. Het is onmogelijk niet te bewegen. Lana loopt nonchalant heupwiegend de rij voorbij, en drukt een kus op de strakke kaken van een van de breedgeschouderde portiers. Ze zegt iets in zijn oor, zonder hem aan te kijken, en dan wenkt ze dat we door mogen lopen. Ellen en ik lijken te zweven, opgewonden en vol energie.

'Cool,' zegt Ellen en ze knijpt lichtjes in mijn arm.

'*¿Estaís amigas de Lana?*' vraagt een modelachtig meisje en wij knikken. Ze doet een wit bandje om onze rechterpols waarop OLAS BLANCAS VIP staat, terwijl ze lacht om iets wat Lana zegt. Ellen en ik staren haar aan omdat ze zo mooi is en zo slank, en haar tanden zijn witter dan haar bikini.

'Geen put te zien,' fluistert Ellen. 'Hoe is het in godsnaam mogelijk...'

'Gewoon, het Amy Winehouse-dieet volgen...' fluister ik terug.

'Dat gaat ons deze vakantie zeker lukken,' zegt Ellen grinnikend.

We lopen door, zwevend, zoals iedereen. Mannen en vrouwen, ze kijken me stralend en vol belofte aan. Het is alsof ik me ineens op een levensgrote zeeanemoon begeef, waarop alles zacht is en iedereen heen en weer golft. We wurmen ons door de dansende menigte over het terras, langs de dj-booth naar het strand, waar blootsvoets gedanst wordt en mensen hangen en drinken op witte loungebedden.

'Jij ook een mojito?' vraagt Ellen met overslaande stem van enthousiasme. Ik knik en Ellen draait zich om en verdwijnt in de golvende massa. Lana staat even verderop en omhelst een lange donkere jongen met dreadlocks. Ik sta ineens alleen en steek een sigaret op, starend naar de wonderlijk bonte verzameling mooie, gekke, bijzondere mensen die dansen, praten, lachen, zoenen alsof ze hun hele leven niets anders hebben gedaan. Deze mensen verbranden niet in de zon; maar ze worden langzaam goudbruin. Ze kennen geen liefdesverdriet en wanneer ze huilen, worden hun ogen niet dik en rood, maar biggelen er kleine elegante tranen over hun wangen. Drank maakt hen niet dik, drugs maken hen niet bang, vermoeidheid heeft geen vat op hen.

Een broodmager witblond meisje komt op me af en staart me stralend aan met haar doorzichtig blauwe ogen. Om haar kleine lijf zit een soort zeemleren lap, strakgespannen en op z'n plek gehouden met touwtjes om haar heupen, middel en borst. Ze draagt haar haren in twee dunne sprieterige vlechten. Ze vraagt om vuur. Ik reik haar mijn aansteker aan en zij pakt mijn hand en begint tegen me aan te dansen. Met haar andere hand steekt ze haar sigaret aan.

'I'm so fucked up, man.'

Ze zucht en kronkelt met haar kont tegen mijn kruis. Het bloed stijgt naar mijn hoofd. Ik kijk enigszins wanhopig om me heen of Ellen al in aantocht is met de drank.

'Holiday on Ibiza, is one long, long, long night, dear,' zegt ze schor terwijl ze schokkerig om me heen fladdert, met halfgesloten ogen.

'You look so sweet,' zegt ze dan. *'Where are you from?'*
'Amsterdam,' stamel ik. Ze glimlacht verrast en geeft me een kus op de mond.
'I love Amsterdam,' zegt ze schor en weg is ze, verdwijnend in de zwetende meute, de sigaret losjes in haar mondhoek.

'Jezus, wat een goed feestje is dit, zeg,' roept Ellen in mijn oor. Ze overhandigt me een mojito en we klinken met de grote glazen.
'Fokking duur. Vijftien euro!' roept ze, wijzend op de mojito's. 'Maar who cares? Ik heb echt nog nooit zoveel lekkere kerels bij elkaar gezien!' zegt ze uitgelaten, en ze port me in mijn zij. Ze wenkt met haar hoofd in de richting van een groep bonkig dansende mannen met tanige, gespierde ontblote bovenlijven. Hun T-shirts hangen nonchalant in hun broeksband.
'Die lijken me meer geïnteresseerd in elkaar, denk je niet?' zeg ik.
Ellen haalt haar schouders op. 'Dat gaan we dan nu maar even testen...'
Gebiologeerd grijnzend staart ze naar de mannen, totdat er twee van hen zich losmaken van de groep en onze kant op komen.
'Zo doe je dat, dus!' roept ze opgetogen naar mij, waarna ze een arm in de lucht steekt en een joelende kreet slaakt.
'Kom! Kom op, Dorien!' Ze draait zich nog een keer naar me om en zwaait dat ik mee moet komen, dat ik me net zoals zij op deze lonkende berg mannenvlees moet storten, maar zo zit ik niet in elkaar. Ik zou het wel willen, maar ik kan het niet, ik kan mezelf niet verliezen, ik sta me hier onaangenaam bewust van mezelf te zijn, en voel me oud, onaantrekkelijk en harkerig.

Ik kijk naar haar, kijk toe hoe de twee halfnaakte mannen haar tussen zich in klemmen, hoe zij haar vingers laat glijden over een gespierde, onbehaarde borstkas en woest met haar heupen schudt, hoe ze aanstellerig lacht en haar hoofd naar achteren gooit. Een vrij hysterisch tafereel. Ik vraag me af waarom wij eigenlijk vriendinnen zijn. Waarom ik me plots erger aan alles wat ik eerst leuk en fascinerend aan haar vond. Haar rebelse impulsiviteit, haar ongebreidelde energie, haar lef en provocatieve vrijheidsdrang. Wilde ik niet ook zo zijn?

Ik vouw mijn hand om mijn middel en neem grote slokken van mijn mojito. Achter me kabbelt een rustige zee. Ik sta in fijn wit zand en draag slechts een flodderig hemdjurkje. Het is warm en de krekels zingen boven de stampende muziek uit. Maanden heb ik uitgekeken naar deze vakantie. Naar twee weken niets hoeven. Ellen en ik hebben ons verheugd, elkaar gek gemaakt over deze vakantie. En nu sta ik hier, opgesloten in mezelf de trut uit te hangen, opgejaagd door een vreemd gevoel van haast, irritatie en onbehagen. Als ik een knop zou kunnen omzetten in mijn hoofd, dan zou ik gelukkig kunnen zijn.

Op de dansvloer gaan ineens alle handen de lucht in. Er klinkt nog slechts de kale dreun, als een zwaar versterkte hartslag, en de mensen beginnen te fluiten en te joelen. Ik ken het trucje van de dj, het inhouden van de muziek om de deinende menigte nog meer op te zwepen, maar hier lijkt het alsof de Messias uit de hemel neerdaalt, zo zinderend is de energie. Iedereen lijkt in trance, met de ogen gesloten gelukzalig glimlachend, de handen in aanbidding geheven. Ik wieg mee, ik kan niet anders. Dan klinkt tussen de schrale dreunen van de beat een scheurende gitaar, gevolgd door een bekende melodie.

Dig if you will the picture
Of you and I engaged in a kiss
The sweat of your body covers me
Can you my darling
Can you picture this?

Hij is kennelijk nog niet vergeten. Prince. Mensen beginnen ongeduldig te springen, alsof dat de muziek weer op gang zal brengen. De dj mixt de hartslag met een snellere beat.

How can you just leave me standing?
Alone in a world that's so cold?

Er wordt harder gefloten. Deze remix van 'When Doves Cry' bezorgt me kippenvel.

Extatisch gejoel.

De echo van Prince' stem stijgt boven ons uit.

En dan de orgastische explosie van geluid. Alle remmen los. De dansvloer verandert in een hossende kluwen mensen. We zijn nog geen negen uur op het eiland, en ik zie hoe een halfnaakte kerel zijn tong in Ellens mond duwt.

De pil knalt erin. Ze is zo licht en zo zacht als een veertje, zo mooi als Sneeuwwitje, vloeibaar en soepel, warm en vochtig. Haar tong tintelt, evenals haar tepels, en iedere aanraking jaagt een vleug extase door haar lijf. Absurd dat Dorien dit niet wil, een paar uur in het paradijs verkeren. Ze weet niet wat ze mist.

Ellen vloeit samen met de dansende massa, ze loopt op wolken. Ze streelt en laat zich strelen, likt en laat zich likken, iedereen straalt en trilt en zindert. Er is geen angst meer, geen honger, geen pijnlijke voeten of verbrande schouders, geen irritatie en walging, ze ziet en voelt louter het goede, het mooie, het fijne. Twee handen op haar billen, een stevige arm die haar middel omvat. De haartjes op haar huid trillen van genot. Het is liefde, een warm bad van pure liefde, waarin ze zich bevindt. Ze kan er geen genoeg van krijgen, nooit, nooit genoeg.

'Nederlands?' vraagt een stem achter me en als ik me omdraai, kijk ik in de donkerblauwe ogen van een getaande vijftiger met halflang grijs haar, dat vermoedelijk ooit blond was.

'Hoe raad je het,' antwoord ik en ik draai me weer terug. Ik weet dat ik stug doe, maar ik heb nu gewoon geen zin in een oppervlakkig kletspraatje.

'Zie ik aan je houding, je kleding... alles eigenlijk,' roept de man boven de muziek uit. 'En je bent hier voor het eerst en je weet niet wat je van dit alles moet vinden. Een Ibiza-*virgin.*'

Hij komt naast me staan. Ik ruik een ouderwetse patchoeli-geur die me aan mijn vader doet denken.

'En jij? Ben jij dan een Ibiza-senior?' vraag ik zonder hem aan te kijken.

'Inderdaad ja,' zegt hij grijnzend en ik voel zijn blik branden. Ik neem een laatste slok van mijn mojito en wens dat hij weggaat.

'Sorry dat ik me zo aan je opdring, maar ik moest je aanspreken. Ik zag je binnenkomen... en ik zie je nu hier staan... Wacht. Ik zal me eerst eens fatsoenlijk voorstellen. Ik ben Nick. Nick van Velzen.'

Hij steekt een grote, gebruinde hand naar me uit. Ik

schud hem. De hand is droog en warm.

'Dorien Keizer,' zeg ik.

'Aangenaam.'

En zo laat ik deze Nick toch toe in mijn aura. Omdat hij me aan vroeger doet denken. Aan mijn ouders, toen ze nog gelukkig en gezond waren, omringd door hun artistieke vrienden.

'Ik zal het even uitleggen...' vervolgt Nick. 'Weet je, vind je het erg even met me mee het strand op te lopen, weg van de herrie? Haal ik eerst voor jou nog zo'n drankje.'

Ik weet niet waarom ik het doe, waarom ik hem volg, waarschijnlijk omdat hij vreemd vertrouwd aanvoelt.

Ik loop achter hem aan als een afgericht hondje, naar de bar, waar hij een Heineken en een mojito bestelt. Een vreemde, denk ik. Hij kan iets in mijn drankje gooien. Me meenemen, verkrachten en in zee dumpen. Maar ergens weet ik zeker dat hij oké is.

We lopen het strand op, tussen groepjes dansende, drinkende en blowende feestvierders door laverend naar de rode rotsen links van de baai. Daar vinden we een plek vlak aan het water. Nick haalt een grote doek uit zijn tas en drapeert die op het harde steen.

'Take a seat,' zegt hij en ik neem plaats. Het glas mojito is inmiddels alweer bijna leeg en de rum en het bijtende limoensap lijken een gat in mijn maagwand te branden.

'Vijf minuten,' zegt Nick, 'dan ben je weer van me af. Maar ik kreeg iets door toen ik je zag binnenkomen... Zo behoedzaam en onzeker.'

Ik ken de truc. Een vrouw aanspreken op haar kwetsbaarheid. Ik heb er weleens een artikel over geschreven. 'De tien foutste versiertrucs', heette het geloof ik. Maar dit is de eerste keer dat iemand het bij mij probeert. Ik heb niet zo'n versierbare uitstraling.

'Ik ben healer. Mensen op dit eiland komen naar me toe met vragen over hun leven en ik help ze, omdat ik ze kan lezen. Ik zie hun toekomst, hun verleden, hun twijfels. Dat is niet bij iedereen even sterk, maar bij jou... wauw, jij kwam keihard binnen.'

Ik lach en denk aan hoe Joost dit soort mensen noemt. Dealers in vrouwendrugs. Oplichters die geld verdienen aan de hang van vrouwen naar verklaringen voor het onrecht dat hun is aangedaan, meestal door mannen. Een goede uitleg is goud waard, hoop een vermogen.

'Hoe dan? Hoe kwam ik binnen?' Ik slurp met mijn rietje het allerlaatste beetje gemeen zuur sap naar binnen.

'Ik kreeg er de rillingen van,' zegt hij zacht en zijn blik glijdt over de kalme zee. De schemer reflecteert zilverkleurig op het water.

'Dit is een raar eiland. Er hangt een verslavende, heftige energie. Sommige mensen worden hier zielsgelukkig, andere stapelgek. De een vindt zichzelf, de ander springt van een klif. Het is hier donker en licht, gevaarlijk en vredig, verschrikkelijk lelijk en adembenemend mooi. Een eiland van extremen.'

Hij neemt een flinke slok uit zijn flesje bier. Ik weet niet of ik hier te maken heb met een gek, of een integere, ietwat zweverige figuur.

'Neem dit feestje. Het oogt als het paradijs. Alles is mooi. De gasten, de baai, het personeel, de muziek. Het draait om vrijheid, jezelf vinden. Om de zon die altijd zal schijnen, de liefde die alles overwint. Maar daaronder... Daaronder ligt een dikke laag duisternis. Drugs. Criminaliteit. Seksuele uitspattingen waar mensen kapot aan gaan. Dat heeft niets te maken met wat er bezongen wordt.'

'En wat heeft dat met mij te maken? Ik ben hier gewoon twee weekjes op vakantie met een vriendin, zoals de meesten. Die ellende die jij opnoemt, daar heb ik niets mee te maken. Ik gebruik geen drugs...'

Hij kijkt me ernstig aan.

'Jij bent kwetsbaar. Naïef. En je hebt geen grenzen.'

'Ho, nou, hallo... ik ben een en al grens. Als ik geen grenzen kende, dan stond ik nu net zoals mijn vriendin lekker op de dansvloer uit mijn bol te gaan. Ik zou willen dat ik geen grenzen had, of in ieder geval een stuk minder.'

'Ik heb het over heel andere grenzen. Jij laat je leven bepalen door anderen. Als je grenzen had gehad, was je relatie misschien niet kapotgegaan.'

'Hoezo?'

'Dat hoef je mij niet te vragen. Je weet het zelf. Je hebt je gevormd naar hem en toen je dat niet meer volhield, zocht je iemand anders naar wie je je kon vormen. Die vriendin. Zogenaamd wild en los en vrij.'

Ik staar hem aan alsof ik net wakker ben geworden uit een honderd jaar lange slaap.

'Maar goed, ik dwaal af. Waar het om gaat, is dat ik een zeer onheilspellend gevoel kreeg toen ik je zag. En ik heb het nog. Ik wil je niet bang maken, begrijp me goed, maar ik kan er niet aan voorbijgaan, want ik krijg deze informatie niet voor niets door. Ik moet er iets mee doen.'

'En bedankt...' zeg ik, terwijl ik mijn tanden in het hoekje van mijn pinknagel zet.

'Ik wil je vakantie niet verpesten. En je vriendschap evenmin. Ik wil je alleen maar waarschuwen, zodat je op je hoede bent. En je grenzen bewaakt. Ofwel, luister naar je innerlijke stem.'

Ik schiet in de lach. Opgelucht dat hij termen als innerlijke stem gebruikt. Dat betekent dat ik hem niet heel serieus hoef te nemen. Zwever, vrouwendrugs, weg ermee.

'Laat ik concreter zijn: ga niet op een boot en blijf weg van Es Vedra.'

Nick staat op en klopt wat zand van zijn versleten spijkerbroek. Daarna kijkt hij op zijn horloge.

'Zie je? Vijf minuten. Mag ik mijn kleedje terug?'

Ik sta ook op. Hij pakt zijn doek.

'Wat is Es Vedra?' vraag ik.

'De magische rots, in de zee bij Cala d'Hort. Dat is wat ik zie. Een boot en die rots. Ik zou er gewoon voor de zekerheid uit de buurt blijven. Het eiland is groot genoeg. Blijf lekker in het noorden. De goede kant.'

Hij neemt mijn gezicht tussen zijn handen en drukt een kus op mijn voorhoofd.

'*Take care*, meisje.'

Dan draait hij zich om.

'Wacht, Nick...'

Hij blijft staan en kijkt me aan.

'Heb je iets van een kaartje of zo? Of een mobiel nummer? Je weet nooit...'

Ik maak een belachelijk hulpeloos gebaar met mijn handen, alsof ik me aan hem vast wil klampen.

'Je gelooft toch niet in dit soort onzin?'

'Je kunt me zo niet achterlaten...' zeg ik.

'Jawel. Ik heb je kracht gegeven. En als je me nodig hebt, gewoon naar Nick vragen. Alle goede mensen op dit eiland kennen me.'

Ik kijk hem na en wrijf over mijn armen alsof ik het koud heb. Dan besluit ik dat hij een eikel is en dat ik me niets zal aantrekken van dit soort foute praatjes.

Het gekooide beest in hem onder controle houden. Het beest dat wil bespringen, de tanden in de hals wil zetten, de halsslagader wil openscheuren, dat bloed wil zien spuiten, dat vlees wil proeven en eten, rauw vlees, mensenvlees, nog levend vlees. Maar dat zou het spel bederven. Dat zou de perfectie van zijn systeem doorkruisen. Hij neemt afstand. Loopt nog een rondje om het bed. Voelt met de haat ook zijn erectie groeien.

Hij drinkt en rookt en geniet van de tintelingen die door zijn lijf gaan. De kunst is het ritueel uit te smeren en het op de toppen van zijn bewustzijn te beleven. Hij pakt een voet. Neemt de goudkleurige pump in zijn handen. Goedkoop merk. Hij ruikt eraan. Hierin onderscheidt dit wezen zich van een echte vrouw. Mannengeur.

Hij neemt een laatste hijs van zijn sigaret en drukt de peuk uit op de hiel. Het wezen geeft geen kik. Goed spul dus. Zijn hand glijdt over de kuit. Koud vlees. Stoppelig. Het maakt hem kwaad, de belofte van een vrouwenlichaam, de schijn van schoonheid en de teleurstelling die er altijd op volgt wanneer je dichtbij komt. Het litteken van een borstvergroting. De ingegroeide schaamharen. Gesprongen aderen in een knieholte. Slechte huid, afgedekt door te veel make-up. Vrouwen zijn oplichters.

Het is inmiddels schemerig en om me heen staat iedereen te dansen. Op de rotsen, in het zand, sommigen in het ondiepe water. Ik ga op zoek naar Ellen en naar drank, want daar heb ik na het vreemde gesprek met Nick heel veel zin in.

Ik ben boos. Op mezelf, dat ik zo'n idioot de ruimte heb gegeven me op te fokken.

'*Hola, Dorín, ¿qué tal?*' roept een schorre stem. Het is Lana, die wild dansend naar me zwaait. Ik loop naar haar toe en ze slaat haar armen om me heen.

'*Hola guapa, ¿tú quieres una hierba? Licor de Ibiza.*'

Lana haast zich naar een kleine koelbox in het zand en haalt er een grote fles uit. Ik krijg zoenen van haar hippievrienden, die net zo ruiken als Nick: naar patchoeli, leer en haardvuur. We deinen mee met de muziek, onze schoenen lijken vastgeklonken in het zware zand. Lana geeft me een plastic bekertje met donkergele vloeistof. 'Hierbas,' herhaalt ze. Ik neem een slok van het stroperige spul, dat naar hoestdrank smaakt.

'*Magic!*' zegt ze lachend en iedereen lacht mee.

Ik drink mijn glas in drie slokken leeg. Een donkere jongen met een sik vult me bij. Hij slaat zijn arm om mijn middel en zegt iets in het Spaans in mijn oor. De hierbas doet zijn werk vrij rap. Mijn oren gloeien en mijn benen worden zwaar.

'Oh, I love Luciano!' schreeuwt de jongen naast me en hij laat me los, schopt zijn sandalen uit en maakt een wilde rondedans om de koelbox.

'Who's Luciano?' vraag ik Lana en zij vult mijn glas voor de derde keer.

'De beste dj van dit moment op Ibiza!' roept ze. *'He is playing now!'*

Ze geeft me het volle glas en sluit even haar ogen. Ze draait sierlijk met haar handen en gooit haar hoofd in haar nek. Ik kijk om me heen en zie hoe ieder in zijn eigen cocon opgaat in de sobere, wereldvreemde klanken die Luciano uit de boxen laat knallen. Ik probeer met gesloten ogen de muziek te volgen. Ik wil dat de beat mijn hartslag overneemt, ik wil ook verleid worden door Luciano. Ik draai en schok met mijn heupen, schud mijn schouders, ik glimlach stralend in het niets en even voel ik me opgetild door de muziek en omringd door mooie, blije mensen met allemaal slechts één doel: genot.

'Daar ben je!'

Ellen grijpt me bij mijn middel, haar nagels krassen in mijn vlees. Ze is nat van het zweet en drukt zich stevig tegen me aan.

'Tjeesus zeg, we hebben je overal gezocht.'

'We?' vraag ik, en Ellen wijst glunderend naar de jongen achter haar, die zijn ontblote bovenlijf inmiddels heeft bedekt met een strak T-shirt, zijn V-hals bijna tot aan de navel. Ik dacht dat die dracht uitsluitend voor homo's was. Althans, dat heeft Ellen me ooit verteld.

'Dean en ik...' Ze zet een flesje water aan haar mond en drinkt gulzig. 'O, liefje, ik ben zo blij dat ik je heb gevonden. Wie was die vent?'

Mijn oren suizen. 'Nick. Een healer.'

'Een wat?'

'Nick,' roep ik, 'hij is healer. Hij ziet en voelt dingen...'

'Shit, wat cool zeg... Heb je zijn nummer?'

Ik schud mijn hoofd. 'En zo cool was het trouwens niet...'

Ellen luistert niet meer. Dean hangt over haar heen en ik zie hoe zijn hand in haar topje glijdt. Daarna maakt hij zich los, aait Ellen over haar haren en steekt de hand waarmee hij net aan haar tiet zat naar me uit.

'Hope to see you again. Bye ladies, have fun!'

'Doei!' roept Ellen als hij wegloopt, en ze kijkt me giechelig aan. 'En weer door!'

'Dat was het weer met Dean?'

'Yep. Die gaat *back home*. Hop met de easyJet terug naar Manchester.'

'En?'

'Ik heb zijn nummer. Maar geen hoogvlieger... IQ van een doperwt.'

We lachen en we dansen en we drinken nog een hierbas van Lana. Ellen pakt mijn hand en tettert in mijn oor dat ik er lekker in zit en dat klopt. Ik begin het te begrijpen. Fuck Nick.

Boven de baai gloeit de volle maan. Ik ben ieder besef van tijd kwijt. Ik ben een radertje in deze pompende dansmachine. Op de energie die wij hier produceren zouden hele fabrieken kunnen draaien. Ook zonder drugs voel ik de liefde van iedereen. Ik laat me omhelzen en kussen, handen over mijn billen gaan, van mannen en vrouwen, we zijn één en alles is goed. Dit is meditatie, dit is waarvoor we op aarde zijn. Hier bestaat geen machtsstrijd, geen jaloezie, geen afgunst, geen oordeel. We zijn een leger van liefde, marcherend op de beat, de armen geheven.

'Dorien!' gilt Lana in mijn oor. *'Querida!'*

Terug op aarde. Ik wankel.

'We go! Can we use your car?'

Ik kijk om me heen en zie dat het feestvolk aardig uitgedund is.

'Why? Why go?' vraag ik.

'Luciano draait straks verder in de Pacha!'

'Dus gaan wij ook naar de Pacha,' vult Ellen aan. 'Dit is Martijn, hij heeft een tafel en hij vraagt of we meegaan.'

Een lange jongen in een smetteloos wit overhemd geeft me een kus op de wang. 'Hoi. We zijn met een man of twintig. Ik nodig jullie uit.'

Martijn heeft zijn armen om Ellen en Lana heen geslagen.

'Ik kan niet rijden,' stamel ik.

'Koen hier kan rijden, hij heeft nog niets gedronken.'

Hij wijst naar een blozende blonde jongen, die in de verte iets weg heeft van Willem-Alexander.

Er gaat van alles door mijn hoofd. Ik moet wat eten. Ik zie er niet uit. De huurauto is verzekerd met mij als enige chauffeur.

'Er kunnen maar vier mensen in die auto...'

'Vijf,' zegt Ellen.

'En een paar op schoot,' zegt Martijn.

'Kunnen we geen taxi's nemen?'

'Al onze spullen liggen in die auto, Door.'

Ik kijk van Ellen naar Lana, naar Martijn. Gladde jongen. Donkerblonde lok. Gooise kakker. Hij zet zijn meest charmante glimlach op. 'Ladies, vanavond is *my treat.* Taxi vind ik ook best. Als we maar gaan. Ik moet me voor enen melden voor die tafel.'

We zouden eigenlijk naar ons huis moeten gaan, denk ik. Een douche nemen. Kleren in de kast hangen. Mijn benen zijn zwaar als lood.

'Kom op, Door, doe niet zo moeilijk.'

'Ik ben zo nuchter als Andries Knevel,' zegt Koen grijnzend.

'Ik kan zo toch niet naar de Pacha?' werp ik tegen.

'Schoonheid, je ziet er heerlijk uit. En dit is Ibiza. Zo gaan de dingen. Een lange nacht. Bovendien,' zegt Koen, 'is het thema van vanavond: *vagabundos*. Je past dus prima bij de dresscode.'

Ellen zit voorin, op Martijns schoot. Ik achter op schoot bij de jongen met de sik, met wie ik even heb staan dansen zonder een woord te wisselen. Zijn handen rusten op mijn heupen. Naast me zitten Lana en haar donkere vriend, die zijn armen om de koelbox heeft geslagen. Martijn zet het volume van de radio voluit en Koen geeft gas. We stuiteren over de hobbelige weg en ik vraag me af wat me bezielt. Ik ben vijfendertig en ben met volslagen vreemden op weg naar een discotheek, op de eerste dag van mijn vakantie. In mijn maag klotst zeker een liter cava, aangelengd met limoensap, rum, vijftien suikerklonten, een flinke bos verse munt en nog eens vier glazen mierzoete hierbas. Niet vreemd dus dat ik ineens over mijn nek ga.

Ik sta langs de weg en snuif gretig de zwoele avondlucht op. De jongen met de sik wrijft meelevend over mijn rug.

'Querida,' zegt hij zacht en hij geeft me een flesje water en een zakdoek. Ik veeg mijn mond schoon en neem een slok.

'Yo te llevaré a casa, okay?'

Ik begrijp alleen het woord casa.

'I'm okay,' zeg ik en ik durf hem nauwelijks aan te kijken. Ik weet zijn naam niet eens en hij heeft mijn kots opgeruimd.

'Gaat ie?' roept Koen vanuit de dreunende auto. Ik steek

mijn duim op. Ze joelen. De jongen met de sik pakt mijn hand en we kruipen de zuur ruikende auto weer in.

'What's your name?' vraag ik aan hem.

'Tu nombre,' vertaalt Lana.

'Jordi,' antwoordt hij. Hij trekt me dicht tegen zich aan.

'It's okay, guapa,' fluistert Lana terwijl ze over mijn been wrijft. *'We'll get you some food.'*

Ik haal mijn neus op en glimlach naar haar. Niemand anders is moe, niemand anders heeft honger, niemand anders twijfelt aan deze onderneming.

'Vamos,' roept Koen en daar gaan we weer, de donkere, lange nacht in.

'Neem gewoon een pilletje,' zegt Ellen. We staan in de wc van een of andere hamburgertent in de stad. Het tl-licht is onverbiddelijk. Ik zie eruit als een lijk. Ellen trouwens ook. We vegen onze gezichten schoon met een make-updoekje en proberen onze haren te fatsoeneren.

'Ik wil slapen en douchen, dat is toch niet zo raar?' zeg ik, snibbiger dan bedoeld.

'Nee, dat is niet raar, Door, maar tjeesus, we kunnen gratis mee aan een vip-tafel in de fokking Pacha!'

Ellen smeert met woedende gebaren foundation op en geeft het doosje daarna aan mij.

'Dat jij de energie nog hebt...'

Ze kijkt me aan met een gespannen lach om haar mond. Ze lijkt op iets te kauwen.

'Energie is hier gewoon te koop, hoor, voor een tientje.'

Ik denk aan Nick en zijn opmerking over mijn grenzen.

'Lieverd, ga jij dan met ze mee. Ik neem een taxi naar ons huis, met onze koffers.'

Een lang, blond meisje komt binnen en wringt zich langs ons heen naar het toilet. Ze grinnikt.

'O la la, Ibiza fever!' zegt ze en ze sluit de deur.

Ellen pakt mijn hand. 'Ik wil niet alleen.' Ze draait heen en weer als een peuter die om snoep smeekt.

Ik voel me beter na een dubbele cheeseburger en een halve liter cola. Ik neem mijn mobiel uit mijn tas en kijk hoe laat het is. Kwart over twaalf. Ik heb negen oproepen gemist en drie berichten. Allemaal van een onbekend nummer. Ik open de berichten.

Dear Mrs, I've been waiting for you at Casa Jolie. I leave now, and put the key under the big pot next to the main door. The code for the gate is 3475. Tomorrow I'll be back around 11 a.m. to explain some things to you. Best regards, Julie

Ik laat Ellen het bericht lezen.

'Mooi,' zegt ze. 'Zie je, alles gaat vanzelf. We kunnen er zo in, er is niemand boos. Laat het los, Dorien. De jongens wachten op ons.'

Het blonde meisje komt van het toilet af. Ze gaat naast ons staan en wast haar handen. Haar lengte heeft ze vooral te danken aan extreem hoge hakken.

'You girls go to the Pacha?' vraagt ze stralend.

'Yes!' zegt Ellen al even glunderend.

'Great! Me too. Zie jullie daar, *beauties!'* En weg is ze, lopend op die hakken alsof ze ermee geboren is.

Ellen kijkt me aan; haar reusachtige pupillen lijken te stuiteren. Ze pruilt.

'Oké, oké,' zeg ik. 'We gaan. Maar wat er ook gebeurt, om drie uur ben ik weg. Ik wil morgen ook nog wat aan mijn dag hebben. Die Julie komt…'

'Ja, mama,' zegt Ellen en ze sprayt ons beiden vol met eau de toilette uit haar reisflacon Agent Provocateur.

Op het parkeerterrein tegenover de Pacha kleden Ellen en ik ons nogmaals om. Ze haalt twee opgerolde zwarte jurkjes uit haar koffer in de achterbak en twee schone stringetjes. Lana en de jongens staan op de hoek bij het zebrapad op ons te wachten. We giebelen als schoolmeiden. Ik trek mijn bikinibroekje uit en stap in de string. Kieper het zand uit mijn laarsjes, doe haastig mijn flodderjurkje uit en wurm me in het loeistrakke stukje stof van Ellen. Het bedekt nauwelijks mijn billen.

'We kunnen er weer tegenaan!' roept Ellen waarna ze haar voeten in zilveren pumps perst en zwaait naar een toeterende auto.

'Mag ik mijn telefoon en mijn geld bij jou in je tasje doen?' vraagt ze.

'Geef maar,' zeg ik. Haar sigaretten stopt ze in haar beha.

De rij voor de Pacha is lang, ook voor de vip-ingang. Hier heerst de *doorbitch*, bijgestaan door spierbundels met oortjes in. Gedwee en licht nerveus wacht iedereen op toestemming om een meer dan modaal maandsalaris stuk te slaan. Martijn maalt met zijn kaken van de stress, totdat Lana zich ermee bemoeit.

'Carina!' roept ze, hangend over het rode koord. De doorbitch kijkt op en verandert in een vriendelijk wezen. Er wordt gekust en gerebbeld in het Spaans en voor we het weten staan we binnen, in een rommelige gang waar personeel gehaast heen en weer loopt, en worden we geleid door de catacomben van de Pacha naar het heiligdom, het vip-deck. Martijns rug wordt rechter, Koens gezicht nog blozender, Ellen huppelt van opwinding, de andere jongens ballen hun vuisten en bewegen op de strakke beat, en Jordi slaat beschermend een arm om mijn schouders. De snoeiharde bas trilt in mijn buik. Ik voel me Alice in Wonderland, Sjakie in de Chocoladefabriek, Assepoester op het bal. Waarom mensen hier drugs bij nodig hebben is me een raadsel. Ik sta weer op scherp, strak van de adrenaline en de endorfine, puur door de muziek. Euforie, geilheid, liefde, het is er allemaal weer. Zo leeg als ik een uur geleden was, zo jong en vol van leven voel ik me nu.

We krijgen een tafel vooraan bij de dansvloer. Ellen, Lana en ik beginnen meteen te dansen. Martijn bestelt. Een aantal jongens laat zich blasé in de witleren banken vallen. Waar de horde schaars geklede meisjes vandaan komt, is me een raadsel.

'*Ah, las pulgas de Pacha*,' roept Lana in mijn oor, wijzend op de Tinkerbell-types.

'*They are everywhere*,' vervolgt ze. '*Putas*.'

Ze houdt haar hand op voor mijn neus. In haar handpalm ligt een roze tabletje. Ik schud mijn hoofd. Ze glimlacht en aait over mijn wang. Daarna wendt ze zich tot Ellen, die met een snelle graaibeweging de pil tot zich neemt. Lana doet haar rondje. Iedereen slikt. Jordi deelt flesjes water uit.

'Altijd handig, zo'n apotheker mee op stap,' zegt Koen, die achter me staat. We deinen tegen elkaar aan.

Op tafel verschijnen drie koelers, een met wodka en een magnum Moët, een met ijsblokjes, eentje met flesjes water, cola, bitter lemon, tonic en blikjes Red Bull. Tussen de brandende kaarsjes.

A journey of force
Hot like the sun and
Wet like the rain

... klinkt het uit de speakers. Wij stampen, en zwaaien met onze handen. De monotone bassdrum jaagt onze hartslag op en alle vermoeidheid, alle pijntjes en ongemakken verdwijnen. Ik kan niet anders dan glimlachen naar iedereen, wetend dat we ons allemaal hetzelfde voelen, gelukzalig, bubbelend als champagne, licht als veertjes. We communiceren zonder taal, in één vloeiende beweging. We juichen, joelen en omhelzen elkaar bij iedere strakke mix alsof we zojuist wereldkampioen zijn geworden. Een estafette van aanrakingen. Jordi vult mijn champagneglas bij, steekt sigaretten voor me aan en streelt zo nu en dan bescheiden mijn rug. Ik vind het steeds aangenamer worden, deze flirt zonder woorden, een man om me heen die alleen maar lief en zacht is. Ellen ligt inmiddels op de witte bank, met Martijn boven op zich, haar dunne benen om de zijne geslagen.

Ik moet naar de wc. Jordi neemt me bij de hand en ik volg hem. Langs de security, de trap af, een grote ronde ruimte in. Mannen en vrouwen in een lange rij. Vrolijk en gelaten. In een toilet verdwijnen twee, drie, vier mensen tegelijk. De toiletjuffrouw kijkt alsof ze ons allemaal het liefst overhoop zou schieten. Tot ze Jordi ziet. Ze haast zich naar ons toe met een sleutel. Jordi drukt een kus op haar wang en stopt haar een briefje van twintig in de hand. Zo werkt het dus. Vip-tafels en vip-plees.

Ze opent een deur voor ons en ik ga naar binnen. Jordi komt achter me aan. Ik krijg ineens de zenuwen. Ik weet niet of ik dit wil. '*Adelante, mi belleza.*'

Ik kan niet plassen, niet met hem erbij. Hij moet lachen, waarschijnlijk om de paniek in mijn ogen. Hij draait zich naar de deur en gaat er met zijn neus tegenaan staan. Stopt zijn vingers in zijn oren. Ik doe mijn jurk omhoog, mijn string omlaag en ga boven de bril hangen. Laat met moeite mijn plas stromen.

Wanneer ik klaar ben, draait Jordi zich om en knoopt zijn

broek open. Hij zegt van alles in het Spaans, loopt naar de toiletpot en doet de bril omhoog. Ik bloos en wend mijn blik af. Hij zingt zachtjes tijdens het plassen. Terwijl ik sta te bedenken of ik iets met hem wil, met mijn ogen krampachtig op de deurklink gericht, hoor ik hoe hij zijn broek optrekt.

'Dorien...' fluistert hij. 'Bella Dorien...'

Hij staat voor me en kijkt me smekend aan met zijn diepbruine hondenogen. Strijkt een pluk haar uit mijn gezicht en stopt die teder achter mijn oor. Ik sta op het punt voor het eerst in ik weet niet hoeveel jaar een andere man dan Joost te kussen. Ik ga niet nee zeggen. Dat kan ik niet maken. Ik wil niet nee zeggen. Jordi legt zijn hand in mijn nek. Ik wil weten hoe het is om zomaar een onbekende te zoenen. Zoenen kan geen kwaad. Zoenen in een ranzige plee. Heb ik dat ook weer meegemaakt. Hij drukt zijn volle lippen tegen de mijne en kreunt zachtjes. Ik ken deze jongen niet. Heb nauwelijks een woord met hem gewisseld. Zijn hand ligt in mijn nek. Zijn duim streelt mijn oor, mijn slapen. Voorzichtig gaat zijn tong langs mijn onderlip. Ik open mijn mond en laat zijn tong toe. Een zucht ontsnapt me. Hij drukt zijn onderlichaam tegen het mijne. Ik voel zijn erectie tegen mijn been aan schuren. Verder voel ik weinig. Geen verlangen, geen kriebels, geen afkeer. Niks. We tongen en dat is aangenaam. Zijn hand streelt mijn flank en strijkt langzaam omhoog. Ik snap niet waarom het me zo weinig doet. Waarschijnlijk omdat ik te veel nadenk. Jordi wringt zijn hand in mijn beha en kneedt zachtjes mijn borst.

'Te quiero,' hijgt hij en hij neemt mijn tepel tussen zijn vingers. Mijn handen strelen zijn rug, zijn hoofd, zijn gezicht. Ik wil het voelen. Ik wil opgewonden zijn. In plaats daarvan zie ik de hele tijd Joost voor me. Zijn blik als hij klaarkomt en zegt dat hij van me houdt. Jordi's mond laat

mijn lippen los. Met zijn tong likt hij mijn wang, mijn oor, mijn hals. Hij daalt af, gaat door zijn knieën. Zuigt aan mijn tepel. Zijn andere hand glijdt tussen mijn benen omhoog. Ik open mijn ogen en kijk om me heen. Voor een vip-plee is dit best een aftands hok. Ik zie mijn rode, glimmende hoofd in de spiegel. Hoe kan hij daar zo geil van worden? Zijn vingers bereiken mijn string. Hij duwt het kruisje opzij. Ik denk dat we hier maar moeten ophouden. Ik neem zijn gezicht tussen mijn handen en trek hem weer omhoog. Kus hem op de mond. Hij tongt me nu gulzig en zoekt met zijn vinger tussen mijn benen naar het juiste plekje. 'No,' fluister ik en duw zijn hand weg.

'*You are sweet*... Maar ik wil dit niet.'

Hij trekt zijn hoofd terug en kijkt me vragend aan. Dan drukt hij een kus op mijn ogen en schenkt me een stralende glimlach.

'*Está bien... Voy muy rápido, lo siento.*'

We omhelzen elkaar. Ik trek mijn jurk recht en doe mijn behabandje weer over mijn schouder. Het heeft wel wat om elkaar niet te verstaan. Geen moeilijke uitleg, geen oeverloze discussies. Het is ja en nee en de rest doet het lichaam.

Dit is niet eens een vrouw. Dat maakt hem nog razender. Hij ziet weer voor zich hoe dit wezen op hem afkwam onder water, hoe hij even een prikkeling voelde. Borsten en een pik. Wat denkt deze figuur wel? Dit eiland wordt verziekt. Het is de grootste open inrichting ter wereld.

Hij tilt het jurkje op. De pik ligt verpakt in een goudlamé string tussen de harde dijen. Haat en walging wellen in hem op, meer dan hij ooit eerder voelde. Hij staat op en loopt naar zijn tas. Trekt zijn witte smokingjasje uit en pakt de latex handschoenen.

Buiten treedt de schemer in. Hij heeft nu achtenveertig uur niet geslapen. Het is de rusteloosheid, het bonzende verlangen, de drang die hem niet loslaat. Er is maar één verlossing mogelijk. Een vrouwenlichaam, willoos aan hem overgeleverd.

Hij loopt het balkon op en snuift de zwoele avondlucht op. Beneden op straat trippelen vele vrouwen. Dronken, stoned, geil, verliefd, brutaal, schreeuwend, huilend, hangend aan de arm van een tijdelijk vriendje. Ze worden allemaal gek hier. Ibiza fever. *Ze komen aan en wanen zich* on top of the world. *Doen alles wat ze zich hadden voorgenomen niet te doen. Het is nergens makkelijker een vrouw mee te krijgen dan hier. Uitermate stompzinnige wezens zijn het.*

Ik heb Ellen al een tijdje niet meer gezien. Volgens Koen is ze met Martijn naar het terras boven.

'No worries!' roept hij in mijn oor. Zijn shirt is doorweekt van het zweet. Hij slaat een arm om me heen en drukt me tegen zich aan. Jordi brengt me een wodka-tonic en we pakken de dans gewoon weer op. Hij achter me, zijn handen op mijn heupen, zijn kruis tegen mijn billen, samen in een perfect ritme. Voor ons, op een betonnen verhoging, staat een danseres gehuld in een burlesk korset met haar billen te schudden.

Halfvier is het, als Luciano eindelijk begint te draaien. Het moment waarop Ellen en ik eigenlijk naar huis zouden gaan. De dansvloer is stampvol, mensen verdringen zich voor de dj-booth alsof God daar zal verschijnen. Een zee van oplichtende mobieltjes en uitgestrekte handen. We horen het pompen van een hart en iedereen lijkt zijn adem in te houden. De verschijning van Luciano leidt tot hysterisch gejoel. Hij doet zijn koptelefoon op. Gekrijs. Het laat hem schijnbaar koud. Zijn ogen zijn gericht op de laptop, zijn oren verstopt in een koptelefoon. Hij beroert de toetsen, zijn lichaam beweegt schokkerig. Dan ineens gaat het pompende hart over in een diepe, schokkerige beat, begeleid door een

Afrikaans klinkende drum. We komen als één man in beweging. Stampen en zwaaien extatisch met onze armen. Het is onmogelijk om me nu los te maken uit deze energie. Vermoeidheid bestaat niet meer. Ik ben los van tijd en ruimte, los van grenzen en remmingen. Ik dans, ik ben, ik straal, ik besta. Luciano neemt ons mee op een duizelingwekkende, beukende trip over de wereld en wij volgen in trance, als slaven van het ritme.

Mijn voeten beginnen pijn te doen en mijn haren hangen kletsnat langs mijn gezicht. Jordi ligt wijdbeens op de witte bank, zijn hoofd achterover. Koen schenkt de laatste wodka uit de fles in mijn glas. Ik kijk om me heen en zie dat er van ons groepje nog maar drie over zijn.

'We gaan *afteren*,' zegt Koen. 'Martijn heeft al afgerekend.'

Ik pak zijn pols en kijk op zijn horloge. Zes uur.

Mijn bovenbenen trillen.

'Waar is Ellen?' vraag ik.

'Met Martijn mee, denk ik, naar de *after*. Waar wij nu ook heen gaan.'

'En Lana?'

'Die is daar ook.'

Het is alsof ik met een smak terug op aarde val. Ik heb het koud en ben ineens te moe om zelfs nog te lopen. Ik wil naar huis. Ik wil in een bed liggen. Ik wil weg van deze volslagen vreemden.

'Ga je mee?' vraagt Koen.

'En hij dan?' Ik wijs op de gevloerde Jordi.

'Hij redt zich wel.'

Ik schud mijn hoofd. 'Ik ga niet mee. Ik ga naar huis.'

'Hoe dan? Ellen is er ook. We gaan gewoon even chillen. Slapen desnoods.'

'Ik neem een taxi.'

'Je weet niet eens waar jullie huis is.'

'Ik heb het adres.' Ik houd mijn tas omhoog.

Koen neemt mijn gezicht in zijn handen.

'Meisje, je bent starnakelzat... Ik laat je niet alleen naar een of ander afgelegen huis gaan. Kom met mij mee, we zoeken de rest op, ik leg je daar in bed, dan slaap je een paar uurtjes en pak je straks fris je autootje.'

Ik heb het gevoel alsof ik tussen zijn handen hang als een slappe lappenpop. Het lijkt me heerlijk om me even aan zijn zorgen over te geven.

Koen legt zijn hand tegen mijn onderrug en begint me zachtjes voort te duwen. Ik kijk nog een keer om naar Jordi.

'Laat hem lekker. Hij woont op dit eiland, die vindt zijn weg wel naar huis.'

'Kan ik toch niet maken...' stamel ik.

'Oké, schat, wil je hem? Is hij het voor je? Dan maak ik hem nu wakker, gooi hem over mijn schouder en leg ik hem dadelijk naast je in bed.'

Ik schud nee.

'Goed. *Let's go.*'

Bij de taxi duikt een meisje op dat nauwelijks nog op haar dunne benen kan staan. Voordat ze op de achterbank ploft, stelt Koen haar voor als Amy. Ik kruip naast haar.

'Cala Carbo,' zegt Koen tegen de taxichauffeur.

'Do you mind?' kreunt Amy en ze legt haar hoofd in mijn schoot. Ze valt onmiddellijk in een diepe slaap.

De zon komt op, zie ik wanneer ik ontwaak uit een hazenslaapje. De taxi maakt een scherpe bocht naar links. In de verte hangt de ochtendmist in flarden boven de zee. Ik wrijf in mijn ogen. We rijden nu over een hobbelig, onverhard weggetje. De hemel kleurt roze en babyblauw. Koen zit stijf als een robot naast de chauffeur.

'Kijk,' zegt hij. 'Schitterend, hè?'

We hebben bijna de top van een heuvel bereikt. Rechts van ons is een donker pijnbos, links een ravijn. Koen wijst.

'Es Vedra.'

De taxichauffeur lacht. *'Me encanta que la roca...'*

Voor ons, in de mist, doemt een torenhoge rots op, statig en onverzettelijk alsof hij zweeft op de wolken.

'Es Vedra,' zegt Koen nogmaals.

Kippenvel verspreidt zich over mijn armen, mijn benen, mijn rug.

'Die rots schijnt een bron van enorme magnetische kracht te zijn.'

'Sí, sí, magnética,' bevestigt de chauffeur.

'Y la oscuridad. ¡Nunca se debe pisar la misma! ¡Muy peligroso!'

'Wat zegt hij?' vraag ik zacht.

'Dat het een duistere rots is. En heel gevaarlijk, je mag er nooit een stap op zetten,' antwoordt Amy, nog steeds liggend in mijn schoot.

De oprijlaan naar het huis is steil en zo goed als onbegaanbaar. Stoïcijns stuurt de taxichauffeur zijn auto om diepe kuilen en puntige keien heen. Amy komt overeind en kreunt als ze zichzelf in haar make-upspiegeltje bekijkt. Ze zegt te hopen dat Koen en zijn vrienden 'iets te snuffelen' in huis hebben. Ik staar uit het raam, mijn blik vastgeklonken aan Es Vedra. Ik haat mezelf. Ik ben een ruggengraatloze trut, een meeloper. Ik heb me willoos laten meetronen door mensen die zich gedragen als vrienden maar die in wezen vreemden zijn, naar een drugshol boven op een berg. Ik ben mijn vriendin kwijtgeraakt. Heb onze huurauto met al onze spullen achtergelaten.

Ik kijk omhoog en zie het huis, als een fort tegen de rotswand geplakt. Zie hier maar eens vandaan te komen.

Ik pak mijn mobiel en bel Ellen. In mijn tasje klinkt de vertrouwde ringtone van haar telefoon. En dan weet ik het weer. Ik heb al haar spullen.

We lopen een brede, witte trap op. Amy hangt aan Koens arm. Krekels zingen boven de diepe bas van de techno uit. De opkomende zon geeft al warmte. Het gaat een verzengende dag worden. Aan het einde van de trap is een witgepleisterde muur met daarin drie Moorse poortjes op rij, begroeid met bougainville. We bereiken het zwembad, waaromheen groepjes mensen liggen, zitten, hangen. De sfeer is landerig, ondanks de stampende beat. Slechts één man staat te dansen, zijn armen gespreid in de richting van Es Vedra. Hij draagt een zeemleren lendendoekje, verder niks.

'¡Hola!' Martijn komt ons enthousiast tegemoet in zijn gebloemde zwembroek, met drie glazen rode wijn.

'Wees welkom! Een glaasje van onze beroemde zelfgemaakte sangria voor jullie!'

We nemen de glazen aan. Ik vraag waar Ellen is.

'O, die loopt hier vast ergens rond...' antwoordt hij ongeïnteresseerd.

'Ze is toch met jou meegekomen?'

Hij knikt. 'Ik geloof het wel, ja...'

Zijn pupillen zijn zo groot als schotels.

'Waar is het toilet?' vraagt Amy. Haar knieën wiebelen neurotisch heen en weer. Ik neem een slok van de sangria en loop naar het zwembad.

Geen Ellen. Wel Lana, liggend tussen twee jongens op een groot kussen. Ze kan alleen nog maar giebelen. God, wat ben ik moe. Mijn lichaam voelt als snot. Es Vedra aan de horizon. Streng, bestraffend. Een magneet. Ik kan geen weerstand bieden aan de kracht ervan. Iemand zet andere muziek op. Een kerkkoor. De hoge stemmen zijn ondraaglijk. Ik kijk naar mijn armen en zie alleen nog flarden huid. Mijn benen zijn draden. Ik schrik me kapot.

Dan hoor ik Nick. Hij roept mijn naam. Ik sluit mijn ogen en druk mijn oren dicht, maar het maakt niet uit. Zijn stem heeft zich genesteld in mijn hoofd. Ik ben gek geworden.

Ik lijk te tollen en word een tunnel in gezogen, ik kan mezelf niet beschermen tegen het felle licht, de schelle stemmen. Ik braak en bedenk me dat ik aan het sterven ben.

Ellen lacht, Lana lacht, Joost lacht, ik moet dit leven verlaten en ik ben bang, zo bang... Het is mis. Heel erg mis.

Mijn poriën openen zich en het zweet gutst eruit, ik kijk en zie hoe mijn huid barst, hoe mijn bloed vloeit.

Ik zweef, ik moet iemand laten weten dat ik dit ben, dat ik doodga. Ik open mijn mond, maar er komt geen geluid uit. Dan zie ik een piramide. Midden op zee. Het water is warm. Ik ben het water. Ik borrel, ik stroom, ik verdwijn. De armen van mijn moeder strekken zich naar me uit. Door alle moeders ter wereld word ik gewiegd. Ik smelt en wil mijn mond openen om te schreeuwen. Er komt niets. Er zit geen lucht meer in mijn longen. Verschroeid door de hitte, bevroren door de kou verschrompel ik, happend naar adem.

Het is tijd. Hij heeft het lang genoeg uitgesteld. De nacht heeft zijn intrede gedaan en het lichaam op het bed begint in beweging te komen. Hij trekt zijn witflanellen handschoenen aan en doet zijn operatiemutsje op.

De lippen smakken. Het snurkt, een been schokt. Hij gaat naast het lichaam zitten, wachtend op het moment waarop de ogen zich openen. Legt zijn hand op die van het wezen. Lange, benige vingers. Het kreunt. Probeert zich om te draaien. Hij is er klaar voor, meer dan ooit. Zijn lichaam zindert als dat van een topatleet, enkele seconden voor het startsein.

En daar is De blik. Eerst vertroebeld, ontspannen. Dan komt de focus. Het wezen ziet een onbekende ruimte. Het kijkt rond. Ziet zijn grijnzende kop. Een milliseconde duurt het. De ogen sperren zich open. Kijken hem aan. Worden vochtiger. De uitgelopen mascara. De hopeloze sneuheid van het aan hem overgeleverde lichaam. Angst. Hij ziet het zo graag.

Terug naar de basis van het bestaan. De jager en zijn prooi. Beiden vechten om te overleven. Deze rush, daar kan geen dope tegenop.

Het wezen slaat van zich af, dat was te verwachten. Het is ook sterker dan de andere vrouwen die door zijn handen zijn gegaan. Er schuilt toch een man in haar. Maar de worsteling mag geen naam hebben. De armen zwaaien wat ongecontroleerd in het rond, evenals de benen, en wanneer hij zijn volle gewicht op het wezen gooit en hij zijn elleboog op de hals plaatst, voelt hij het lichamelijke verzet onder zich wegvloeien.

Controle, dat is nu het belangrijkst. Zijn woede mag het niet overnemen. Hoe graag hij nu ook zou willen doordrukken tot het halsbeen breekt, het zou alles bederven. De kunst is het lichaam geheel intact te houden. Hij kijkt het wezen recht in de bange ogen. Ogen die zo uit de kassen kunnen ploppen van paniek en ademnood.

'Je houdt je stil,' zegt hij beheerst.

Het hoofd knikt. Tot alles bereid.

'En je doet wat ik zeg.'

Weer die knik. Het hapt naar adem en maakt een rochelend geluid.

'Een kik of een verkeerde beweging en je bent dood.'

Hij vermindert langzaam de druk op de adamsappel. Tranen stromen uit de ogen. Het wezen besluit zich over te geven. Het heeft geen keuze. Hij is oppermachtig. Hij bepaalt. Hij is de sterkste en de slimste en daarom heerst hij. Het is een natuurwet. Zo werkt het in de wereld. Hij is hier om het onkruid op te ruimen. De zwakken van de sterken te scheiden. Hij is een kunstenaar en zoals iedere kunstenaar wordt hij gedreven door een hogere macht. Hij kan niet anders dan dit doen.

'Draai je om,' zegt hij en het wezen keert zich beverig op de buik.

'De keuze is aan jou. Leven of dood?'

Het wezen begint schokkerig te huilen. 'Laat me leven. Laat me alsjeblieft in leven,' snottert het.

Hij ziet aan de golvende bewegingen van de romp dat het op het punt van overgeven staat.

'Als je kotst, ben je dood.'

Het lichaam trilt en murmelt. Het slikt het braaksel weer in. Hij ritst de hoerige gouden jurk open. Maakt de zwarte kanten beha los.

'En je stopt met janken.'

Het lichaam schudt instemmend. Zijn hand glijdt over de rug, naar de billen. Hij trekt het slipje uit. Met zijn andere hand grijpt hij naar de pruik. De opwinding die bezit van hem neemt, is bijna te veel. Hij gromt; het geluid komt van ver, van buiten hemzelf.

Het geluid van de krekels is bijna niet te verdragen, evenmin als het zonlicht dat in mijn ogen schijnt. Mijn hoofd voelt aan alsof het gevuld is met beton. Mijn ogen lijken langzaam uit de kassen geduwd te worden en mijn tong ligt gezwollen in mijn uitgedroogde mond. Iedere beweging maakt dat ik kerm van de spierpijn.

Wat ik weet is dat ik in een bed lig. Hoe ik erin terechtgekomen ben, is me een raadsel en de hoofdpijn is te hevig om herinneringen op te diepen. Ik dwing mezelf mijn ogen te openen en overeind te komen. Maar zodra ik mijn hoofd ophef, komt mijn maag in opstand. Zuur en gal wellen in golven op en ik braak het uit over de terracotta tegelvloer.

Op het nachtkastje staat een glas water. Ik pak het met bevende hand en drink ervan met kleine slokjes. Naast het bed zie ik mijn laarzen staan. Mijn sokken en jurkje heb ik nog aan. Voorzichtig hang ik mijn benen over de rand van het bed. Ik haal diep adem. De misselijkheid verdwijnt. Ik sta op, loop naar het raam en schuif de witlinnen gordijnen opzij. Het raam kijkt uit op keurig omgeploegde rode aarde en een grote boom vol rijpe sinaasappelen. De lucht is strakblauw. Ik trek mijn sokken uit en zet mijn voeten op de koele tegelvloer. In de kamer waar ik me bevind, staan een antiek tweepersoons spijlenbed, een teakhouten kledingkast, een klein wasbakje aan de muur en een pauwstoel in de hoek, waar mijn tas op ligt. Ik loop ernaartoe, pak mijn mobiel eruit en zie dat het halftwaalf is.

In de keuken staat een grote kartonnen doos op de blauw betegelde bar. Eronder ligt een briefje in gebrekkig Engels.

> *Dear Mrs Keizer, Ik was hier, maar u sliep. Deze boodschappen heb ik voor u gehaald omdat de supermarkten dicht zijn op zondag. Als u vragen hebt, bel me dan. De schoonmaaksters komen op woensdag en vrijdag en de poolboy op donderdag. Laat alstublieft niemand binnen buiten deze tijden.*
>
> *Hoop dat u geniet in Casa Jolie, vriendelijke groeten, Julie*

Het briefje trilt in mijn handen. Ik kijk om me heen, alsof Ellen ieder moment schaterlachend binnen kan lopen. Ik open de dubbele deuren en loop het terras op. Zie geen auto. Ik draai me om en haast me het huis door. De bedden van de andere twee slaapkamers zijn onbeslapen. Mijn bed is alleen aan mijn kant beslapen. Het laatste beeld dat ik me kan herinneren flitst door mijn hoofd. Mijn aankomst bij de villa van die Nederlandse jongens. Een zwembad. Harde muziek. Mensen die loom op kussens lagen. Die grote rots.

Ik pak mijn tas en schud hem uit boven de eettafel. Mijn portemonnee, Ellens portemonnee, Ellens mobiel en make-uptasje, een pakje sigaretten, kauwgum, twee aanstekers, de kaart en de routebeschrijving naar Casa Jolie. Autosleutels. Ik kijk op Ellens telefoon. Druk een toets in. VOER WACHTWOORD IN, staat er op het scherm. Ik vloek.

Natuurlijk weet ze mijn nummer niet. Wie weet er tegenwoordig nog een nummer uit zijn hoofd?

Ik pak mijn eigen mobiel. Ik heb geen berichten. Geen

bereik ook. En de batterij is bijna leeg. De oplader zit in mijn koffer. In de huurauto. Die ergens bij de Pacha staat. Het klamme zweet breekt me uit.

Oké, zeg ik tegen mezelf. Geen paniek. Eerst rustig worden. Iets eten. Koffie.

Ik pak de doos uit die Julie heeft achtergelaten. Er zit koffie in, thee, eieren, een pak sap, een half brood, een stukje kaas, twee flessen water en een fles cava. In de keukenkastjes vind ik een percolator en een koekenpan. Binnen vijf minuten ruikt het huis naar versgezette koffie.

Aan eten moet ik nog niet denken. Ik loop heen en weer door het huis, op zoek naar iets wat me vertelt wie me hierheen heeft gebracht. Ik herinner me de Nederlandse jongens. Martijn en Koen. Koen die niet dronk. Hij moet het geweest zijn.

Maar waarom zou hij me hier alleen achterlaten, zonder briefje of iets dergelijks?

Ik ga naar buiten met mijn derde kop koffie stevig in mijn beverige handen geklemd. Mijn voeten zijn koud en ik blijf maar rillen, ondanks de warmte van de zon. Joost heeft een schitterend huis gehuurd. Het ligt blakend wit in een groene vallei vol sinaasappelbomen, ommuurd door gestapelde rotsblokken. De tijd lijkt hier stil te staan, en de bewoonde wereld lijkt ver weg. In de lucht hangt de geur van lavendel en sinaasappel. De ligbedden staan in het gelid langs het blauw glinsterende zwembad. Hoe kom ik hier weg? is het enige wat ik kan denken.

Terwijl ik een douche neem en me was met het miniblokje olijfzeep dat Julie voor ons heeft neergelegd, probeer ik de situatie te relativeren, zoals Joost dat zou doen. Ik ben *out* gegaan bij Martijns huis, en Koen heeft me gewoon hierheen gebracht en in bed gelegd. Ellen ontmoette in de Pacha een leuke gast en is met hem mee naar huis gegaan. Op dit moment ligt ze ofwel te slapen, of heeft ze goede seks. Niemand maakt zich druk, behalve ik.

Ik boen mijn oksels en voel de misselijkmakende paniek weer opkomen. Er zit een gat in mijn geheugen. Wanneer ik me probeer te herinneren wat er bij het huis is gebeurd, voel ik een leegte waar ik bang van word. Ik zie iets over het hoofd. Het is er, het ligt ergens in mijn brein verborgen, maar ik kan er niet bij.

Ik draai de warme kraan dicht en huiver onder het koude water. Het helpt niet. Mijn gedachten blijven vaag en onsamenhangend. Iemand heeft me drugs gegeven. Daardoor heb ik mijn bewustzijn verloren. Ik heb niet op Ellen gelet. Omdat zij iemand is die zichzelf redt, onder alle omstandigheden. Denk ik. Hoop ik. Ik heb haar in de steek gelaten. We zijn godverdomme allebei vijfendertig jaar oud en hebben niet op elkaar gelet. En straks moet ik haar ouders bellen dat ze weg is. Verdwenen. Vermist.

Facebook, denk ik terwijl ik me afdroog. Ik moet bij mijn auto zien te komen, daar ligt mijn laptop in. Via Facebook kunnen we elkaar terugvinden. Gehaast wrijf ik mijn lichaam droog, opgewonden door het nieuwe glimpje hoop. Ik loop naar de slaapkamer, stap in mijn string, trek het naar rook ruikende jurkje en mijn smerige sokken weer aan en wurm mijn pijnlijke voeten in de laarsjes. Ik haast me door het huis, gooi de auto- en de huissleutels, de kaart, onze mobieltjes en portemonnees weer in mijn tas, neem twee kauwgompjes, pak een sigaret uit het pakje en steek hem aan.

Met tegenzin inhaleert ze de neusspray. Ze heeft geen keuze. Hij houdt een klapscheermes tegen haar hals. En ze is uitgeput. De hersenen zijn murw. Het lichaam bonst van de pijn. Ze geeft zich over en snuift iedere keer wanneer hij haar dat beveelt.

Als ze wegzakt rolt hij haar op haar rug en bekijkt haar lichaam tot in detail. Het is hem weer gelukt zonder een zichtbaar spoortje achter te laten. Hij heeft niet gebeten, niet geknepen, niet gekrabd, niet getrokken aan het willoze vlees. Het zou heerlijk zijn als dat een keer kon. De beschikking te hebben over een vrouw, een lijf, dat volledig aan hem toebehoort. Zich over te geven aan zijn driften.

Hij pakt een tube Sperti en een hersluitbaar zakje uit zijn koffer, waarin hij het condoom en zijn sigarettenpeuken doet. In een ander zakje stopt hij zijn lege wodkaglas. De zakjes stopt hij terug in de koffer. Hij draait het wezen weer op de buik, spuit de tube Sperti halfleeg in de anus en legt de tube daarna op het nachtkastje. Hij zet de fles Grey Goose aan haar lippen en giet wat wodka in haar mond. Uit de boxjes klinkt steeds opnieuw hetzelfde nummer en de slepend trage stem van Tony Williams. Zijn hart zwelt op van weemoed.

They said someday you'll find
All who love are blind
Oh, when your heart's on fire
You must realize
Smoke gets in your eyes

Bijna liefdevol steekt hij de armen door de korte mouwtjes van de gouden jurk. De string omhoog langs de stoppelige benen. Het lichaam is zwaar en snurkt zachtjes. Hij buigt zich eroverheen en slaat de slappe armen over zijn schouders. Wurmt de zijne rond het middel en tilt het omhoog. Zo doortastend en agressief als zijn eerdere handelingen waren, zo omzichtig en teder is hij nu, zoals altijd na de daad, nadat hij zijn woede heeft geloosd, pas dan kan hij voelen wat normale mensen schijnen te voelen, iets wat lijkt op warmte. Helaas moet hij dan vrijwel onmiddellijk afscheid nemen. Binnen tien minuten kan het ontwaken.

Samen schuifelen ze langzaam naar het balkon en even is het alsof ze dansen. Hij duwt zijn neus in de haren en snuift de bekende geur van haarlak, rook en angstzweet op. Het is bijna voorbij.

Het hek is dicht en de code zit in mijn mobiel, die leeg is. Kut. Ik roep het hardop en schop tegen de teakhouten deur. Het is te warm en ik ben te moe. Ik haal een stoel van het terras en zet die tegen de natuurstenen muur. Mijn hart bonst en fladdert angstaanjagend en het zweet glijdt in kleine stroompjes langs mijn zij. Ik stap op de stoel en hijs mezelf met mijn laatste kracht de muur op.

De weg vanaf ons huis naar de bewoonde wereld is lang, stoffig en nauwelijks begaanbaar. Hij leidt langs een enkel ander huis, maar ik durf er niet aan te bellen, de waarschuwingen van Julie indachtig. Wat zullen ze niet van me denken? Een of ander verlopen grietje, dwalend door de sinaasappelboomgaarden. Ik weet dat het stom is me op dit moment druk te maken om wat anderen van me vinden, maar zo zit ik nu eenmaal in elkaar, zeker als ik moe en zwak ben. Ik hoop eigenlijk op een winkel te stuiten, een café, of een benzinestation, dus ik loop door op mijn stukgedanste voeten, tot ik aan de rand van een grotere, geasfalteerde weg kom. Er staat zelfs een bord. Linksaf Benirras, San Miguel, 6 kilometer. Rechtsaf Sant Joan de Labritja, Eivissa, 16 kilometer. Ik ga rechts.

Mijn hoofdpijn is zo hevig dat ik vrees dat mijn ogen

straks uit hun kassen geduwd worden door mijn zwellende hersenen. Het paniekgevoel is verdwenen. Ik beweeg me voort en dat is alles. Wanneer er een auto langsraast, steek ik mijn duim op, wetende dat hij niet zal stoppen. Waarom zou hij?

Ik baal ervan dat ik geen water heb meegenomen en me niet heb ingesmeerd om mijn schouders en gezicht te beschermen tegen de brandende zon. Ik draag geen hoed en geen zonnebril en ik heb niet in de gaten dat ik zwalk over het hete asfalt, dat ik op het punt sta te bezwijken; ik weet alleen nog maar dat ik naar de stad moet om te bellen, om op Facebook te gaan, om alles op alles te zetten om Ellen terug te vinden. Ik wil haar vinden en samen in een deuk liggen om mijn angst, om hoe diep wij gezonken zijn vannacht, hoe wezenloos puberaal en dom wij ons gedragen hebben. Schaamte is niet erg als je haar kunt delen. Mijn benen voelen heel raar en licht en ik denk aan spaghetti, in kokend water, hoe het langzaam slap wordt. Er stopt een grote witte jeep voor me. Iemand stapt uit. Het lijkt wel een western. Ik zie slechts zijn donkere silhouet in de zinderende lucht en hoor vragend mijn naam. Het volgende dat ik weet, is dat ik in de auto zit, en een fles heerlijk koud water aangereikt krijg. We rijden weg en ik voel het water en de koffie omhoogkomen. Gelukkig staat mijn raam open.

Hij tilt het op de reling. Zijn biceps trillen. Hij drukt een kus op de korstige lippen en prevelt: 'Bye bye baby.' Dan laat hij haar gaan, de donkere diepte in. Hij luistert naar het suizen en kort daarop hoort hij een doffe plof. Hij meent het breken van alle botten te kunnen horen.

Gehaast loopt hij door de kamer en checkt die op laatste sporen. Perfect uitgevoerd weer, al zegt hij het zelf. De iPod en het boxje gaan in de koffer, de halflege fles wodka op het kastje naast het bed. Hij gooit de sleutel op het dressoir en verlaat dan de hotelkamer. Op het gezamenlijke toilet in de gang van het hotel ontdoet hij zich van de blauwe slofjes, het operatiemutsje en de flanellen handschoenen. Hij ademt de zompige chloorlucht diep in en spert zijn neusvleugels open. Haalt een doekje over de wasbak en de deurklinken. Klaar voor het sluitstuk van zijn eigen show.

Hij ziet het gebroken lichaam op de stoep voor het hotel liggen. Iemand zit ernaast en voelt aan de slappe pols. Anderen gillen hysterisch, rennen paniekerig heen en weer, een meisje staat te braken naast een grote palmboom. Uit de onderlinge gesprekken begrijpt hij dat het slachtoffer niet meer leeft. Hij zucht. Een kleine Spaanse man begint tegen hem te praten, terwijl hij met zijn handen verslagen naar de hemel zwaait.

¡Es la droga, ¡esas malditas drogas! ¡Nuestros jóvenes, que todos van a morir!

Hij klopt de man troostend op de schouder. Het brakende meisje staat te trillen op haar benen. Ze lijkt recht uit de club gekomen te zijn, haar pupillen zijn zo groot als schoteltjes. 'Ik heb het gezien...' stamelt ze. 'Ik heb het gezien...'

'Wat heb je gezien?' vraagt hij zachtjes. Haar ogen vullen zich met tranen. Hij doet zijn colbertje uit en slaat het om haar schouders. In de verte loeien de sirenes.

'Hoe iemand haar van het balkon duwde... Ik heb het gezien...'

‘Meisje, meisje…’ zegt Nick terwijl hij over mijn schokkende rug wrijft. Het kotsen lijkt nooit op te houden. Hij mindert vaart en draait zijn raampje open. Uit de krakerige boxen klinkt klaaglijk Spaans gezang.

‘Wat ben je allemaal aan het doen, lieve schat?’

Ik weet niets terug te zeggen. Durf hem niet eens aan te kijken.

‘Laat maar,’ zegt hij. ‘Vertel het straks maar. Waar wil je naartoe?’

‘De stad,’ zeg ik schor. Ik ruik mijn eigen zure adem. ‘Mijn auto staat ergens bij de Pacha.’

‘Oké,’ zegt Nick. Hij geeft gas en rommelt in het deurvak. Overhandigt me een pak zakdoekjes. Met gebogen hoofd neem ik er een uit, veeg mijn mond ermee schoon en snuit mijn neus. Zwijgend rijden we over de stille weg, langs de akkers met rode aarde. Ik merk hoe de angst en onrust mijn lichaam verlaten. Ik heb iemand gevonden, of andersom: iemand heeft mij gevonden.

Ik word wakker van zijn hand, die zachtjes tegen mijn wang tikt.

‘Oké, meisje, we zijn er.’

We zijn er. Waar? Even weet ik niets. Dan komt het binnen. Ik ben Ellen kwijt. Ik zit naast Nick. Ik voel me als een uitgewrongen dweil. Ik schiet overeind en verwacht even dat ze er gewoon zit, op de stoeprand, verveeld lurkend aan haar sigaret. Ik zie haar voor me, wijdbeens, haar dunne enkels in wijde slobberlaarsjes gestoken, het hemdje waarin haar ribbenkast en de contouren van haar borsten goed te zien zijn, haar spijkerrokje. Zonnebril op, de haren piekerig bij elkaar gebonden.

'Gaat het?' vraagt Nick. Ik knik. We staan schuin voor de Pacha. Die ziet er vandaag in dit onverbiddelijke zonlicht een stuk aftandser uit. Nick stapt uit, ik neem nog een slok water en volg hem. Buiten is het inmiddels verzengend heet.

'Wat een nare buurt eigenlijk,' mompel ik.

'Yep,' zegt Nick. 'Hier stampen ze in rap tempo luxe appartementencomplexen uit de grond. Mensen lappen zo een miljoen voor een studiootje hier, ik vraag me af waarom in hemelsnaam.'

We staan op de stoep en kijken om ons heen alsof we hier iets zouden kunnen vinden. Ik sla mijn hand voor mijn mond. Ellen is echt weg. Hier is ze naar buiten gelopen. Met iemand. Alleen. Op zoek, naar mij, naar een bekende. Langs deze straat heeft ze lopen dwalen. Zonder geld, zonder iets.

'Wat is het plan, *amiga*?'

'Hier ben ik Ellen kwijtgeraakt,' stamel ik. Hij kijkt me aan, en fronst zijn wenkbrauwen.

'Is het een idee om eerst koffie te drinken, even rustig worden, ons brein resetten?'

'Dat is een goed idee,' antwoord ik. 'Maar waar?'

'Volg mij maar,' zegt hij en hij steekt zijn hand naar me uit. Ik pak hem vast. Hij is droog, zacht, stevig. We steken de straat over, naar een groot, wit gebouw met afgeronde hoeken, dat me doet denken aan het Guggenheim in New York, waar ik met Joost was, nog geen jaar geleden. Was ik daar nog maar. Bij Joost.

In El Hotel is alles groot, ruim, wit en koel. Loungemuziek vult de ruimtes en de gasten hangen katerig en ongeïnteresseerd in de luie banken en stoelen. De receptioniste verwijst ons voor koffie naar het terras aan de rand van een klein zwembad. Zwijgend nemen we plaats. Ik weet niet wat te zeggen, waar te beginnen.

'Meisje,' zegt Nick en hij legt zijn armen op de tafel. 'Wat is er allemaal aan de hand?'

Ik vertel hem over de vermissing van Ellen, hoe ik ontwaakte in het huis, het zwarte gat in mijn geheugen vanaf het moment dat ik op de afterparty bij de villa was. En over de grote rots, Es Vedra, waarvoor hij me heeft gewaarschuwd. Zo nu en dan komt mijn maaginhoud omhoog.

Nick grinnikt. De serveerster brengt twee café con leche.

'De energetische kracht van die rots is gigantisch,' zegt Nick zacht. Hij sluit zijn ogen en leunt even achterover, met zijn handen achter zijn hoofd gevouwen.

'De toeristen denken dat zij daar ligt voor hun uitzicht, en ze willen er allemaal een glimp van opvangen, ze willen haar zien, haar aanraken, haar beklimmen, beheersen... Ze onderschatten haar macht. Je kunt het niet zien, hè, energie, en wat je niet kunt zien bestaat niet, dat is tegenwoordig de gedachte. Maar de onzichtbare wereld is waarschijnlijk sterker dan de zichtbare, Dorien, zoals het onderbewustzijn groter is dan het bewustzijn.'

Ik neem een slok van mijn koffie. Mijn hoofd voelt aan alsof er een ijzerdraadje omheen gespannen is, dat steeds strakker aangedraaid wordt.

'Ik denk niet dat we een rots de schuld van dit alles kunnen geven, Nick.'

Hij staart langs me heen en wrijft met zijn duim over zijn lippen. 'Geen schuld, maar invloed. Schuld, wat is schuld? Zo kun je beter niet denken. Weet je, de hoge concentraties van mineralen en metalen die op Es Vedra zijn gemeten, creëren een zwaar magnetisch veld. Je merkt het zelf, als je in de buurt komt. Horloges staan stil, batterijen van telefoons zijn onmiddellijk leeg, kompassen kloppen niet meer. Het is het op twee na sterkste magnetische veld op aarde. Dat heeft een invloed, die op sommige mensen positief uitwerkt. Ze krijgen veel energie, voelen zich bevrijd en besluiten hun leven totaal om te gooien. Op anderen is de invloed extreem destructief. Ze worden roekeloos, egocentrisch, gaan enorme hoeveelheden drugs gebruiken, plegen zelfmoord.'

Ik denk aan mijn mobiel en die van Ellen, die allebei leeg bleken te zijn.

'Ik verloor mijn bewustzijn op dat feest en niet door het magnetische veld van Es Vedra...' zeg ik.

Nick schudt zijn hoofd.

'Nee, dat was gewoon de punch.'

'Punch?'

'Ja, ik neem aan dat je bij aankomst een glas punch kreeg. Is vrij gebruikelijk op die huisfeestjes. En daar zit MDMA, of een beetje GHB in. Vrij onschuldig spul, hoor, tenzij je al knetterlazarus bent.'

In een flits herinner ik het me. De beroemde zelfgemaakte sangria...

'Het is gebruikelijk om je gasten zonder dat ze het weten een drankje te geven met drugs erin?' vraag ik, terwijl ik met bevende vingers een sigaret uit mijn verfrommelde pakje probeer te peuteren.

'Nou ja, de meeste mensen die op zo'n soort feestje eindigen, weten het wel. Het is niet netjes dat ze het je niet gevraagd hebben, maar ze zijn er kennelijk van uitgegaan dat je een ervaren clubganger bent.'

Ik schud mijn hoofd en leg mijn handen tegen mijn wangen. Ik ben amper vierentwintig uur op dit eiland. Wat een puinhoop.

'Oké,' zegt Nick en hij streelt even mijn haren. 'Het lijkt me beter om op te houden met zwelgen in schuldgevoel en zelfmedelijden. We gaan je vriendin vinden.'

Ik leun achterover en steek mijn sigaret op. Dan kijk ik Nick aan. 'Hoe dan? Jij bent hier de helderziende. Vertel jij me maar waar ze is. En vooral hoe ik haar in godsnaam kan bereiken.'

Nick legt zijn handen op tafel en kijkt me indringend aan. Het zweet parelt op zijn voorhoofd en bovenlip.

'Ik ben ermee bezig, meisje. Maar ik kom er niet... Ik krijg het niet helder. Het enige wat ik voel is een enorme dreiging en haast. Of dat betrekking heeft op jou, of op haar...'

'Of op jezelf...'

'Ja. Zelfs dat is mogelijk.'

Nick staat op en legt zes euro neer. 'Kom op. We gaan je auto zoeken.'

We dwalen in de hitte langs de eindeloze parkeerplaatsen rondom de Pacha, op zoek naar de witte Golf. Nick neemt mijn hand in de zijne, alsof het de normaalste zaak van de wereld is. Ik herinner me plots Jordi. Met hem heb ik gedanst en in de wc staan zoenen. Waarna ik hem half buiten westen achterliet. Met terugwerkende kracht schaam ik me.

'Oké,' zegt Nick. 'Moest je vannacht ver lopen naar de Pacha?'

Ik kijk om me heen en weet bijna zeker dat we de auto geparkeerd hebben in een smal straatje en niet op open terrein. Mijn hoofdpijn begint ondraaglijk te worden. Boven mijn linkeroog klopt een ader, zo pijnlijk, dat ik bang ben dat hij knapt.

'Laten we die kant eens op gaan,' zeg ik en ik wijs op een doodlopend straatje links van de paarse bougainville die de grote discotheek beklimt. We lopen, ik klamp me vast aan de hand van Nick. Alsjeblieft, alsjeblieft, laat Ellen daar zijn. Gewoon bij de auto, in de auto. Ruitje ingeslagen, slapend op de achterbank. Dat is typisch iets voor haar.

We gaan een hoek om. De geur van vuilnis dat lang ligt te rotten onder de zon slaat ons in het gezicht. Aan het eind van het straatje zie ik hem staan: de glanzend witte Golf.

'Daar is ie,' zeg ik tegen Nick en ik haal de sleutel uit mijn tasje. Druk op het knopje van de afstandsbediening. De achterlichten knipperen.

De auto staat er precies zo bij als we hem hebben achtergelaten. Een berg kleding op de achterbank. Zand op de stoelen. Modder op de bumper. Van Ellen is geen spoor te bekennen.

'Zo,' zegt Nick, 'dat is één. Je hebt je spullen...'

Ik laat me in de bijrijdersstoel vallen. Tranen branden in mijn ogen. Ze is weg. Ze is echt weg. Ik trap tegen de deur en zet mijn nagels in mijn eigen armen. God, wat haat ik mezelf. En haar.

Nick zakt door zijn knieën en legt zijn handen op mijn bovenbenen. 'Dorien, relax... We vinden haar, echt. Dit is Ibiza. Mensen verdwijnen hier en duiken ineens weer op. Ze is met iemand meegegaan, zoiets moet het zijn. Jij maakt je veel te druk. Laat het los, lieverd, en je zult zien dat ze ineens weer boven water komt.'

Ik kijk in zijn helblauwe ogen en kan maar niet besluiten of ik hem verschrikkelijk irritant of intrigerend vind.

'Jij mag dan zo heldervoelend zijn, Nick,' zeg ik, 'maar als het erop aankomt, hebben we daar dus helemaal niks aan. Ik voel dat er iets heel erg mis is met haar. Ik weet het gewoon.

Ik bedoel, ze is gek, en impulsief en inderdaad, ze is in staat om zomaar met iemand mee naar huis te gaan, maar als dat was gebeurd, had ze het me gezegd. En ze is verslaafd aan haar mobiel, dus die had ze zeker meegenomen.'

Nick staat op. 'Oké, kom op. Laten we gaan dan. Jij rijdt achter mij aan. We gaan naar mijn huis, laden de telefoons op, kijken op Facebook...'

'Misschien moeten we naar de politie,' zeg ik zachtjes.

'Misschien. Nadat we hebben uitgesloten dat ze gewoon een beetje aan het rondfreaken is. *Let's go.*'

Ik rijd achter hem aan de stad uit, door een vlak, dof landschap vol lelijke laagbouw. We nemen de afslag naar een dorp dat Jesús heet. Mijn handen zweten zo hevig dat ik in het stuur moet knijpen om de grip niet te verliezen. We laveren door het drukke, chaotische verkeer in het kleine centrum van Jesús en steeds wanneer ik Nicks auto uit het oog verlies, wacht hij even verderop op me. Ik vraag me af waarom hij me helpt. Waar hij naar op weg was toen hij mij zag lopen. Waarom ik uitgerekend hem weer tegenkwam. Hij slaat rechtsaf, een smal stoffig weggetje in, en ik volg hem. Ik heb geen keuze, zeg ik tegen mezelf. Ik moet hem wel vertrouwen. Anders ben ik alleen. En alleen red ik het niet. Alleen ben ik verloren.

Het is hem gelukt haar in de auto te krijgen voordat ze de aanstormende agenten kan vertellen wat ze heeft gezien. Ze zit naast hem op de achterbank en is nogal in de war. Haar pupillen zijn reusachtig, haar magere vingers klemmen zich stevig om de revers van zijn colbert, dat nog steeds om haar schouders hangt. Ze trilt als een bang hondje en vertelt steeds opnieuw hetzelfde verhaal. Dat ze haar vrienden is kwijtgeraakt. Dat zij al haar spullen hebben. Dat ze zo moe is en misselijk en niet weet waar ze naartoe moet. Ze was naar een hotel aan het einde van de straat gelopen, om te kijken of ze daar terechtkon, maar de nachtportier wilde haar geen kamer geven zonder geld en identiteitsbewijs. Toen ze weer naar buiten liep, hoorde ze een vreemd soort zoevend geluid. Ze keek omhoog en zag een vrouwenlichaam vallen. En een flits van een man op het balkon. Met een badmuts op. Daarna een plof. Een zak botten die voor haar op de grond viel. Het gekraak, het doffe uiteenspatten, ze zal het nooit meer vergeten. Ze hoort het de hele tijd, het galmt na in haar hoofd.

Toen ze weer naar boven keek, was de man met de badmuts weg. Maar ze weet het zeker. Dat daar een man stond. Dat de vrouw is geduwd of gegooid.

Hij belooft haar dat ze naar de politie zullen gaan. Drukt haar hoofd tegen zijn borst en streelt haar haren. Het meisje begint te snikken.

'Ik denk dat het beter is dat je eerst even wat rust...' zegt hij.

'Ik moet naar mijn vriendin...' stamelt zij.

'Zoals je er nu aan toe bent, zal de politie je getuigenis niet vertrouwen.'

'Dorien, heet ze. Ik moet haar vinden. Zij heeft alles...'

'En heb je enig idee waar we haar kunnen vinden?'

Manel heeft al die tijd zwijgzaam achter het stuur gezeten. Hij tikt hem op de schouder en maakt een rookgebaar in het achteruitkijkspiegeltje. Manel haalt een voorgedraaide joint uit zijn binnenzak en overhandigt hem die.

'Ik heb niks...' zegt het meisje. 'Ik weet niet waar ze is...'

'Kunnen we haar bellen?'

Ze schudt haar hoofd. 'Ik weet haar nummer niet uit mijn hoofd. Wacht, we kunnen mijn nummer bellen...'

Hij steekt de joint tussen zijn lippen. Manel geeft hem vuur. Hij leunt achterover en inhaleert diep. Geeft haar zijn mobiel aan. Risicootje.

Zij toetst met bevende vingers een nummer in. Houdt dan de telefoon aan haar oor.

Rust. Dat is wat hij wil.

'Shit,' stamelt ze. 'Shit. Het nummer is niet bereikbaar. Shit.'

Hij reikt haar de joint aan. Zij neemt een gulzige diepe haal.

Hij voelt hoe haar spieren zich ontspannen.

'Ik ben trouwens Ellen,' zegt ze.

'Ik ben Ricardo, mijn chauffeur heet Manel.'

Haar lichaam vlijt zich tegen het zijne aan. Hij slaat een arm om haar schouders.

'Mijn boot ligt hier vlakbij, Ellen. Ik denk dat we daar even gaan slapen. Dan kunnen we, als je weer een beetje nuchter en uitgerust bent, naar de politie gaan.'

'Niet naar een boot,' fluistert Ellen en ze zuigt krachtig aan de gloeiende joint. 'Ik ben niet gek.'

Dan legt ze haar hoofd op zijn schouder. Haar oogleden zakken langzaam dicht.

'Je gaat lekker slapen, oké?' fluistert de man in haar oor. Ze knikt. Luisteren gaat nog wel. Kijken niet meer. Ze voelt zijn zachte lippen op haar voorhoofd.

Nick woont in een soort witgestuukte kubus, verscholen achter een hoge ruwe stenen muur. We gaan naar binnen door een prachtige Marokkaanse deur waarachter op een binnenplaatsje een grote sinaasappelboom staat.

'Mijn domein,' zegt Nick stralend en hij duwt zijn neus even in de bladeren van de sinaasappelboom.

'Dit is mijn Brise Continue,' zegt hij lachend.

Hij opent een volgende deur, die naar zijn slaapkamer en tevens living leidt, en daar blijven we staan, aan de rand van een groot rond bed, waarop een roodfluwelen sprei ligt, die bezaaid is met kleurige, glanzende kussens. Op het muurtje eromheen staan zeker honderd witte kaarsen in alle lengten en dikten en daartussen, tegen de witte wand, hangt een grote ovale spiegel en een witmarmeren boeddha met waxinelichtjes in zijn handen.

'Koffie?' vraagt Nick.

'Ik heb liever een glas water,' zeg ik en ik loop door de kamer alsof Nicks seksnest niet in het midden staat. Aan de andere kant van de kamer liggen zijn boeken opgestapeld tegen de muur, met daarboven een prikbord vol foto's en briefjes. Ik zie een jonge Nick naast een mooie Spaans ogende vrouw met een gebruinde blote peuter op de arm. Daarnaast vele foto's van vrouwen, in alle soorten en maten, met

Nick, lachend naar Nick, zittend op zijn nek, liggend in zijn schoot, zijn arm om hun schouder.

'Zo, jij staat mijn vriendinnen te bekijken?' zegt hij als hij binnenkomt en mij een glas water aangeeft.

'Je bent wel populair bij de vrouwtjes...'

'Ja,' antwoordt hij droog. Met een dampende kop koffie in zijn hand neemt hij plaats op de bureaustoel die achter een kleine schrijftafel staat. Hij klapt zijn MacBook open.

'Is dat jouw kind?' vraag ik en ik wijs op de foto met de peuter.

'Mijn zoon, ja. Nicolas. Hij is nu negentien. Studeert psychologie in Barcelona.'

'En deze vrouw? Waar is zij gebleven?'

'Zij is niet meer onder ons, helaas.'

Ik schaam me meteen voor mijn impertinente vragen en neem zwijgend plaats op een klapstoeltje aan de andere kant van de tafel. Ik drink mijn glas water in één teug leeg.

'Hier kun je je telefoons opladen,' zegt Nick en hij wijst op een smoezelig verlengsnoer op de grond.

Ik scrol door mijn berichten. Ik heb er drie van Joost, niet een van Ellen en ik ben ook door niemand gebeld. Wel zie ik dat mijn telefoon een Spaans nummer heeft gebeld. Ik bel het. Er lopen stroompjes zweet uit mijn oksels en van mijn voorhoofd. Mijn hele lijf is vergiftigd door de drank en die vreselijke punch.

'*¡Hola!*' hoor ik aan de andere kant van de lijn. '*Julie here!*'

'*Hi...*' zeg ik schor, enigszins overrompeld door haar opgeruimde, blije stem. '*Eeh, this is Dorien. You know? I've rented your house.*'

'*Of course I know, Dorien!*' roept Julie enthousiast. 'Ik hoop dat jullie goed aangekomen zijn? Heb je de boodschappen gevonden?'

'Ja, nog bedankt daarvoor...' Ik schraap mijn keel. 'Zeg, Julie, ik heb een vreemde vraag. Heb ik jou vanochtend heel vroeg gebeld?'

Aan de andere kant van de lijn hoor ik een kraan stromen, en gerinkel van glazen.

'Nee, jij niet, je vriendje. Hij zei dat je heel diep sliep en niet zo lekker was. Hij kon het huis niet vinden...'

Ik kijk naar Nick en hij naar mij. Zijn wenkbrauwen zijn gefronst.

'Ah...' zeg ik. 'Zei hij toevallig zijn naam?'

Julie schiet in een luide lach. 'Ben je vergeten hoe je vriend heet?'

Ik lach schaapachtig mee. 'Nee... Hij is mijn vriend niet. ik weet niet wie mij vannacht heeft thuisgebracht.'

Er valt een stilte aan de andere kant.

'Oh... oh my god. Maar gaat het wel goed met je?'

'Ja, ik ben oké. Ik wil alleen heel graag weten wie me naar huis gebracht heeft.'

Ik hoor haar zuchten.

'Tja, *I'm so sorry.* Ik weet het niet meer. Volgens mij heeft hij zijn naam niet eens genoemd. Het was halfacht 's morgens. Jeetje, ik weet het echt niet. Hij klonk wel vriendelijk trouwens...'

'Sprak hij Engels?'

'Nee, nu je het zegt, hij sprak Spaans...'

Koen, denk ik. Spreekt hij Spaans?

'Dorien? Ben je er nog? Kan ik je ergens mee helpen? Als je naar de politie wilt gaan, laat het me weten. Ik ga graag met je mee, als tolk.'

Nick zit tegenover me met zijn handen gevouwen en zijn ogen gesloten.

'Thank you, Julie, ik weet even genoeg. Tot gauw, ik wens je een mooie dag.'

Ik glimlach naar mijn mobiel en hang op. Mijn ogen branden van vermoeidheid. Nick schuift de MacBook naar me toe. Zijn snuivende ademhaling irriteert me. Alles irriteert me.

'Het moet Koen zijn geweest,' zeg ik terwijl ik naar de Facebook-pagina ga en mijn e-mailadres en wachtwoord intyp.

Nick gromt. Het lijkt alsof hij slaapt.

'Koen heeft me thuisgebracht. Volgens mij moeten we op zoek naar hem en het huis waar hij logeerde. Hij en zijn vrienden weten waar Ellen naartoe is gegaan. Dat kan niet anders.'

Ik kijk op het scherm en zie hoe mijn Facebook-prikbord wordt geladen.

'Ze is op het water,' zegt Nick. Zijn duimen wrijven langs zijn lippen, zijn ogen zijn nog steeds dicht. 'Dat is wat ik zie. Water. Zee. Ik zie iets dobberen. Ze bevindt zich op een boot. En ik voel geen angst. Alleen maar een extreme vermoeidheid. Zo moe... Het maakt allemaal niks meer uit, als ze maar even kan slapen.'

'En wat kunnen we daarmee?' vraag ik geërgerd terwijl mijn ogen over het scherm flitsen. Er is geen bericht, geen oproep, niks. Ik check ook Ellens prikbord. Niets.

'Daarmee kunnen we gerust zijn. Ze is nog onder ons. Ze slaapt. Het is niet onwaarschijnlijk dat ze is meegegaan met iemand die een boot heeft.'

Ik open mijn e-mail. Geen opvallende berichten, behalve een mailtje van Joost, dat ik niet open. Ik kijk naar Ellens iPhone, maar zonder haar wachtwoord kan ik er niets mee.

Hij kijkt naar haar. Ze ligt als een baby te slapen op haar buik en ze snurkt zachtjes. Wat moet hij met dit wicht, dat zijn tot nu toe waterdichte systeem in de war gooit? Uit de weg ruimen natuurlijk, alleen heeft hij daar op dit moment de kracht niet meer voor. Zijn razernij is reeds gestild, zijn fantasie bevredigd. Hij is moe, uitgeput. Onmogelijk om nu op de juiste wijze het ritueel uit te voeren.

Het is natuurlijk vragen om problemen, maar hij zou willen dat ze nog even bleef. Een vrouwenlichaam dat zich vormt naar zijn behoeften, waarmee hij kan doen wat hij wil zonder zich te bekommeren om sporen, waarmee hij zich af en toe echt kan laten gaan.

Maar voor het moment is hij uitgeraasd, zijn zijn lusten bevredigd. Hij voelt de energie noch de drang zich van haar te ontdoen. Manel zou het klusje kunnen klaren, maar op hem durft hij niet te vertrouwen.

Hij moet nu slapen. Hij werpt nog een blik op het magere lijfje van de vrouw. Even flitst het door zijn hoofd dat hij naast haar zou kunnen gaan liggen, en hij ziet voor zich hoe hij zich om haar heen vouwt, om dit kleine kwetsbare vogeltje, hoe hij zich vastklemt, hoe zijn armen en benen zich vastgrijpen aan haar frêle ledematen en hoe hij haar breekt met slechts zijn spierkracht.

Hij vertrekt en draait de deur op slot. Zijn mond opent zich in een langgerekte gaap. Hij kan bijna niet meer op zijn benen staan, laat staan een plan bedenken. Met zijn laatste kracht neemt hij het trapje en stapt op het dek. Hij pakt het luik en laat het in het slot vallen.

De eerste zonnestralen jagen het zweet op zijn rug. Hij is veilig. Het wicht kan hier niets uitrichten. Hij gaat rusten tot zijn brein weer fris genoeg is. Als een trouwe vazal zit Manel in de zodiac te wachten. Hij loopt naar het anker en gooit het los. Hij luistert naar het plonsje in de verder stille Middellandse Zee. Daarna stapt hij op het trapje en laat zich in het bootje zakken en neemt plaats tegenover Manel, die zwijgend de motor start. Samen vliegen ze over zee, terug naar het eiland.

In Nicks huis is het donker en het ruikt er naar gebakken knoflook en wierook. Stof dwarrelt in de ene lichtbaan die door het raampje naar binnen valt. Ik heb het gevoel dat we ons buiten de wereld bevinden, op een heel klein donker eilandje, waar de lucht ijl en stoffig is. Hier gaan wij geen goede plannen bedenken om Ellen terug te vinden, hoe hard Nick ook over zijn slapen wrijft.

'Is het een idee om naar de politie te gaan?' vraag ik. Nick opent zijn ogen en glimlacht.

'Dat is een idee,' zegt hij lacherig. 'Maar vooralsnog een slecht idee.' Hij staat op en begint door de kamer te lopen terwijl hij zijn armen boven zijn hoofd strekt.

'De politie op Ibiza heeft het in dit seizoen druk genoeg met al die idiote tasjesdieven, drugsdealers, verzopen toeristen...'

'Ik vind dit inmiddels toch ook ernstig genoeg,' opper ik en als vanzelf ga ik ook staan en begin te ijsberen.

'Toen mijn vrouw verdwenen was, deden ze geen ene reet.' Zijn stem klinkt ineens scherp. Hij loopt naar de deur en zwaait die open. De zon verlicht de kamer en ineens is er weer kleur, ruimte en zuurstof.

'Ik bedoel, ik weet wat je doormaakt... Ik wist dat ze niet even voor de lol een paar dagen onder de radar was gedoken.

Toen ze niet thuiskwam die nacht, voelde ik onmiddellijk dat het niet goed zat. Maar de politie luisterde niet. Die duikt wel weer op, zeiden ze. Dat zullen ze tegen jou ook zeggen. En ze hebben gelijk. De meesten duiken weer op. Alleen mijn vrouw niet. Althans, niet levend.'

Er valt een zware stilte en ik weet niet wat ik moet zeggen. Zijn verhaal maakt me bang. Kan ik deze man wel vertrouwen? Is het niet allemaal te toevallig? Voorzichtig vraag ik wat er dan precies is gebeurd met zijn vrouw, hoewel ik het eigenlijk liever niet weet. Ik heb verhalen nodig waaraan ik me hoopvol kan vastklampen.

Nick gaat op het bed zitten en staart naar de tegelvloer. Zijn rechterhand friemelt aan een kussen.

'Ze is gesprongen.'

Ik leun tegen de deurpost en wend mijn blik van hem af. Ik kan niet meer terug.

'Jezus... Hoe? Ik bedoel, waar?'

'Van een klif, bij Jondal. Nicolas was zes.'

Ik huiver ondanks de hitte en zie Nick zitten, ineengedoken. Een gebroken man, starend naar zijn lege handen.

'Tja, en daar sta je dan met je gave en je therapieën en je spirituele geouwehoer. Deze voelde ik niet aankomen. Ik voelde en zag van alles, bij iedere boerenlul, maar bij mijn eigen vrouw... Ik wist dat ze niet happy was, dat ze van me vandaan dreef, maar ik geloofde erin dat het goed zou komen. We hadden een kind, we hielden van elkaar, ons leven leek makkelijk... Gek hè, ik heb gewoon niet naar haar geluisterd. Zoals een kok thuis slecht eet, zo luisterde ik als therapeut nooit naar mijn vrouw. En zij wilde mij niet lastigvallen met haar problemen.'

'Wat verschrikkelijk,' zeg ik om maar iets te zeggen, en ik weet niet of ik nu naast hem moet gaan zitten of dat ik misschien juist beter afstand kan houden.

Even lijkt het alsof hij in elkaar stort. Dan haalt hij diep adem en zet zijn vingers tegen zijn slapen.

'Ze was net gestopt met antidepressiva, op mijn dringende aanraden. Ik vond het troep, waar ze een zombie van werd en ik beloofde haar dat onze liefde en een gezonde, spirituele levensstijl haar erbovenop zouden helpen. Eigen kracht, zei ik. Je kunt het op eigen kracht. Nou, dat heb ik geweten. Niet dus. Ze werd zwaar manisch. Was dag en nacht op pad. En uiteindelijk sprong ze.'

Hij staat op en sjort zijn broek omhoog. Kijkt me met een gepijnigde lach aan.

'Dertien jaar geleden. Ik heb het verwerkt, hoor, maar godverdomme, wat heb ik me klote en schuldig gevoeld. Jaren. En haar gemist, tot op de dag van vandaag. Maar ja, ik hou van vrouwen, van intimiteit, van vrijen. Dus ik zoek nu een beetje liefde bij veel vrouwen, in plaats van de grote liefde bij een. Zij was mijn grote liefde. Nog steeds eigenlijk.' Nick wrijft met zijn handen over zijn bovenbenen en legt ze daarna tegen mijn wangen.

'O, meisje, daar zit je niet op te wachten hè, op zo'n dramatisch kutverhaal... Je kijkt als een verregend konijn.'

Spontaan drukt hij zijn lippen op de mijne. Ik deins achteruit. Mijn wangen trillen. Hij trekt zich weinig aan van mijn geschrokken reactie.

'Wat wil je doen?' vraagt hij.

Wat wil ik doen? Ik wil wegrennen. Ik wil slapen. Ik wil rust in mijn hoofd. Ik wil weer normaal zijn, normaal doen, normaal leven. Ik wil snikken in Joosts armen. Ik wil dat hij me streelt en zegt dat het allemaal goed komt. Ik wil terug naar het oude, het vertrouwde, naar de sleur en de herhaling. Ik wil een baby en kopjes thee drinken op de bank, met mijn voeten op Joosts schoot.

'Laten we op zoek gaan naar het huis bij Es Vedra,' antwoord ik.

'*All right baby. You rule,*' zegt Nick. Hij gooit zijn sleutelbos in de lucht en vangt hem weer op.

We nemen zijn jeep. Ik denk eraan hoe mijn moeder mij als klein meisje waarschuwde. Stap nooit bij vreemden in de auto. Nu ik volwassen ben doe ik dat voortdurend. Nick geeft me een fles koel water en ik drink hem gulzig half leeg. Mijn hoofdpijn lijkt enigszins te zakken.

We rijden Jesús uit, de snelweg op. Links van ons torent de prachtige oude stad boven het eiland uit. Nick draait aan de knop van de radio tot we driftige Spaanse gitaren horen. We praten niet, we denken. Ik voel nog steeds zijn onhandige zoen op mijn mond. De zoen van een man die volgens mij vijftien jaar ouder is dan ik. Het was nog niet eens bij me opgekomen dat zijn interesse in mij weleens seksueel zou kunnen zijn. Zo stom en naïef sta ik in mijn nieuwe vrijgezellenbestaan.

We rijden langs het vliegveld. Ik zie hoe een vliegtuig keurig landt en dat bezorgt me een steek in de maag. Hier waren we gisteren nog. Rolden we gierend van de pret de huurauto in. Nick remt af en kijkt me aan.

'Wil je hier kijken?' vraagt hij, en hij tikt zachtjes op mijn blote knie. De haartjes op mijn armen schieten overeind.

'Denk je dat ze hier zou kunnen zijn?'

Hij parkeert de auto langs de kant van de weg.

We staren beiden naar buiten, naar de stroom toeristen die door de glazen deuren komen en gaan. Op het grasveldje naast het parkeerterrein ligt een heel stel jongeren te slapen onder de brandende zon.

'Spacers,' mompelt Nick. Ik tuur langs de gezichten, neem ze een voor een op. In mij groeit de hoop dat ze ertussen ligt. Het zou kunnen.

'Die kids hebben vierentwintig uur Space en DC10 achter

de rug. Stappen straks op een vlucht van easyJet terug naar Londen, Manchester of Liverpool...'

Ik stap uit en loop het veldje op. Zet mijn voeten behoedzaam tussen de slapende feestgangers. Het stinkt hier naar urine, braaksel en alcohol. Sommige jongeren lijken groen te zien van ellende.

Het zal je kind zijn, denk ik en meteen daarna besef ik dat Ellen iemands kind is, een volwassen kind, en haar ben ik, een eveneens volwassen en zelfstandig kind, kwijtgeraakt in een roes van drank, drugs en geilheid. Er is weinig verschil tussen ons en deze laveloze jongeren.

Ik stap over de slapende spierwitte benen heen. Sommige meisjes hebben hun hakken nog aan. Ik speur naar dunne, tanige benen en een mager, spits gezicht met een volle mond, maar ik zie mollige, roodharige, sproetige, opgeblazen hoofden. Een jongen zit tegen een boom en tokkelt lusteloos op zijn gitaar. Naast hem staat een groot blik Guinness.

'Looking for someone?' vraagt hij zonder me aan te kijken. Ik glimlach op de automatische piloot.

'Well, yes...'

'Er is een feest...' zegt de jongen schor en met een sterk Schots accent. Hij neemt een slok uit zijn blik.

'Wil je ook?' Hij biedt me het bier aan. Ik schud mijn hoofd.

'Je zei iets over een feest?' vraag ik. Mijn hart begint sneller te slaan.

'Yeah.' Hij lacht en krabt door zijn warrige krullen. 'Daar zijn veel mensen nog heen gegaan. Ze zeggen dat het een heel groot feest is, ergens in het westen, in de bergen. Ik ben mijn telefoon kwijt, dus ik kan je niet precies vertellen waar. Het staat allemaal in een sms, wachtwoord, routebeschrijving, dresscode... Als je iemand kwijt bent, vette kans dat hij of zij daar is. Het halve eiland ging erheen.' Hij neemt weer een slok en kijkt me lodderig aan. Ik weet niet eens of ik hem wel serieus kan nemen. Een feest. Ergens in de heuvels. Het halve eiland zit daar... Maar waar dan, verdomme, waar? Achter me hoor ik een autoportier dichtslaan. Ik kijk om en zie Nick onze kant op komen.

'Sorry, dat ik je niet meer kan vertellen,' zegt de jongen, en dan, wanneer hij de frustratie op mijn gezicht leest: 'Wacht, misschien weet mijn vriend hier meer.'

Wankel komt hij overeind en zet zijn gitaar tegen de boom. Hij stapt over de slapende lichamen heen en begint te schudden aan de schouder van een donkere jongen die slaapt met een hoedje op zijn gezicht.

'Jones! Wake up! Jones!'

Jones schiet overeind en kijkt zijn vriend geschrokken aan.

'Hé Jones, jij ook goedemorgen! Hé, luister, dit meisje zoekt haar vriendin. Ik denk dat ze weleens op dat feest zou kunnen zijn, weet je wel, waar de rest nog heen ging. Heb jij nog steeds die sms?'

Jones kijkt van mij naar zijn vriend en weer terug.

'Jesus christ, man...' mompelt Jones en hij wrijft in zijn ogen. Nick komt achter me staan. Hij legt zijn hand in mijn nek en ik vraag me af waarom hij dat doet, mij aanraken alsof we elkaar al jaren kennen, alsof we een lang getrouwd stel zijn.

Jones haalt mopperend een tasje onder zijn shirt vandaan en vist zijn iPhone eruit.

'Wil je die sms alsjeblieft even doorsturen,' zeg ik en ik geef hem mijn nummer.

'*Okay man*,' mompelt hij en enkele seconden later hoor ik mijn mobiel piepen. Jones gaat weer liggen en schuift het hoedje over zijn ogen.

'Thank you,' zeg ik tegen de jongen met de gitaar en ik

voel mijn ogen vochtig worden, alsof ik Ellen al half gevonden heb.

Het zwembad is zo fokking blauw dat het pijn doet aan zijn ogen. Hij krabt aan zijn kruis en neemt een slok van zijn koude witte wijn. De ijsblokjes tinkelen, de zon brandt op zijn huid, lome loungemuziek vult de lucht. De mensen zijn weg, godzijdank. Hij zou rust moeten voelen. Eindelijk weer eens moeten slapen. Maar in hem giert de gejaagdheid. De boot. De boot lonkt.

Hij sluit zijn ogen en concentreert zich op zijn lichaam. Hij spant en ontspant zijn spieren, focust zich op de zweetdruppels die langs zijn slapen zijn haar in druipen. Hij pakt het glas wijn en gooit het leeg over zijn buik. Dan wrijft hij de ijsblokjes over zijn borst, zijn nek, zijn wangen. Wat kan hij nog meer doen om zijn gedachten het zwijgen op te leggen? Om te kunnen slapen en gewoon te genieten? Hij heeft alles geprobeerd. Meditatie. Yoga. Boksen. Drugs. Therapie. SM. *God. Maar niets helpt hem om uit het duister te komen, uit zijn dwangmatige gedachten, die zo donker en verwerpelijk zijn dat het een marteling is. En nu heeft zij de enige methode die hem een beetje licht en lucht gaf doorkruist.*

De vrouw mag geen enkele betekenis voor hem hebben. Ze moet volstrekt willekeurig en inwisselbaar zijn. Blond, dommig, gro-

te tieten, dronken, glitterjurk, geil op geld en coke. Niet moeilijk te vinden op dit eiland, zeker niet in dit seizoen. Het jachtseizoen. Bij bosjes gaan ze door de knieën wanneer ze weten dat je binnenzak vol snuifmateriaal zit. De roes, wat ze allemaal niet over hebben voor de roes. Om niet te denken, niet te voelen.

Maar deze vrouw, de vrouw op de boot, dat is ander materiaal. Hij zag het in haar ogen, hoezeer ze ook in de war was. Slimme kraalogen. Haar blik heeft zich in zijn hoofd vastgezet. De blik van iemand die hem doorziet. En dat betekent dat hij zich van haar moet ontdoen. Hij zal voor het eerst iemand moeten doden die betekenis heeft.

You are invited to our Eyes Wide Shut Weekend Party, starting August 28 on Monday morning 10 a.m. till Tuesday night August 29 at 12 p.m. The secret code is NICK NIGHTINGALE.

Take the road from Ibiza Town to Portinax/Sant Joan. When you leave the city, follow the St. Geertrudis sign to the left. When you drive through St. Geertrudis, take the exit to St. Mateu. After you've reached the church of St. Mateu, take the turn right. After a 3 kilometer drive you'll find a big blue rock on your right. Turn right.

Wearing a mask is required.

Ik lees de tekst voor aan Nick. Hij trommelt met zijn vingers op het stuur.

'Dat feest duurt dus nog wel een uurtje of twintig,' zegt hij.

'Ik heb sterk het gevoel dat ze daar is,' zeg ik.

'Lijkt het je niet het beste om te beginnen bij het begin? De jongens die jullie hebben meegenomen? De villa bij Es Vedra?'

'Ik denk dat zij ook naar dat feest zijn. Als het halve eiland daar rondloopt...'

Nick zucht. 'Halve eiland, halve eiland... Je bedoelt de helft van de toeristenpopulatie. Als de *locals* er ook heen gingen, was ik er wel van op de hoogte.'

‘*Whatever*, Nick…’ Ik zucht ook. De hitte is bijna niet te doen in combinatie met deze kater. ‘Jij bent hier de helderziende. Wat moeten we doen?’

‘We moeten helemaal niks. Mij lijkt het het beste om eerst te kijken of we die villa terug kunnen vinden. Het spoor, voor zover daar sprake van is, lineair te volgen. Er zijn zoveel feestjes op dit eiland, lieverd.’

Hij start de auto en rijdt langzaam de rotonde op. Ik staar naar de slapende jongeren. De gast met de gitaar zwaait en steekt nog even zijn duim op.

‘Oké,’ zeg ik, ‘laten we de villa zoeken. Dan door naar het feest. En maskers regelen.’

‘U vraagt, wij draaien,’ antwoordt Nick. ‘En misschien eerst even een verfrissend drankje en iets eten? Zodat je wat opknapt?’

‘Yep,’ zeg ik en ik voel een kleine golf van optimisme. Ik zie voor me hoe we Ellen vinden. Knock-out in de villa. Gemaskerd dansend op een groot terras. Zwemmend in azuurblauw water. Zoenend met een of andere lekkere Spanjaard. Ze heeft zich nauwelijks zorgen gemaakt. Of juist wel. Hoe dan ook, ik zie haar grote grijns voor me, en haar stralende, ondeugende ogen.

Het koude zweet staat op mijn rug. Ik ben misselijk en heb geen kracht om te spugen. Mijn voeten steunen tegen het dashboard en mijn hoofd wiebelt mee met iedere bocht en elke hobbel. Nick praat maar wat voor zich uit over de zee, het eiland, over Nostradamus die ooit heeft voorspeld dat Ibiza de enige plaats op aarde zal zijn waar nog leven mogelijk is na een nucleaire oorlog die in 2012 het einde van de wereld inluidt.

Uit de radio klinkt Spaans geratel. We rijden over hoge rode rotsen. Links van ons de zee, rechts van ons hier en daar een huis, verscholen achter hoge betonnen muren, begroeid met bougainville. Het idyllische decor waarin mijn vriendin verdwenen is.

Nick scheurt hard door de bochten en ik tuur en tuur, in de hoop iets te zien wat ik me herinner van vannacht. Er lag een meisje op mijn schoot. Ik was niet bezig met de omgeving, maar met mezelf. Vroeg me af hoe ik in die auto terechtgekomen was en wat de vroege morgen me zou brengen. Ik voelde me schuldig. Ja, nu weet ik het weer: ik voelde me schuldig over de manier waarop we Jordi, die lieve Spaanse jongen, hadden achtergelaten, bijna comateus in slaap op de witte skai bank van de Pacha.

'Herken je iets?' vraagt Nick.

Ik schud mijn hoofd. Kleine druppeltjes zweet staan op mijn bovenlip. Ik veeg ze weg met mijn bevende hand.

'Jij moet echt even iets eten, geloof ik,' zegt Nick kordaat en hij gooit het stuur om en stuift een hobbelige afslag op. Onder de pijnbomen staan links en rechts auto's geparkeerd en bruinverbrande badgasten lopen op en neer langs de stoffige steile weg met grote tassen en luchtbedden onder de arm. Ik voel een steek van jaloezie. Zo hadden Ellen en ik ook gedacht hier vandaag te lopen.

Ingeklemd tussen de pijnbomen, aan de rand van de rode rotsen, ligt een grote houten keet waaruit de geur van gebakken vis, olijfolie en knoflook zich opdringt. Dit gecombineerd met de lucht van zonnebrand en sigaretten zou me normaal gesproken dolgelukkig maken. Nu maakt het me nog misselijker dan ik al was. Nick vindt achter in een hoekje een gedekte tafel voor twee en zwaait enthousiast naar me. Ik laveer zijn kant op, tussen de druk pratende Spanjaarden door. Ik bekijk ieder gezicht. Iedere donkere vrouw kan Lana zijn, iedere blonde Ellen. Ik zie glimpjes Koen, Martijn,

Jordi, maar ze zijn het niet, het zijn vreemden, een eiland vol vreemden, zelfs de mensen die ik hier wel ken zijn in feite vreemden, al voelde dat vannacht anders. Even leek het op een kluwen vrienden voor het leven.

Ook Ellen is een vreemde. Ik noem haar wel mijn vriendin, soms zelfs mijn beste vriendin, maar ik ken haar nog maar net. Ze heeft mijn leven op zijn kop gezet vanaf het moment dat we elkaar voor het eerst zagen tijdens die brainstormsessie. Ze raakte iets in me, zoals een geliefde iets in je kan raken. Vriendschap op het eerste gezicht. Bestaat dat? Nu het erop aankomt, blijk ik niets van haar te weten. Ik ken haar familie niet. Ik weet niet wat haar lievelingseten is, haar favoriete kleur, de beste film die ze ooit heeft gezien. Ik weet eigenlijk maar één ding en dat is dat ze weg is en ik al haar spullen heb. Het kan best zijn dat verdwijnen bij haar gedragspatroon hoort. Misschien is ze het type dat er zomaar vandoor gaat met een lekkere gast en pas na dagen eens denkt aan anderen. Aan mij. Ik bedenk hoe ik me gisteren aan haar ergerde. Vond haar te luidruchtig, te opdringerig, te hongerig naar feest, drugs, aandacht. Ik voelde me af en toe in de steek gelaten, buitengesloten, en alleen door me net zo aan te stellen als zij kon ik het een beetje bijbenen. En nu, nu ik hier het terras op loop met samengeknepen ogen, het zweet dat inmiddels van mijn rug gutst, misselijk en duizelig van de kater, voel ik me weer zo'n aanstelster. Paniekzaaier. Controlfreak. Ze ligt heus niet ergens dood. Ze is ook niet wanhopig. Ze denkt niet eens aan mij.

'Hier.' Nick reikt me een zonnebril aan. Ik besluit niet uit beleefdheid te weigeren. Mijn ogen branden hun kassen uit. Ik ga tegenover hem zitten en zet de iets te ruime RayBan Aviator op.

'Staat je goed.'

Nick vraagt aan de mensen naast ons of hij hun zonnebrand even mag lenen en smeert zijn armen en gezicht in. Daarna geeft hij het flesje aan mij. We turen op de kaart en bestellen water met bubbels, bij een ober die Nick allerhartelijkst begroet.

'Zal ik gewoon wat dingetjes bestellen?' vraagt hij. Ik knik, blij dat ik even geen keuzes hoef te maken.

'Zo,' zegt hij en hij neemt mijn handen in de zijne. We zitten erbij als een ietwat belegen verliefd stel.

'Daar hou jij niet van hè, van fysiek contact?'

Nick tilt mijn handen op en ik bedwing mijn verlangen ze terug te trekken.

'Dat heb je goed aangevoeld,' antwoord ik.

'Niet zo moeilijk. Je hele aura schreeuwt: raak me niet aan! Raak me niet aan! Soms laat je je aanraken, maar dat is om mensen te pleasen. Niet omdat je het zelf prettig vindt.'

Ik sla mijn ogen neer en ben blij dat ik een zonnebril op heb.

'Weet je, Nick, zullen we het nu even niet over mijn afwijkingen hebben?'

Ik trek mijn handen terug en zoek in mijn tas naar sigaretten.

'Het is geen afwijking, lieverd, jij bent een heel normale vrouw. Normaler dan je zelf denkt.'

'Wat ik me afvraag, Nick...' begin ik. 'Wat wil je eigenlijk van mij? Waarom help je me zoeken en waarom pak je mijn handen? Waarom noem je me lieverd en meisje en schat? Je kent me niet eens.' Ik vraag het kribbig.

Nick glimlacht rustig, zoals hij alles rustig doet, en die boeddha-achtige uitstraling irriteert me plotseling mateloos. Ik ben chagrijnig. Ik moet eten, slapen, Ellen vinden.

'Je bent op mijn pad gekomen. Iets daarboven heeft me gisteren op jou gewezen en ik heb geen keuze, Dorien, het gaat zoals het gaat. Je komt voorbij in mijn leven omdat we iets met elkaar moeten, iets van elkaar kunnen leren. Het is niet zomaar dat ik langsrij en jou in de berm aantref.'

'Als je maar niet denkt...' Ik zwijg halverwege de zin. Wat ik wil zeggen slaat nergens op.

Hij buigt zich over de tafel naar me toe. Zijn ogen zijn zo blauw als de Caribische Zee. Hij zou mijn vader kunnen zijn.

'Wat? Wat moet ik niet denken?'

Ik steek de sigaret tussen mijn lippen en hij geeft me vuur.

'Laat maar. Is niet belangrijk.'

De ober brengt het water en een mandje brood met olijven en aioli. Ik graai ernaar als een uitgehongerd kind.

'Je bedoelt dat ik niet moet denken dat je op me valt. Of dat je bij mij in bed zult belanden. Maar dat denk ik helemaal niet, lieve schat. En ik val wel op jou. Maar dat is logisch.'

'Wat is daar logisch aan?'

'Je bent een prachtige vrouw. En lekker stug, een beetje ontoegankelijk. Een praktisch onneembare vesting van een vrouw... Dat vinden mannen zoals ik heerlijk. Een uitdaging. Daar valt nogal veel te winnen en te veroveren. Een vrouw voor gevorderden, dat ben je.'

Het bloed stijgt naar mijn wangen en ik merk dat de tranen achter mijn ogen branden. Nog nooit heeft een man mij een prachtige vrouw genoemd. Zelfs Joost niet. Ik kauw langzaam op het zoutloze droge brood tot de brok in mijn keel weg is en neem dan een trekje van mijn sigaret.

'Wat raakt je zo, schoonheid?'

Ik schud mijn hoofd. Ik kan niet praten. Als ik ga praten, komen de tranen en ik weet van mezelf dat die zullen blijven stromen. En ik zit hier niet om mezelf volledig te verliezen, ik zit hier om me op te laden, om Ellen te zoeken. Of ze nu gevonden wil worden of niet, het is mijn verantwoordelijkheid de fout van vannacht te herstellen.

De ober brengt kleine beige schelpjes badend in de olijfolie en peterselie, verse ansjovis in vinaigrette, gegrilde groene pepers met grof zeezout, een grote gemengde salade met vers gegrilde tonijn en een schaal dampende frites. Nick vraagt om mayonaise en dan stort ik me op het eten, hongerig en blij met deze welkome afleiding. We besluiten dat bij dit goddelijke eten toch een glaasje wijn hoort en heel even vergeet ik de verdwijning van Ellen, mijn helse kater en het vreemde, diepe verdriet dat ik daarnet voelde. Ik kijk naar Nick en mijn chagrijn is weg, ik geniet van het troostrijke eten en de sprankelende wijn, en ik ben blij en dankbaar dat een man als Nick zich over me ontfermt. Dat ik niet alleen ben. Alleen zijn, daar ben ik verschrikkelijk slecht in.

'Ik zie nog steeds water,' zegt Nick terwijl we de laatste frites van de schaal door de mayonaise halen en in onze mond stoppen.

'Water dat zachtjes tegen een wit jacht aan klotst. Het zijn slechts flitsen, hoor, het is niet heel sterk...'

'Hoe vaak klopt het, wat je ziet?'

'Het klopt altijd, alleen de betekenis ervan is niet altijd duidelijk. Meestal voel ik ook iets, paniek, liefde, angst... Maar ik voel nu niets.'

'Misschien omdat zij niets voelt.'

'Ja, dat kan. Of ik ben te veel met jou bezig.'

Weer stuwt mijn hart het bloed naar mijn gezicht. De wijn helpt een handje mee. Mijn hoofd voelt aan als een gloeilamp.

'Ik denk dat ik even het water in duik,' zeg ik zachtjes.

'Goed plan,' antwoordt Nick en hij gooit zijn handdoek naar me toe.

'Ik bestel koffie.'

Ik daal het pad af naar het kleine stukje strand tussen de steile roestbruine rotsen, dat bezaaid is met felgekleurde parasols. Het vrolijke gekwetter van mensen en kinderen komt me tegemoet. Ik leg mijn kleren op een hoopje in het zand en gooi de handdoek eroverheen. Op Ibiza maakt het niemand wat uit of je in je ondergoed, je bikini, naakt of in je kleren te water gaat. Dus loop ik alleen in mijn string de azuurblauwe zee in en merk dat niemand kijkt en ik me nauwelijks schaam.

Het water is goddelijk. Mijn hele lichaam tintelt wanneer ik erin duik, het is alsof er een zware kriebelende deken van me af wordt getrokken. Mijn hersenen koelen af en ik kan weer denken, voelen, ademen. Ik zwem zo ver als ik kan de baai uit en geniet van de weerstand van de golven, de koude onderstroom, het oneindige water dat voor me ligt. Ik ben gek op water. Als kind lag ik op vakantie de hele dag in zee en als die niet voorhanden was in het dichtstbijzijnde water of zwembad. Het gewichtloze gevoel, de koelte, het zweven maakt me altijd ontzettend vrolijk. Verdrinken, dat lijkt me de meest zachte dood. Ik laat me gaan en glijd langzaam dieper en dieper onder water. Het zout prikt in mijn ogen. Ik zie slierten waterplanten, een school visjes, het witte zand op de bodem. Ik zweef totdat de druk op mijn longen en mijn oren me echt te veel wordt en werk mezelf dan met krachtige halen weer naar de bovenwereld.

Het fluit in zijn hoofd en het ruist in zijn oren. Hij voelt de aandrang zijn kop tegen een muur te rammen. Hij staat op en loopt naar binnen. Zijn voeten op de koele tegels. Hij vlijt zijn bovenlichaam op de marmeren bar en drukt zijn voorhoofd tegen het steen tot zijn neus knakt. Warm bloed stroomt langzaam langs de binnenkant van zijn neusvleugels. Hij weet wat hij moet doen om even rust te vinden, maar hij ziet erg op tegen de kilte en de duisternis.

Soms vraagt hij zich af waarom hij geen einde aan zijn leven maakt. De wereld zou een zucht van verlichting slaken. Om zijn dood zou niemand rouwen. Ja, misschien Manel. Maar die vindt wel een nieuwe, betere, minder veeleisende baas. Hij denkt aan zijn eerste ontmoeting met zijn maatje, zijn slaaf, zijn partner in crime. Manel als zestienjarig Mexicaans straatratje, in zijn hotelkamer in Playa del Carmen, met zijn portemonnee al in zijn zak. Hoe hij Manel in zijn nek greep, hoe hij hem op bed gooide, zijn handen op zijn rug in bedwang hield. De tranen van Manel, zijn smeekbede. Hij weet niet meer wat hem raakte, hij wordt zelden door iemand geraakt, het waren waarschijnlijk die ogen: intelligente ogen die zijn pijn konden zien, alsof Manel onmiddellijk begreep met wie hij te maken had. Was het de manier waarop Manel zich overgaf aan zijn macht? Het voelde alsof hij ineens een zoon had. Alsof hij niet langer alleen was. Manel begreep hem, herkende hem en accepteerde zijn macht. En hij, hij had zijn personal assistant gevonden.

Hij komt overeind en pakt zijn MacBook. Dan loopt hij naar de badkamer. Daar urineert hij en neemt een slaappil in. Ondertussen probeert hij redenen te verzinnen waarom hij zou moeten blijven leven. Leven en lijden.

'Je telefoon ging,' zegt Nick wanneer we ons in de bloedhete jeep hijsen. Ik graai in mijn tas en vis mijn mobiel eruit. Eén oproep gemist. Van Joost.

'Je vriendin?' Nick vraagt het zonder me aan te kijken en steekt de sleutel in het contact.

Joost heeft me sinds we zijn aangekomen op het eiland al veertien keer gebeld. Het begint op stalking te lijken.

'Helaas niet. Mijn ex,' zeg ik.

'Ah.' Nick rijdt achteruit en keert nogal woest. Dan stuiven we van de parkeerplaats de weg op.

'Moet je hem niet terugbellen?'

Ik staar naar de mobiel in mijn handen. Ik zou niet weten wat ik tegen Joost zou moeten zeggen. En hij zou meteen weten dat er iets aan de hand is. Hij kent me beter dan ik mezelf ken.

'O, meisje toch,' zucht Nick en hij legt even een hand op mijn knie. 'Jij bent de moeite waard, weet je dat? Je bent alle moeite waard. De hoofdprijs, dat ben je. Champions League-materiaal. Dat beseft die ex van je maar al te goed. Wanneer ga je het zelf eens inzien?'

'Ik snap niet waar je het over hebt, Nick. Sinds mijn relatie uit is, is mijn leven totaal mislukt. Ik kan het helemaal niet alleen. Ik kan niet eens alleen op vakantie. De eerste avond al laat ik me meevoeren door iedereen die me een beetje aandacht geeft. Ik raak mijn vriendin kwijt, mijn geheugen, mezelf... Dat kun je moeilijk Champions League noemen.'

'Je bent helemaal niks kwijtgeraakt. Je hebt je eindelijk eens lekker laten gaan. En die Ellen is een volwassen vrouw, die er op een heel kinderachtige manier tussenuit is gesneakt. Als ik jou was, zou ik niet ongerust zijn, maar woedend.'

De weg slingert langs de grillige kustlijn, de zon doet de zee schitteren. Het landschap lijkt te zijn uitgedroogd door de hitte. We rijden langs droge naaldbossen, dorre velden waarop magere schapen dwalen, witgepleisterde finca's met uitzicht over olijfboomgaarden en de zee. Het is schitterend hier, zie ik, en hoe mooi zou het zijn om gewoon met Ellen rond te rijden in de witte huurauto, op weg naar een afgelegen strandje.

'Deze weg moeten jullie vannacht ook gereden hebben,' begint Nick. 'Herken je misschien al iets?'

Hij mindert vaart. Langzaam rijden we de heuvel op. Ik zie begroeide rotsformaties rechts van me, een zwarte, pas geasfalteerde weg voor me, verdroogde weides rechts en daarachter de stralende zee.

Ik schud mijn hoofd.

'Het was schemerig en ik sliep bijna de hele weg. En deze omgeving, alles is hetzelfde.'

'Nou, over enkele seconden niet meer. Let maar op.'

We nemen een scherpe bocht naar rechts en bereiken de top van de heuvel. Daar zie ik hem majestueus uit het water steken. De grote rots. Es Vedra. De herinnering aan vannacht doet me huiveren. We zijn in de buurt. We moeten in de buurt zijn.

'Ik weet het weer. Ik werd wakker... Werd wakker gemaakt op het punt waar Es Vedra opdoemde. Dit punt dus ongeveer. En boven op die heuvel gingen we rechtsaf... een klein onverhard weggetje in.'

We staan stil in de berm en plotseling weet ik alles weer haarscherp. Het meisje dat op mijn schoot lag. De taxichauffeur die vertelde hoe gevaarlijk de rots is. Koen voorin... Het hobbelige pad. Ik stap uit en loop een stukje langs de weg. Halverwege ligt een grote, paars geschilderde steen met een lantaarn erop. Mijn hart lijkt twee keer zo snel te slaan. Ik kom bij de steen en zie daar de onverharde weg steil omhooggaan. Voor even verdwijnt het paniekerige gevoel dat zich sinds vanochtend genesteld heeft in mijn maagstreek. Ik herken dit. Ik ben hier geweest. Ellen is hier geweest. En misschien is ze er nog. Is ze daarboven. Ik zwaai naar Nick met een brede grijns op mijn gezicht en wijs op de weg. Hij start de motor en ik ren naar de jeep toe.

Als we voor het grote teakhouten hek staan, merk ik dat mijn knieën slap worden. Ik moet aanbellen, maar het is alsof ik daar geen kracht meer voor heb. Mijn hele arm trilt. Ik aarzel, ik ben bang. Ik vrees dat ik het niet aankan als ze er niet is.

Mijn bevende vinger drukt op de bel. Vanuit het huis klinken flarden trage loungemuziek. Nick en ik wachten. Ik fixeer mijn blik op zijn sterke blauwe ogen, zijn rustige gezicht, de vertrouwde glimlach waarmee hij belooft dat hoe dan ook alles goed komt.

Het duurt lang. Zo nu en dan horen we een plons, gelach, iemand roept iets onverstaanbaars. Ik druk nog een keer, langer nu. We horen een deur slaan, voetstappen in het grind. Dan zwaait de poort open. En sta ik oog in oog met Koen.

Hij nodigt ons uit mee naar binnen te gaan en vraagt of we wat willen drinken. Water willen we. Het ruikt muf in de open keuken. De afwas van dagen staat opgestapeld in de gootsteen. Koen verontschuldigt zich voor de troep en meldt dat ze al een weekend aan één stuk door aan het feesten en afteren zijn. De meesten van hen kunnen niet meer. Zijn stem klinkt schor. We lopen achter hem aan naar buiten, met allebei een groot glas water en tinkelende ijsblokjes in de hand. Bij het zwembad liggen twee naakte vrouwen.

'De meesten slapen dus,' zegt Koen. 'En de rest is naar dat feest in de bergen. Maar ik trok het even niet meer. Misschien dat ik straks ga. Het schijnt vierentwintig uur door te gaan.'

We nemen plaats aan een grote houten tafel waarop de glazen en lege drankflessen nog staan. Op een omgekeerd dienblad liggen een scheermesje en de laatste resten coke.

'Wij zijn eigenlijk op zoek naar Ellen,' begin ik.

'Ellen? Ja...' Koen schraapt zijn keel. Zijn oogwit is roze en hij kijkt me aan alsof hij ieder moment in snikken kan uitbarsten.

'Tjeesus... Ellen. Help me even...'

Zijn stem is schor en hij praat met een bekakt accent.

'We gingen gisteren met z'n allen naar de Pacha. Ellen is die kleine dunne, blond springerig haar, bruine ogen... Ze ging met Martijn gisteren.'

'Martijn is naar dat feest.'

'Alleen?'

'Nee, met een zooitje gasten.'

Een van de vrouwen aan het zwembad komt naar ons toe lopen. Ze is zo dun dat haar benen draadjes lijken. Haar perfect gevormde borsten wiebelen bij iedere stap die ze zet. Het is onmogelijk niet naar haar te kijken.

'Hi!' zegt ze enthousiast en ze kust me op beide wangen.

Dan gaat ze bij Koen op schoot zitten. Amy.

'Je bent er weer!'

Ik glimlach naar haar en knik. Amy likt aan haar vinger, haalt hem over het omgekeerde dienblad en stopt hem weer in haar mond.

'Zijn we erdoorheen?' vraagt ze aan Koen en zoent hem dan op de mond.

'Yes baby, for now...' antwoordt hij, terwijl hij met zijn hand zachtjes tegen haar billen slaat.

'Maar goed,' vervolg ik, 'even terug naar Ellen. Ik ben haar kwijtgeraakt. Ik heb al haar spullen. Telefoon, geld, alles. Die zal ze wel missen.'

Ik kijk Koen ernstig aan. Hij en Amy staren lodderig terug.

'O, nou, die is wel ergens, hoor.'

'Ik zou graag willen weten waar.'

'Maak je niet druk,' zegt Amy lijzig. 'Ik ben hier ook zomaar beland. En ik heb ook geen geld.' Ze grinnikt en likt over Koens wang.

'De jongens zorgen heus wel goed voor haar. Zoals hij goed voor jou zorgt. Toch?' Amy wijst naar Nick.

'Klopt,' zegt Nick. 'Maar toch wil Dorien graag weten waar Ellen is en hoe het met haar gaat. Lijkt me logisch. Dus lieve mensen, *cut the crap*, hebben jullie haar gezien?'

'Er zorgt helemaal niemand voor mij,' zeg ik fel, 'en ik snap niet wat er zo moeilijk is aan mijn vraag. Is ze hier of niet, is ze bij Martijn of niet?'

Amy blaast haar haren uit haar gezicht en vraagt om een sigaret, die ik haar geef. Koen trommelt met zijn vingers op de tafel.

'In principe is dit geen moeilijke vraag, maar hier op Ibiza... Weet je, je was er zelf bij gisteren, en vannacht... Mensen komen en gaan. Vrouwen komen en gaan. Iedereen is een beetje in de war. Jij ging zelf out, nota bene. Alles wat ik weet van Ellen is dat ze met Martijn naar buiten is gegaan, vlak voor we vertrokken. Martijn zei me dat hij alvast naar ons huis ging met een stelletje, en toen heb ik jou gevraagd mee te gaan. En Amy... Voor de rest is de avond een beetje een *blur*.'

'Ik dacht dat jij niet dronk?'

'Doe ik ook niet. Maar ik heb wel wat E genomen. Heb je toevallig een foto van haar?'

'Heb jij me naar huis gebracht?'

Zijn ogen lichten op en in zijn nek verschijnen vurige vlekken.

'Nee. Dat heeft Lana geregeld.'

'Geregeld?'

'Je spacete 'm volledig. Door die punch denk ik. Lana heeft voor je gezorgd. En een gast geregeld die je naar huis heeft gebracht.'

'Hebben jullie er ook maar een seconde aan gedacht hoe het af had kunnen lopen?' vraagt Nick. Zijn stem trilt van ingehouden ergernis.

'Natuurlijk,' zegt Koen zacht. 'Daarom hebben we het Lana laten oplossen. Het is haar vak, zeg maar.'

'Haar vak, haar vak, ben je wel goed bij je hoofd, idioot? Zij is toch degene die jullie volpompt met die rotzooi? Denk je dat zij leuk met haar slachtoffers naar de eerste hulp rijdt? Echt, jongen, ik weet niet waar je verstand zit, maar Dorien had er ook in kunnen blijven, of iemand van jullie gasten had het loodje kunnen leggen. Wat zat er in godsnaam in die punch?'

Koen zwijgt. Amy staat op en maakt zich uit de voeten. Ik voel me vijftien.

'Relax, gast. Dat is toch algemeen bekend? Als je op een feestje punch krijgt aangeboden... Iedereen weet dat.'

'Blijkbaar niet.'

'Het is goed, Nick,' zeg ik, en ik leg mijn hand op zijn schouder, in de hoop dat dat hem enigszins kalmeert. 'Laten we onze aandacht even houden bij het belangrijkste: Ellen vinden.'

Nick schiet overeind. Zijn glas water valt om.

'Dorien, we zitten hier bij mensen die knock-outpunch uitdelen aan hun gasten. Het lijkt mij duidelijk wat er is gebeurd. Ellen heeft ook te veel van die troep gekregen en toen hebben ze haar weggewerkt, zoals ze met jou hebben gedaan. Nu worden we om de tuin geleid! Want deze kakker hier wil straks wel weer gewoon terug naar zijn huisje, zijn kantoortje, zijn centjes en zijn vrouwtje aan de gracht. Of niet soms, vriend?'

Koen zet trillend het glas weer overeind. Een waas van zweet glanst over zijn hele lichaam.

'Hé, gast, het spijt me echt, maar ik weet niks, ik zweer het je. Nou ja, ik weet dat er K in de punch zat. De meesten worden daar gewoon een beetje chill van. Sommigen vallen in slaap. Je krijgt er in ieder geval hele fijne visioenen van. Maar ja, Dorien spacete 'm en we waren bang. Weet je, het was echt eng. En we waren ook niet echt *in control*, zal ik maar zeggen.'

'K?' vraagt Nick. Koen knikt. Slaat zijn ogen neer.

'Ketamine?'

Koen strijkt met zijn handen door zijn stroachtige blonde haren. 'Yep.'

'Jezus, jongens, jullie zijn echt gestoord, weet je dat?'

In Koens ogen wellen tranen op. Zijn kin begint te trillen.

'Ik weet het... Het is fucked up, we zijn zo fucked up. Ik ben ook echt naar de kloten, gast, ik ben zo zwaar naar de kloten...'

Van zijn blakende zelfvertrouwen is weinig meer over.

Hij wrijft neurotisch langs zijn slapen. Zijn schouders schokken en ik heb ineens enorm met hem te doen.

'Ik kan niet slapen, weet je. We gaan door en door en door. Vanochtend scheet er iemand in zijn broek, gewoon hier aan tafel. Had ie niet eens door!'

Aan het zwembad staat Amy op. Ze slaat een doek om haar borsten en trippelt onvast naar de grote witte speaker die verderop staat. Plots dreunt er een diepe bas over het terras. Amy danst. Haar armen zwaaien boven haar hoofd, haar kont smeekt om aandacht. Koen kreunt en slaat zijn handen om zijn buik. Nick lijkt ongevoelig voor Koens inzinking.

'Heeft iemand van jullie een boot?' vraagt hij. Koen kijkt op.

'Martijn. Martijn heeft alles. Martijn is de golden boy. Dit is zijn huis.'

'Waar ligt die boot?'

'In de haven.'

'Ja hallo... Welke haven?'

'Ibiza-Stad.'

'Kun jij ons zijn boot aanwijzen?'

Koen schudt zijn hoofd. 'We gaan morgen varen. Ik ben er nog niet geweest. Het is voor het eerst dat ik hier ben. Zo goed ken ik Martijn niet.'

'Je zit in zijn huis, je gebruikt zijn drugs, je neukt zijn vrouwen, maar je kent hem nauwelijks?'

'Ja, weet ik veel. Ik werd meegevraagd door een vriendje. Hij haakte uiteindelijk af.'

Nick kijkt mij aan. Ik zie een peilloze droefenis in zijn ogen. Alsof hij meer weet dan ik. Alsof hij iets voelt.

'Oké,' zeg ik. 'Kort samengevat: Ellen is niet hier, je weet ook niet zeker of ze hier is geweest. Waarschijnlijk wel, en waarschijnlijk is ze nu met Martijn op het Eyes Wide Shut-feest in de bergen. Laten we daar dan heen rijden, Nick.'

'Nou,' antwoordt hij, 'ik denk dat we ook naar de politie moeten gaan met dit verhaal. Laat ze dit hele hok uitkammen, en die boot. Er is hier wel een jonge vrouw verdwenen, na een nogal hardcore drugs afterparty. Stel dat jij niet meer wakker geworden was, in dat afgelegen huis. Ik noem het poging tot moord of op z'n minst doodslag.'

Ik zie hoe het blozende hoofd van Koen langzaam lichtgrauw wordt. Nicks paternalistische toon begint me te irriteren. We hebben geen tijd voor politie en uitkammen. We moeten door. Ellen is gewoon op dat feest. Dat is typisch iets voor haar. Ze is oké. Dat kan niet anders. En Koen is gewoon een sukkel die zich iets te veel heeft laten meeslepen door zijn vrienden. Geen moordenaar.

'Zeg Nick,' stamelt Koen. 'Ik heb thuis een baby. Ik smeek je...'

'Hou jij nu maar even je bek, wil je, voor je eigen veiligheid. Want ik wil hem zo graag dichttimmeren!'

Ik schop Nick tegen zijn scheen.

'Voor we gaan, Koen, heb jij voor mij het 06-nummer van Martijn en van Lana?'

Koen pakt zijn mobiel en zoekt de nummers op.

'Geef me jouw nummer,' zegt hij met bevende stem. 'Dan stuur ik je hun visitekaartjes.'

We nemen afscheid en Koen pakt mijn hand tussen zijn beide handen. Ze zijn nat en koud, ondanks de hitte.

'Het spijt me. Het spijt me zo. Kan ik nog iets doen?'

Nick weigert zijn handdruk.

'Ga jij maar iets doen om jezelf te helpen,' bromt hij.

Het eerste aan haar wat beweegt, zijn haar vingers. Vingers die klauwen in de lakens. Ze trekt een been op en kermt. Dan gaat er een rilling over haar rug, die zich bolt als die van een kat. Haar hoofd draait, met de ogen nog steeds gesloten. Vocht en gal golven uit haar halfopen mond en ze kucht zwakjes. Ze spuugt nogmaals en dan openen de ogen zich. Ze is duizelig. Of dronken. Of ziek, heel ziek. Een vreemde kamer, die zachtjes op en neer deint. Ze denkt aan Villa Volta in de Efteling, de enige attractie waarvan ze ooit over haar nek is gegaan.

Misselijk en hongerig, koud en warm tegelijkertijd. Ze trekt het dunne dekbed over zich heen. Zijde. Een kussen van zacht dons. Luxe, denkt ze. Haar hand glijdt over het glanzende hout naast het bed. Ze heeft geen idee waar ze is. De herinneringen aan de nacht zijn slechts flarden. Dansen in het zand. Een hamburger bij een of andere snackbar in de stad. De Pacha, een lange jongen die voortdurend zijn tong in haar mond duwde. Een andere man met glad achterovergekamd zwart haar die haar meenam naar een vreemde ruimte, een soort wollige kamer. Mannen en vrouwen die over elkaar heen kronkelden. Ze weet niet meer of ze het met hem gedaan heeft. Als in een snel gemonteerde videoclip razen de beelden door haar hoofd. Ze likte zijn vinger. Poeder. Hij zou haar meenemen naar een feest. Een feest voor hun soort mensen. Ze zocht. De tafel was leeg. Haar vriendin was weg. Ze ziet zich weer door de menigte wringen, naar buiten, en haar hart klopt wild en paniekerig. Weg, alles, iedereen, weg. Ze kan geen kant op. De gast met het zwarte haar is ze kwijtgeraakt in de menigte. Ze heeft het gevoel alsof ze vacuüm wordt getrokken. Het geluid van de muziek en de mensen is een brij, een diep brommend gesuis, haar huid tintelt en prikt, ze kan niet bij haar gedachten. Ze klampt mensen aan, maar ze weet niets zinnigs te zeggen. Haar tong is dik en droog en plakt aan haar gehemelte. Ze staart naar de gezichten, maar ze vervormen zodra ze zich probeert te focussen.

Uiteindelijk staat ze buiten. Het schemert al. Ze is verloren zonder geld en telefoon. Met haar schoenen in de hand loopt ze over de straat. Uren, lijkt het. Af en toe stopt er een auto. Gelukkig is ze net genoeg bij zinnen om niet in te stappen. Een hotel. Dat is wat ze nu moet zoeken. Een hotel, even slapen, nuchter worden. Ze heeft haar Rolex om, die ze ooit van haar vader heeft gekregen, zodat ze zich altijd uit een noodsituatie zou kunnen redden. Dit is een noodsituatie.

Ze draait zich langzaam om en staart naar de muur. Kleine ronde patrijspoortjes bieden uitzicht op een loodgrijze zee. De kamer deint echt. Ze is niet dronken, of stoned. Ze is zeeziek.

'Eyes Wide Shut-feest, hoe komen ze erop?' mompelt Nick. De ontmoeting met Koen heeft zijn humeur danig verpest. We stuiteren over de keien de steile weg af. Ik heb de film nooit gezien, maar ik weet wel dat die onder andere gaat over een exclusief groepje mensen dat chique, gemaskerde pornofeesten geeft.

'Dat is waaraan we ten onder gaan, Dorien. Dat soort feesten, die zucht naar genot. Genot heeft voor velen de plaats ingenomen van geluk. Maar streven naar genot jaagt je uiteindelijk over het klif.'

Onder aan de weg slaan we linksaf. Ik draai mijn raampje open en snuif de geur van dennen en lavendel op.

'Ik weet het niet, hoor, maar ik geniet bijvoorbeeld nu erg van die heerlijke Ibiza-geur. Jaagt dat me straks over het klif?'

'Natuurlijk niet. Dat is ook geen genot, maar een vleugje geluk. Met de zucht naar genot bedoel ik de aaneenschakeling van climaxen waaruit het leven tegenwoordig dient te bestaan.'

'En jij dan, met je roodfluwelen ronde bed en je kaarsjes en al je scharrels, wat is dat dan?' De woorden komen een beetje bits uit mijn mond.

Nick lacht. 'Touché.'

'Nou? Daar ben ik nieuwsgierig naar. Je oordeelt over anderen, maar jij dan? Jij woont hier. Je verdient je geld aan deze mensen. Je gebruikt al die vrouwen.'

'Ik gebruik helemaal niemand. Ik heb iedere vrouw met wie ik vrij lief. Soms maar een paar uur, of een paar dagen, maar het is wel oprecht en magisch, in mijn ogen. En het is een levensbehoefte zoals eten, drinken, slapen. Liefde, warmte, intimiteit, zonder dat gaat een mens dood. Dus seks valt volgens mij niet onder genotzucht.'

Ik kijk naar zijn gezicht. Nick houdt zijn ogen strak op de weg gericht. Zijn huid is verweerd door de zon, zijn haar dun en vlassig. Hij is niet echt mooi, maar ik kan me wel voorstellen dat hij die vrouwen vrij gemakkelijk zijn bed in krijgt.

'Volgens mij wel,' zeg ik. 'Volgens mij is seks ook genot. En de reden waarom jij die vrouwen je hol in sleept, is dezelfde reden waarom anderen veel drinken of drugs gebruiken. Even niet nadenken, even geen pijn voelen, een kortstondige verdoving. Pijnvermijdend gedrag, heb ik dat in een artikel voor de *HER* genoemd.'

Hij tuit zijn lippen en trommelt met zijn vingers op het stuur. De weg voor ons slingert steil omlaag. Hij zwijgt lang, en even ben ik bang dat ik hem heb gekwetst.

'Je bent op stoom, dame.'

'Het klopt toch wat ik zeg?'

Hij zet zijn zonnebril op en krabt op zijn hoofd. Om zijn pols zit een gevlochten bandje met turkooizen steentjes.

'Tot op zekere hoogte, misschien... ja. Maar ik ben een man. Ik heb het nodig. Anders word ik kriegel.'

'Aha. Jij hebt iets nodig van een ander, je manipuleert haar je bed in en noemt dat oprecht.'

'Niks manipuleren. Ik ben lief voor haar. Ik luister. Ik troost. Ik streel. Ik geef haar liefde.'

'Om je eigen behoefte te bevredigen. Manipuleren dus.

Want waar zij nog denkt een luisterend oor te hebben gevonden, een vriendelijke man die haar met respect behandelt, ben jij in gedachten al bezig haar de koffer in te krijgen. Gewoon een simpele versiertruc is het.'

'Zeg, ik ben niet een of andere verkrachter. Deze vrouwen zijn allemaal volwassen en hebben een net zo grote behoefte aan vrijblijvende seks als ik.'

'Ik kan je één ding vertellen, Nick: ik heb geen behoefte aan vrijblijvende seks.' Mijn stem slaat over, waardoor mijn opmerking er nogal pathetisch uit komt.

'Ik weet het, meisje. En ik weet ook waar je wel behoefte aan hebt.'

Voor ons loopt een oude vrouw de weg op, gevolgd door een kudde schapen. Traag bewegen ze zich voort. Voor haar is het leven eenvoudig. De schapen moeten van A naar B. Ze kijkt niet naar de jeep, negeert het feit dat dit een gevaarlijke weg is. In haar wereld bestaan onze problemen niet.

We remmen af tot we stilstaan. Samen staren we naar de mekkerende kudde. De vrouw draagt grote gouden hangers in haar oren.

'Dat is haar kapitaal,' zegt Nick. 'Daarmee verzekert ze zich van goede zorg en een fatsoenlijke begrafenis.'

Ze steekt een breekbare arm naar ons op en drijft met de stok in haar andere hand de schapen voor zich uit. Als ze overgestoken zijn, geeft Nick gas en we rijden weer, door een wolk van schapenlucht de stad tegemoet.

'En waar heb ik dan behoefte aan?' vraag ik, terwijl de weg die zich voor ons uitstrekt de heuvels beklimt. Nick draait zich naar me toe. Neemt mijn kin tussen zijn vingers. Drukt een lange, droge kus op mijn lippen.

'Liefde. Pure, onvoorwaardelijke liefde. En als je je hart opent, dan krijg je het. Let maar op. Open je hart en geef je over.'

'*Whatever,*' zeg ik. Ik draai mijn hoofd weg en staar bokkig uit mijn raampje. 'Ik laat me in ieder geval niet door jou en je praatjes over liefde en hart openzetten het bed in manipuleren.'

Hij gooit zijn hoofd in zijn nek en begint te lachen.

'Geniaal!' roept hij uit. 'Ha ha ha. Zo lief.' Hij maakt een kusgebaar op zijn vingers en blaast de kus mijn kant op. Mijn wangen beginnen te gloeien.

We zwijgen verder. Ik met rode konen over wat ik heb gezegd. Wat een aanstellerij om te denken dat hij bezig zou zijn mij het bed in te krijgen. Hij is zowat twintig jaar ouder dan ik. En hij lijkt me het soort man dat op flamboyante, heftige vrouwen valt. Op types als Ellen. Ik zie het voor me, Ellen en Nick op het ronde bed. De kleren van elkaars lijf rukkend. Hoe ze naakt op hem zit en hem woest berijdt. Zijn handen graaiend naar haar borsten. Deze gedachten jagen het bloed naar mijn kaken, maar ik kan ze niet tegenhouden. Hoe kan ik denken dat hij op mij zou vallen. Hij wil vrouwen die zich net zo gemakkelijk als hij van hun kleren ontdoen. Die schaamteloos zijn. En dat is wel het laatste dat ik ben.

Ik haal de twee mobieltjes uit mijn tas. Kijk naar dat van Ellen en probeer te bedenken wat de toegangscode zou kunnen zijn. Ik kan het maar drie keer proberen. Postcode, geboortedatum, pincode, zoiets moet het zijn. Postcode en geboortedatum weet ik. Pincode niet. Twee pogingen kan ik in ieder geval wagen. Ik toets 1016 in. *Onjuist ingevoerde toegangscode.* Ik probeer 1205, haar verjaardag. *Onjuist ingevoerde toegangscode.*

'Kut,' zeg ik hardop. Ik heb nog één poging over. Als ik het nu verkeerd doe, moeten we de PUK-code zien te vinden en dat lijkt me een onmogelijke opgave.

'Probeer gewoon vier keer nul,' zegt Nick. 'Basisinstelling. Het zal je verbazen hoeveel mensen die gewoon nog hanteren. Ik ook.'

'Als ik het invoer en ik heb het fout...'

'Je moet het zo bekijken: nu heb je ook niks.'

Hij heeft gelijk. Nu hebben we niks. Ik toets het in, vier keer nul, en knijp mijn ogen dicht. En daar is het. Het verlossende klikje van de juist ingevoerde toegangscode. Ik had het kunnen weten. Ellen is gemakzuchtig en vergeetachtig. 'Dat gesodemieter met al die kutcodes en wachtwoorden, ja, ik weet niet hoor, ik bedoel, wie onthoudt dat allemaal? Ik in ieder geval niet!' Ik hoor het haar zeggen.

'Yes,' fluister ik en ik staar naar het scherm waarop de berichten binnenrollen. Informatie. Eindelijk. Mijn hart maakt blije sprongetjes. Ik open de berichten. De laatste is van een mij onbekend Nederlands mobiel nummer.

Lekkere stouterd, waar ben je nou? XXX *gladjanus*

Daarvóór twee keer hetzelfde bericht als ik heb gekregen, over het Eyes Wide Shut-feest. Dan een ander onbekend nummer:

Schatje, dit is mn nummer. sms me als je er bent. X

Lana schrijft:

Sweetheart, you two have to come to the party, is gonna be wild! I'll send you the txt. First we do a punch @Martijn's place. Join! Kiss!

Ik scrol verder en zie meerdere berichten van de persoon die zich 'gladjanus' noemt.

Ik wil je, baby. Waar ben je? GJ (ook wel bekend als Gladjanus)

Je hebt me iets beloofd… ik wacht. Mn pik klopt zwaar in mn broek… X

Wat een lekker meisje ben jij! Bedankt voor je nr, baby, x van de gladjanus die jou straks gaat pakken

'Kun je er iets mee?' vraagt Nick.

'Ik weet in ieder geval dat ze bezig was met twee gasten,' antwoord ik. 'En ze heeft twee uitnodigingen voor dat feest. Ze moet daar dus wel zijn.'

'Zo gaan die dingen,' zegt Nick. 'Iedereen zwerft wat over het eiland, en uiteindelijk komen ze elkaar allemaal weer tegen. Het is een kleine, heel kleine wereld, die draait om steeds weer hetzelfde kleine groepje mensen.'

Ik bel het nummer van de gladjanus. Zijn mobiel gaat vele malen over, waarna hij overschakelt op voicemail.

Ha, dit is de voicemail van GJ. Stuur een sms, want ik luister hier nooit naar. De mazzel!

Ene GJ dus. Nooit van gehoord.

Ik bel het andere nummer en krijg te horen dat dit mobiele nummer momenteel niet bereikbaar is. Ook Lana neemt niet op.

'Logisch. Ze zijn op genotsstrooptocht. Die mobieltjes zijn leeg of staan uit, of er is geen bereik daar.'

Ik kijk in haar lijst gemiste oproepen. Eentje van mij. Twee van Lana. Vijf van de gladjanus. En als laatste een oproep van een onbekend nummer. Ik probeer de voicemail. Niks.

‘Ze heeft niks op haar voicemail ingesproken,’ zeg ik.

‘Hoezo?’

‘Nou, dat zou ik doen. Mijn eigen voicemail inspreken. Mijn eigen nummer bellen. Dat is toch logisch?’

‘Jij zou dat doen, ja. Maar jij zou nooit je telefoon bij iemand anders in bewaring geven. Jij zou ook niet zoekraken.’

Hij strijkt met zijn duim langs mijn wang. Ik huiver.

‘Ik ben zoekgeraakt, Nick,’ zeg ik snibbig. Het besef dat mijn vriendin verdwenen is, raakt me weer vol in de maag. Ik heb haar vannacht zien spelen met al die mannen. Het is zelfs door mijn hoofd geflitst dat het nooit goed kan aflopen met een vrouw die zo openlijk met haar seksualiteit en beschikbaarheid pronkt. Een foute gedachte waar ik me voor schaamde, en nu heb ik het gevoel dat ik daarmee het onheil over haar heb afgeroepen. Ze heeft twee mannen haar mobiele nummer gegeven. Kennelijk beloofde ze beiden iets voor later.

De weg naar de stad wordt makkelijker nu, minder gaten en keien. We rijden het bos uit en de heuvels zijn nu glooiend. Achter dikke, paars bloeiende bougainvillehagen kijken grote witte villa's uit over zee. We passeren fietsers en scooterrijders, allen op weg naar het strand. Ik kijk naar de huizen, de kleine raampjes, de rolluiken, de hoge spijlenhekken. De gedachte dat ze daar ergens binnen kan zijn dringt zich op. Misschien wel bij een man. Waarschijnlijk bij een man. Een woedende man. Een man die zich niet voor lul laat zetten door haar onbekommerde geflirt. Die neemt wat ze hem met een knipoog heeft beloofd. O lieve God, laat het geen gek zijn, denk ik. Laat haar niet meegegaan zijn met een psychopaat die haar alles wil afnemen wat ze is. Die haar wil pletten, wil krenken, haar de brutale, ongrijpbare strot afknijpt.

Ik boor mijn nagels in mijn bovenbenen, maar het helpt niet. Het beeld van een man die haar pijnigt blijft dwingend in mijn hoofd opdoemen. Het is zo sterk dat ik ervan overtuigd raak dat het de waarheid is. Ellen verkeert in groot gevaar.

We rijden de snelweg op. Grote borden met reclame voor clubs en dj's staan langs de weg. De bebouwing is hier lelijk industrieel, zoals gebruikelijk rondom vliegvelden. Nick neemt mijn hand in de zijne. Zomaar, alsof hij voelt welke duistere gedachten me beheersen.

'We zijn bijna bij de stad,' zegt hij. Hij geeft meer gas. We hebben haast. We weten het allebei.

Nog geen twee uur geslapen. Zijn lichaam bruist van onrust. Dit is zijn straf. Mensen denken dat opgepakt en in het gevang gegooid worden een straf is. Maar dat is niks vergeleken bij de slapeloosheid, die eeuwig tierende hersenpan die alleen maar zwijgt wanneer hij zijn fantasieën uitvoert of met behulp van grote hoeveelheden drugs.

Hij denkt er weleens over zich te laten pakken. Die gedachte is in vele varianten door zijn kop gegaan. De ene keer laat hij zich ombrengen door een regen van politiekogels. De andere keer ziet hij zichzelf met een zak over zijn hoofd in een arrestantenwagen verdwijnen. Hij voelt er niks bij. Geen angst, geen woede, niet eens gelatenheid. Gewoon niks.

Hij komt overeind en loopt naar de douche. Draait de kraan open en gaat eronder staan. Het koude water wordt langzaam warm. Hij pakt zijn scrubhandschoen en jaagt het schurende sisal over zijn huid tot alles tintelt en rood ziet. Dan poetst hij zijn tanden, wast zijn haren, reinigt zijn gezicht en smeert zijn hele lichaam in met een naar citroen ruikende olie. Hij neemt het scheermes en zet het op zijn been. Secuur en met lange halen ontdoet hij zich van de stoppels. Glad wil hij zijn, glad als een aal.

Voor de spiegel scheert hij zijn kaken en druppelt hij Visine in zijn ogen. Klopt wat Creed Mountain Water op zijn wangen en besprenkelt zijn lichaam ermee. De kruidige geur maakt hem wakker. Het is weer tijd om op stap te gaan. Zich even te laten zien. Het meisje op de boot moet wachten. Tot ze gebroken is, moe, hongerig, leeg, zwak, klaar voor de overgave. Hij houdt niet van geworstel, smeekbedes, gegil. Hij houdt van murw, op het randje van bewusteloos, bereid om alles te geven in ruil voor het leven.

Hij trekt een wit, getailleerd overhemd aan en zijn grijze linnen pak. Witte slangenleren puntschoenen eronder. Onweerstaanbaar, al zegt hij het zelf. Uit zijn kast pakt hij een zwart masker met grote haakneus en Swarovskikristallen rond de ogen.

Oh yes, I'm the great pretender
Pretending that I'm doing well

Hij neuriet. The Platters. Zo goed. En zo onderschat. Pure poëzie, dat is het. Hij houdt het masker even voor zijn gezicht en bekijkt zichzelf in de spiegel. Aan zijn uiterlijk zal het niet liggen.

My need is such, I pretend too much
I'm lonely, but no one can tell

In de keuken grist hij de autosleutels van het kookeiland. Manel laat hij slapen. Hem heeft hij vannacht pas nodig.

Sant Mateu. Een dorp bestaande uit een kerk en een piepklein café.

'Dit is het kleinste dorp van Ibiza,' zegt Nick, terwijl hij vaart mindert om te stoppen langs de kant van de weg. We hebben tot hier gezwegen, ieder verzonken in onze eigen gedachten. Bij mij komt een kloppende koppijn opzetten.

'En hier is het stil. En adembenemend mooi. Zo fantastisch. De tegenstrijdigheden van Ibiza. De meest gestoorde plek op aarde, en de meest vredige. Mooi, lelijk. Patserig, spiritueel. Alle gekte van de mens concentreert zich hier.'

'Waarom staan we eigenlijk stil?'

'Ik dacht, misschien wil je nog wel een colaatje, een paracetamolletje nemen. Sigaretje roken? Doen we hier, bij dit cafeetje. Kijk ik nog even goed naar de route. Nemen we de plannen door.'

Buiten blakert de zon op de spierwitte muren van het café. De rode plastic stoeltjes lijken te bezwijken door de hitte.

'Kunnen we niet beter doorrijden?'

'Nee,' zegt Nick gedecideerd. 'Ik heb het nodig om hier rust te nemen. Als we eenmaal op dat feest zijn... Ik bedoel, voor mij is dat de hel, zo'n decadente party.'

We stappen uit. Het gezang van krekels is oorverdovend.

Ik heb het gevoel in een western beland te zijn. Samen lopen we het café in, naar de betegelde bar, waaraan twee middelbare Spanjaarden aan het bier zitten. Het ruikt er naar sigaretten en serranoham. De twee mannen en de barkeeper begroeten Nick alsof hij er dagelijks komt. Er wordt een blikje cola voor mijn neus gezet, en een glas water. Nick reikt me de pijnstillers aan en vraagt om een dubbele café. Ze praten met elkaar in rap Spaans, lachen zo nu en dan. Ik versta er niets van, maar bemerk een verontwaardigde, gechoqueerde toon.

'Heb je een foto van Ellen?' vraagt Nick. Ik pak mijn mobiel en scrol naar de meest recente foto van haar. Gisteren genomen op het strand. Ellen op haar ligbed, stralend poserend met een mojito en een peuk in haar hand.

Mijn mobiel gaat van de een naar de ander. Ze schudden hun hoofd. Ik versta alleen 'No, no'.

'Er was hier vanochtend een hele groep Nederlanders,' verklaart Nick. 'Allemaal in de war, ze waren onderweg naar het feest en kwamen hier ontbijten. Er waren een paar meiden bij en eentje werd niet goed in het toilet. David hier heeft een taxi voor haar moeten bellen. Die gasten lieten haar gewoon alleen naar huis gaan. Maar goed, het was dus blijkbaar niet Ellen.'

Ik neem een slok cola en grinnik van de zenuwen. Beverig neem ik een trek van mijn sigaret. Even is het alsof ik boven mezelf zweef en de absurditeit van de hele situatie inzie. Tot ruim een maand geleden kabbelde mijn doodnormale bestaan voort. Nu sta ik met een bonzende kater in een duistere kroeg op Ibiza met een of andere healer, op zoek naar een vrouw die ik mijn beste vriendin noem, maar die ik eigenlijk nauwelijks ken. Ik weet niets van Ellen. Het wordt tijd dat aan mezelf toe te geven. Ik was zo wanhopig toe aan een verandering in mijn leven dat ik me aan de eerste de beste bruisende passant vastklampte. Met deze paranoïde zoektocht tot gevolg. Waar zoek ik eigenlijk naar? Hoogstwaarschijnlijk naar een vrouw die niet gevonden wil worden. Waarom? Om van een zwaar schuldgevoel af te komen. Maar heb ik werkelijk schuld aan deze situatie? Is niet Ellen degene die hierop aangestuurd heeft, vanaf de allereerste minuut dat we aankwamen op dit eiland? Is mijn enige fout mijn onvermogen om weerstand aan haar te bieden? En toch: ik kan het niet laten, ik wil door. Ik wil door omdat ik pas rust heb als ik weet waar ze is. Omdat ik haar pas kan loslaten als ik zeker ben dat ze veilig is.

Nick klopt op mijn rug, ten teken dat we gaan. Hij legt geld op de bar en neemt afscheid van de barkeeper met een stevige omhelzing. Kennelijk is hij lichamelijk met iedereen. De twee paracetamols sla ik achterover met het glas water en dan lopen we naar buiten, het schelle licht in.

'Hoe komen we eigenlijk dat feest binnen, zonder maskers?' vraag ik. We rijden door een schitterende vallei, de heuvels bezaaid met rode akkers, waarop amandel- en sinaasappelbomen staan. De schoonheid van het landschap dringt nauwelijks tot me door.

'Ik gok erop dat je ze kunt krijgen bij de entree, of daar kunt kopen. Ze kunnen van die gasten die ze uit de clubs hebben getrokken niet verwachten dat ze allemaal een masker bij zich hebben.'

'Wie geeft zo'n feest in hemelsnaam?' vraag ik, terwijl ik in het spiegeltje mijn make-up bijwerk.

'Een of andere multimiljonair die zich kapot verveelt,' mompelt Nick. 'Dit soort feestjes hoort nu eenmaal bij het extreme kapitalisme dat hier aan het ontstaan is. Een supervip-tafel in de Pacha maakt geen indruk meer, dat is slechts nog een toeristenattractie, zoals musicals dat in Londen zijn, en de Folies voor Parijs. Nee, wil je hier indruk maken, dan moet je een *private party* laten organiseren. Hoe meer gasten, hoe populairder je bent. Je kunt op dit eiland zelfs vrienden huren, bij Rent-a-Friend. Zij zorgen ervoor dat jouw privéparty bezocht wordt door de juiste *party people.* En die party people worden weer betaald om op feesten te verschijnen.'

'Zou een goed baantje voor Ellen zijn...'

'Je kunt hier zelfs een *rave butler* huren. Butlers die je van club naar club rijden, je naar binnen loodsen, ervoor zorgen dat je nooit zonder cash, sigaretten, drank, drugs of ijsblokjes komt te zitten, die aardbeien, chocolade of hoeren regelen voor bij je vip-tafel en die je vervolgens weer zonder vragen te stellen volledig naar de kloten naar huis brengen. Gouden business.'

Ik tuur de weg langs. We kunnen ieder moment de blauwe steen passeren. Heel ver weg hoor ik dof gedreun.

'Maar waarom? Waarom geeft iemand voor een stelletje onbekenden zo'n megafeest?'

'Uit verveling. Of omdat het erbij hoort. Om indruk op bepaalde figuren te maken. Om een drug te promoten, wat nogal moeilijk gaat in het reguliere circuit.'

Ik kijk om me heen en zie uitsluitend hellingen waarop groene, glooiende terrassen liggen, afgebakend door muurtjes van gestapelde stenen. Hier en daar een bescheiden finca, als een wit vlekje in de natuur. Het is bijna niet voor te stellen dat in deze rustieke omgeving zulke decadente uitspattingen dagelijkse kost zijn.

De weg ligt hoger dan de begroeiing aan weerskanten. Ik staar naar de greppel en bedenk net dat je daar niet per ongeluk in terecht moet komen met je auto, als ik ineens een ogenschijnlijk haastig blauw gekwast rotsblok zie liggen.

'Hier!' roep ik. 'Hier, de blauwe steen!'

Nick remt af. Achter ons rijdt een rode Seat, die ook stopt. We slaan af naar rechts, een smal, heftig slingerend pad op dat ons omhoog leidt, een bos in. De Seat komt achter ons aan. In de achteruitkijkspiegel zie ik dat de auto vol zit met mannen, allen met een masker op. Het voelt alsof we de *twilight zone* in rijden. Mijn hart klopt in mijn keel. We komen er nooit in. We hebben geen masker. We zullen afgaan, daar voor de deur, we vinden Ellen nooit. En ik wil rust. Ik wil slapen. Ik wil vakantie. Bruin worden. Ouwehoeren. Ontspannen. Weer mezelf worden. Geen angst meer voelen. En daarvoor moeten we Ellen vinden. En ik haat mezelf omdat ik zo egoïstisch denk.

Het bos is licht en heeft vele open plekken. We hotsen en bonken over het rotsige pad tot we bij een tweesprong komen, met een grote dikke naaldboom in het midden. We kijken elkaar aan. Het sms'je zei hier niets over. Ik check het bericht nogmaals. Nick stopt, evenals de Seat achter ons.

Vanachter de boom stapt een grote, zwarte man in een wit pak het pad op. Hij draagt een wit masker. Met trage, trotse tred komt hij op ons afgelopen. Nick draait het raampje open. Uit het bos komen twee magere jongens, eveneens in wit pak en met masker. Ik voel een sterke aandrang me te verstoppen onder het dashboardkastje.

'Hi,' zegt Nick. *'I'm Nick Nightingale.'*

Hij schenkt de donkere man zijn allervriendelijkste lach. Ik lach met hem mee. De donkere man geeft geen krimp.

'Waar zijn jullie maskers?' vraagt hij met een upperclass Brits accent.

'Wij dragen onze maskers altijd,' antwoordt Nick en ik kan hem wel zoenen voor dit geniale antwoord.

De man haalt zijn handen achter zijn rug vandaan en

geeft ons twee maskers van wit satijn.

'Mag ik uw autosleutels, de valet zal jullie auto parkeren. Over ongeveer vijf minuten haalt onze jeep jullie op.'

Nick haalt de sleutel uit het contact en geeft ze aan de neger, die ze overhandigt aan een van de jongens. Ik pak mijn tas en stap uit. Hij geeft ons een nummertje. De jongen stapt in en rijdt de jeep het bos in.

'Daar staan we dan,' zegt Nick en hij slaat een arm om me heen. Hij drukt een kus op mijn haren. 'Je kijkt als een verzopen konijn, meisje.'

'Nou ja, we staan hier in the middle of nowhere en hebben net de sleutels van de auto aan een volslagen vreemde gegeven... Wat is dit voor feest?'

'Een extreem goed georganiseerd feest,' antwoordt Nick en hij zet zijn masker op.

Een zwarte landrover met geblindeerde ramen rijdt op ons af, hobbelend over het steile, onregelmatige pad en stopt dan voor ons. De neger opent de deur en we stappen in, samen met de zes jongens uit de Seat, die een indringende dranklucht verspreiden met z'n allen. De meesten van hen zijn zo schor dat ze onverstaanbaar zijn. De neger wenst ons 'a memorable party' en gooit het portier achter ons dicht. Dan keert de landrover om de dikke boom in het midden van de tweesprong en rijdt weer omhoog.

Wat daglicht doet met feestgangers, denk ik, starend naar de zes jongens met hun gezwollen, vlekkerige gezichten en kleine, bloeddoorlopen ogen. Ik realiseer me dat ik er waarschijnlijk ook zo uitzie. Een van de jongens haalt uit zijn pakje sigaretten een doorzichtig zakje met wit poeder.

'You want?' vraagt hij, met een stralende, trotse glimlach. Ik schud mijn hoofd en glimlach terug.

'It's pure! Pure MDMA*! The best of the best!'*

'I don't do drugs,' zeg ik. Nick weigert ook. De jongens grijnzen enigszins opgelaten naar elkaar en halen een voor een een vinger door het poeder en likken het op. De chauffeur kijkt niet op of om.

'Waren jullie in de DC10?' vraagt de jongen met het zakje.

'Nope,' zegt Nick. 'Daar ben ik een keer geweest, in 1999, op de opening. *Crazy place.*'

'It was magic,' vervolgt de jongen. 'We komen er net vandaan, wat een heftige tent. Daar kregen we deze uitnodiging. *It never stops on Ibiza, does it?'*

'Well...' zegt Nick grinnikend, *'it stops when you drop...'* Hij grijnst van oor tot oor bij zijn eigen betweterigheid.

De jongens lachen rasperig en kijken allen licht gegeneerd naar de grond. De man in de witte smoking rijdt behoorlijk hard de berg op, waardoor Nick en ik telkens tegen elkaar aan vallen. De jongens beginnen een beetje bleekjes te zien en zetten nerveus hun eveneens witte maskers op. De felle zon wordt gefilterd door de takken en bladeren van de bomen, wat een twinkelend en mysterieus licht geeft.

'Wat is eigenlijk in hemelsnaam de lol van dat dag en nacht doorgaan?' vraag ik Nick, die daar ongetwijfeld veel ervaring mee heeft.

'Te vergeten wie je echt bent,' zegt Nick. 'Niet te hoeven stilstaan bij je leven, je zwakheden, je werkelijke problemen. De leegheid van je dagelijkse bestaan ontstijgen en even vluchten in een wereld waarin iedereen mooi, lief, jong en geil lijkt. Geen angst voelen, geen twijfel, geen onzekerheid. Heerlijk kan het zijn. Het heeft ook wel wat om macht te hebben over je eigen lichaam. De natuur de baas te zijn en vermoeidheid te trotseren. Alleen haalt de werkelijkheid je altijd in, helaas. En dan kijk je in de spiegel en zie je een egocentrische, genotsverslaafde eikel die geestelijk en lichamelijk een wrak is. Dat is geen fijn moment, kan ik je vertellen.

Omdat je dan pas weet dat de enige manier om uit dat dal te klimmen is onder ogen te zien waarvoor je al die jaren op de vlucht bent geweest. Je zinloze, lege bestaan. En zie dat maar weer eens te vullen.'

Zijn blik gaat schuil achter het witte masker, waardoor hij eruitziet als een droevige clown. Ik heb zin om zijn hand te pakken. Me tegen hem aan te vlijen en te zeggen dat ik blij ben dat hij bij me is, dat ik niet alleen sta in deze zoektocht. Maar alleen al bij het idee begin ik te blozen, dus ik zwijg en zet ook maar eens mijn masker op.

Varen, ze kan er niet tegen. Zelfs op een boot die in een haven ligt, wordt ze meteen misselijk. Het zachte deinen maakt haar paniekerig, bang dat ze de controle over zichzelf verliest. Dan wil ze van boord, vluchten, op zoek naar vaste grond. Maar de zwakte houdt haar tegen, de weekheid van haar spieren, het trillen van alle ledematen.

Ze kan dus onmogelijk vrijwillig op deze boot terechtgekomen zijn. Hoe stoned of dronken ze ook is, bij de woorden boot, jacht, zeilen of varen haakt zij af. Niemand krijgt haar het water op.

Ze braakt naast het bed. Er komt nauwelijks nog iets uit, behalve bittere gal. De bijkomende hoofdpijn maakt dat ze bijna scheel ziet. Toch moet ze overeind komen. Ze heeft vocht nodig en een pijnstiller. En een sigaretje. Ze duwt zichzelf omhoog en veegt de tranen van het kotsen uit haar ogen. Alles beweegt en het voelt alsof ze in een achtbaan zit. Beverig opent ze de lade van het nachtkastje. Niks. Naast de lamp staat een flesje water. Agua natural. Ze pakt het en draait de dop open. Zet het aan haar mond. Voor ze een slok neemt, gooit ze het flesje plots van zich af. Iets in haar zegt dat dit niet klopt.

Zich vastklampend aan het bed en het nachtkastje strompelt ze door de slaapkajuit. Het plafond is zo laag en door het ge-

schommel van de boot lijkt het haar te pletten. De notenhouten kledingkast is leeg, evenals het laatje bij de kaptafel. Ze strompelt naar de deur naast het bed, en opent die. Een kleine badkamer blinkt haar tegemoet. De geur van citroen gecombineerd met bleekmiddel doet haar opnieuw kokhalzen. Dit is of een gloednieuwe boot, of het bezit van iemand met een ernstige smetvrees. Ze leunt op de roodmarmeren wastafel en legt haar hoofd op het koele steen. Waar de fuck is ze beland? En hoe?

Ze herinnert zich dat ze een hotel binnenliep. De verlichte gevel. Hotel El Mar. Blij dat ze er is. Daarbinnen staan nuchtere, betrouwbare mensen. Ze zal haar Rolex afgeven. Slapen. Morgen op zoek gaan naar Dorien. Dorien, die hoogstwaarschijnlijk gek wordt van ongerustheid. Dat is wel heel kut. Maar het komt goed, ze zal zich niet meer zo laten gaan, vanaf morgen is het gewoon chillen op het strand, geen dope meer, geen mannen, ze heeft rust nodig, en rust, dat is Dorien. Ze loopt over het zacht verlichte pad en kijkt omhoog, naar de hoge statige palmbomen voor de entree, naar de ochtendschemer die de palmbladeren scherp tekent. Ze wil zijn als Dorien, een volwassen vrouw zonder die eeuwige onrust en zucht naar meer, beter, heftiger. Ze ziet de balkons van de hotelkamers, bijna overal brandt nog licht. Het doet haar hart sneller kloppen. Hierbinnen is misschien nog wel wat te beleven. Er verschijnt een glimlach op haar gezicht. In één klap is ze weer wakker. Op de hoogste verdieping wankelt een stelletje het balkon op. Ze lijken te schuifelen. Ellen staart gebiologeerd naar het vreemd bewegende koppel en voelt een lichte jaloezie in haar onderbuik. Dat is wat ze wil. Liefde. Dansen in zijn armen als de zon opkomt. Liefde. Ze raakt het altijd kwijt.

Dan ziet ze hoe de man… hoewel, is het wel een man? Hij draagt iets vreemds op zijn hoofd. De man tilt de vrouw op de reling en Ellen denkt even dat het een geintje is. Tot hij haar duwt. En zij door de lucht suist als een lappenpop. Ellen volgt het groteske vrouwenlichaam en meent zelfs de grimas op haar gezicht te kunnen zien, vlak voordat ze als een rijpe mango neerploft op de stenen van het hotelterras.

Daar is de misselijkheid begonnen. De doffe klap waarmee de vrouw op de stenen terechtkwam, nog geen vijf meter van haar vandaan. Ze werd vervuld van een allesoverweldigende angst en van walging. Ze wist dat ze moest rennen, naar binnen, of de straat op, zoeken naar iemand met een telefoon, 112 bellen, politie erbij halen, ze was getuige van een moord, maar in plaats daarvan verstarde ze, hield ze zich angstvallig vast aan de majestueuze palm. Anderen gilden, de nachtportier haastte zich naar buiten, mensen openden ramen en deuren, kwamen hun balkon op. Niemand sloeg acht op haar, stamelend bij de boom. 'Ik heb het gezien, ik heb het gezien, ze is geduwd.'

De man die haar aansprak. Latino type. Hij sprak Nederlands. En rook heel lekker. Naar citroen. Met hem is ze in een auto gestapt, op weg naar de politie. Hij had een joint en dat was precies wat ze nodig had. Dat en de arm die hij om haar heen sloeg. Eventjes slapen, dat kon geen kwaad.

Ze tilt haar hoofd op. Alles draait. Haar hand grijpt naar de kraan. Draait hem open. Water. Ze drinkt van de straal met kleine slokjes. Het smaakt zout. Ellen weet dat ze in de problemen zit, maar ze weigert deze gedachte diep tot zich door te laten dringen. Ze klampt zich vast aan het moment, aan de voorzichtige stappen die ze neemt, de koelte van het water, het feit dat ze moet plassen, de aanblik van een vloeipapieren bandje waarmee de wc verzegeld is, waarop Dita-Cleaning staat, net als op het ronde stickertje waarmee het omgevouwen toiletpapier is vastgeplakt. Ze schuift haar onderbroek naar beneden, scheurt het zegel los en gaat op de bril zitten, met haar hoofd in haar handen. Bang zijn is geen optie. Verzinnen waarom die gast haar naar deze boot verbannen heeft ook niet. Ze is hier, en ze is niet veilig. Het belangrijkste is nu dat ze zich iets sterker gaat voelen en van de boot af ziet te komen. Niet verder te denken dan dat. Zittend op de wc opent ze de lade onder de wastafel. Die is leeg. In het kastje ernaast ligt een stapel witte handdoeken met eenzelfde papieren bandje eromheen. Verder niks, nada, niets persoonlijks. Dat iemand zo zielloos kan leven, denkt ze, en ze slaat haar armen om haar buik. Inademen door de neus, uitademen door de mond. Lichamelijke ongemakken negeren door je te concentreren op de ademhaling: ze heeft het geleerd op meditatiecursus. Ze ziet haar ouders voor zich, zittend aan de keukentafel. Het plastic tafelkleed met bloemen. Haar moeder die driftig in een kopje koffie roert. De grote, gevouwen handen van haar vader. Zijn verbeten mond. Ze heeft ze al driekwart jaar niet gezien. Iedere keer als ze afreist naar haar geboortedorp Puttershoek voelt ze zich diep bezwaard dat ze het zo afschuwelijk vindt. Ze kent geen grotere vreemden dan haar eigen ouders. En daarom moet ze van deze boot af. Om hen te leren kennen. En hen de vernedering te besparen van een dochter die eenzaam sterft op een luxe jacht, na een vierentwintig uur durende partytrip.

Ze is niet misselijk, besluit ze. Niet duizelig. Niet slap als een vaatdoek. Ze is beresterk. Ze kan alles aan. Dit is slechts een test, een les, een kraal aan de ketting van haar leven.

Buiten hoort ze de wind en het zachte klotsen van de zee. Meer niet. Geen voetstappen op het dek, geen gerammel met borden, bekers, bestek, geen zacht loungemuziekje, niets wat erop duidt dat ze hier voor de gezelligheid is. Ellen staat op, sjort haar onderbroek weer omhoog en gaat op zoek naar haar kleren, die ze aantreft op een krukje, keurig opgevouwen. Ze kokhalst terwijl ze haar jurkje aantrekt, maar weet het braaksel binnen te houden.

Een metershoge poort, die vermoedelijk ooit heeft toebehoord aan een boeddhistische tempel, sluit aan het einde van de lange, hobbelige weg de villa af van de buitenwereld. We worden opgewacht door een portier die doet denken aan de veertig rovers van Ali Baba. Zijn bovenlichaam ontbloot, een dikke buik die over een rode sjerp hangt, een witte harembroek, en zijn gezicht verscholen achter een roodfluwelen masker. Zijn gitzwarte haar is boven op zijn hoofd samengebonden in een glanzende paardenstaart. Hij knikt ons toe, een voor een, en wij noemen om beurten het wachtwoord. Dan vraagt de rover me mijn tas aan hem te geven. Alles wordt eruit gegooid op een tafeltje dat naast hem staat en hij controleert zelfs mijn lippenstiften en pakje sigaretten. De mannen worden eveneens gefouilleerd, en hun zakje pillen verdwijnt in een grote mand onder de tafel.

'Inside there's enough of everything for everybody,' zegt de rover tegen ons wanneer hij mij mijn tas teruggeeft.

'No use of your phone, no pictures, no touching against somebody's will,' somt hij op. Zijn barse stem komt nauwelijks boven de dreunende housebeat uit. Daarna opent hij met een groots gebaar de deur in de poort en ineens is het alsof het geen dag is maar een vreemde, lichte nacht, midzomernacht. Terwijl de muziek droog en kaal in mijn buik trilt,

staar ik naar de mensen. Mensen die met lome tred heen en weer lopen, sommigen naakt, anderen zo goed als. Mensen die traag en vermoeid dansen of liggen op de loungebanken, voor zich uit starend. Mensen die hangen op de grote teakhouten *daybeds*, liggend, zittend, wachtend lijkt het wel, op iets wat ze hier nooit zullen vinden. Mensen verstrengeld in elkaar, verveeld zoenend, strelend, likkend. We lijken de poorten van de hel binnengestapt te zijn, in een wereld waaruit normaal menselijk geluk verbannen is.

'Tja...' hoor ik Nick zeggen. We staan allebei als aan de grond genageld om ons heen te turen. Een meisje in een glimmend rood showpakje met een rood verenmasker op houdt ons een dienblad voor. *'You want punch?'*

Nick schudt zijn hoofd en slaat een arm rond mijn middel. 'Die slaan we maar even over.'

We lopen door, langs het grote langwerpige zwembad waarin topless vrouwen elegant en sexy ronddobberen als levend speelgoed.

Zwijgend dwalen we tussen de mensen, dicht tegen elkaar aan en overweldigd door zoveel decadentie. Er is te veel te zien, te veel te horen, de vervreemding ten opzichte van de anderen is te groot. Hoe moeten we hier ooit iemand vinden die ons iets over Ellen kan vertellen?

Nick grist twee flesjes water mee uit een grote ton gevuld met ijsblokjes en voert me mee naar de tuin.

'Het doet een beetje denken aan die poging om het wereldrecord dansen te verbreken, ken je die beelden? Van die stellen die vermoeid tegen elkaar aan hangen en een voor een instorten?' zegt Nick. Hij stopt bij een dikke boom en gaat er tegenaan zitten. Ik neem naast hem plaats. Iets verderop liggen zes mensen voor pampus op een wit skai matras. Nick leunt met zijn hoofd tegen de bast van de boom en sluit zijn ogen. 'Er hangt een hele vreemde energie hier,' zegt hij zacht.

Achter ons ligt een vrouw uitgeteld op een loungebank. Twee mannen buigen zich over haar heen.

'Weet je, ik geloof niet zo in goed en kwaad, of in hemel en hel, de duivel, dat soort dingen, maar ik kan de energie die hier hangt alleen maar beschrijven als "bezeten". Zieltjes die gelokt zijn naar een kwade plek.'

Ik kijk naar de mensen naast ons op het witte matras. Ze liggen doodstil tegen elkaar aan. Tussen de berg ledematen en gezichten zie ik een ongemaskerd gezicht. Het is een vrouw die verdomd veel op Lana lijkt. Ik schud aan Nicks knie en wijs hem op haar.

'Ja,' zegt hij. 'Ja, je hebt gelijk...'

Mijn hart slaat over. Ik sta op en loop naar het bed. Vanaf het terras klinkt gejoel. Op de achtergrond mixt de dj de kale, droge beat met een kennelijk populair latinnummer. Op het bed bewegen voeten en handen op het ritme van de muziek. Boven de lichamen dampt de muffe lucht van het nachtleven. Even schiet er een vaag verlangen door me heen, een verlangen dat aangewakkerd wordt door de hypnotiserende muziek die mijn hartslag dwingend opzweept. Zou ik graag tussen hen liggen? Ontwaken op een vreemd bed in een vreemd huis, in een lichaam dat vergiftigd en ziek aanvoelt, me meteen weer laten meevoeren in het oneindige feest? Ja, denk ik heel kort. De gezondverstandknop in mijn hoofd uitzetten. Me laten voortdrijven door louter lust. Me aansluiten bij deze happy few van de partyscene en een leven leiden dat een aaneenschakeling is van genot en avontuur. Niet meer meedoen aan het volwassen bestaan. Ik schrik van mijn sterke hunkering om in de vergetelheid te duiken.

Voor me ligt Lana, haar ogen gesloten, haar mond halfopen, tussen een man en een vrouw die er niet bij waren vannacht. Aan de andere kant van het bed slaapt een jongen met een hoedje over zijn gezicht. In zijn olijfkleurige, pezige lichaam herken ik Jordi. Ik kijk om naar Nick, die nog steeds met zijn benen gestrekt voor zich uit tegen de boom zit. Dan schud ik zachtjes aan Lana's schouder. Ze lijkt te weigeren wakker te worden. Een voorzichtige woede borrelt op in mijn onderbuik. Deze vrouw, die zich de hele avond voordeed als vriendin, heeft mij 'weggewerkt' van het feest bij Martijn. Ik had er erger aan toe kunnen zijn. Het interesseert haar niets. Ik schud harder en als ze daar niet op reageert, begin ik zachtjes tegen haar wang te slaan. Ze moppert iets in het Spaans. Traag opent ze haar ogen en kijkt in het rond. Haar oogwit is roze en haar gelaat gezwollen. Uiteindelijk kijkt ze me aan. Ik zie geen spoor van herkenning op haar gezicht.

'*¿Qué pasa?*' vraagt ze schor. Haar adem riekt naar bedorven vlees.

'Lana!' zeg ik. '*How are you?*' Ik glimlach.

Ze knijpt haar ogen tot spleetjes. Houdt met haar hand de felle zon tegen.

'*I'm okay... What do you want? I have* E, C, MDMA... '

Ik versta haar nauwelijks. Ze dreunt het riedeltje op als de eerste de beste straatdealer.

'Waar is Ellen?' vraag ik in het Engels. Ze geeft geen krimp.

'Wie is Ellen?'

'Mijn vriendin. Jouw vriendin, of in ieder geval je klant. Ze is verdwenen na vannacht en volgens mij is ze met jou meegegaan.'

Lana komt iets overeind en strijkt met haar handen door haar lange, krullende haar.

'Ik weet niet waar je het over hebt.'

Uit de andere lichamen klinkt geïrriteerd gekreun. Met tegenzin staat Lana op en gaat op het puntje van het bed zitten.

'Hij was er ook bij,' zeg ik, en ik wijs op Jordi.

Ze wrijft over haar gezicht. *'I need some water...'*

Ik geef haar mijn flesje.

'Thanks.'

Ik vraag me af hoe zij die drugs mee naar binnen heeft kunnen krijgen. Of misschien bestaan er voor dealers uitzonderingen.

'En jij bent?'

Ik heb helemaal geen zin me opnieuw aan haar voor te stellen. Ik heb zin om haar een klap te geven. Dan herinner ik me dat ik een masker op heb, en ik grinnik om mijn eigen domheid. Ik schuif het masker omhoog en kijk haar recht in de ogen.

'I'm sorry,' zegt ze, 'ik voel me niet zo goed...'

Mijn wangen beginnen te gloeien. Van woede.

'Luister,' zeg ik. 'Je herinnert je mij misschien niet zo goed, maar ik weet nog precies wie en wat jij bent. Je kunt me dus maar beter helpen aan informatie.'

'Or what?' snauwt Lana.

'Waar is Ellen? Wat is er met haar gebeurd?'

Nu ontwaakt ook Jordi. In één beweging zit hij rechtop, waarbij zijn hoed op het bed valt. Rond zijn ogen is met zwarte schmink een Zorro-masker getekend, dat inmiddels iets is uitgelopen. Hij mompelt wat en steekt dan zijn hand uit. Naar mij.

'*Hola.* Jordi.'

Zijn stem lijkt geheel verdwenen. Hij schraapt zijn keel en lacht om zichzelf. Vannacht heb ik uren met hem hand in hand staan dansen. We zijn een toilet in gedoken. Hebben staan zoenen. Ik begin eraan te twijfelen of het allemaal echt is gebeurd. Ik vraag nogmaals of zij weten waar Ellen is. Ze kijken elkaar aan en trekken beiden hun mondhoeken omlaag.

'We weten het niet. *I'm really sorry…*'

'Waar zijn jullie heen gegaan na de Pacha?' vraag ik.

'Naar een feestje. Eerst gingen we naar het strand, daarna Pacha…'

Ze noemt alles op, lijzig en verveeld als een klein kind.

'Ik weet het. Ik heb jullie naar het strandfeest gereden. Wij kochten een bikini van je. Ellen kocht je drugs. En je hebt me bij mijn huis laten dumpen nadat ik out ben gegaan. Weet je het nu?'

Ze staart me aan. Een ijzige kou glijdt over haar gezicht. 'Ik heb niemand laten dumpen,' fluistert ze geïrriteerd.

'Dat heb je wel gedaan. En gelukkig voor jou ben ik weer oké. Maar Ellen niet. En ik weet wel zeker dat jij daar iets mee te maken hebt. Dus of je vertelt me waar ik haar kan vinden, of ik bel de politie.'

Ik verbaas mezelf. Nooit eerder heb ik zo'n toon tegen iemand aangeslagen.

'I meet so many people, you know,' zegt ze.

Ik bijt op mijn lip. Ik heb zin om die trut aan haar haren te trekken.

Een serveerster komt naar ons toe gelopen met een dienblad vol glazen. Ze biedt ons een glas cava aan. We pakken er beiden een. Lana vraagt de serveerster om sigaretten. Stralend glimlachend opent zij het roodfluwelen buideltasje om haar heupen en haalt er een vol pakje Marlboro uit. Ik vraag me af wat ze daar nog meer verstopt heeft zitten.

Lana haalt traag het folie van het pakje sigaretten en biedt me er een aan. De serveerster geeft ons vuur. Ik inhaleer krachtig en neem dan een grote slok van mijn cava.

'Ik weet dat we met z'n allen naar een afterparty gingen.

En daarna vertrokken we allemaal naar dit feest. Dus je vriendin zal hier wel ergens rondlopen. Iedereen is hier.'

Iedereen is hier. Iedereen in hun wereld. In de wereld van de nacht. Iedereen is hier. Het lijkt wel Facebook, maar dan in het echt. Een wereld waarin je vrienden wordt met volslagen vreemden en vage bekenden. Vrienden als trofeeën om je eigen populariteit mee aan te tonen. Vrienden die je in een andere werkelijkheid compleet negeren. Vrienden die je wegwerken wanneer je niet meer zo feestelijk bent.

'Weet je wat ik denk?' vraag ik.

Lana schudt haar hoofd en trekt nerveus aan haar sigaret.

'Ik denk dat jij me gaat helpen zoeken.'

Ik haal mijn mobiel uit mijn tas en waag het erop. Ik toon de foto's waarop we met z'n allen staan, lachend, stralend, dansend.

Ze perst haar lippen op elkaar en ademt diep in door haar neus. Dan kijkt ze naar Jordi, die van het hele verhaal geen woord verstaan heeft.

'Okay,' zegt ze. 'Okay, okay, okay... Jordi, ven, vamos a ir a ayudar a encontrar a su amiga.'

Ze staan allebei met duidelijke tegenzin op en begeven zich in de richting van de dansende massa.

'We verzamelen hier weer over een uur,' roep ik hun achterna.

Bij binnenkomst bedenkt hij dat hij eigenlijk een bloedhekel heeft aan die pompende monotone dreun die je de laatste jaren overal hoort. Muziek ontdaan van alle franje. Muziek die geen streling meer is, maar een vuistslag.

Hij groet José, die bij de poort staat, en neemt een glas punch aan van de welgevormde serveerster. Iedereen is er. De krabbenmand is weer compleet. Hij knikt, schudt handen, laat zich zoenen. De maskers verbergen maar weinig en toch weet niemand wie hij werkelijk is. Ze zijn zo dom en zo op zichzelf gericht dat ze niet doorhebben hoeveel gevaar ze lopen, hoe makkelijk ze te manipuleren zijn met een beetje drugs. Wie coke heeft, heeft de macht in krabbenland.

De beat pompt en hij geeft de dj een high five, laat zich op de rug slaan door de nieuwe man van zijn ex, Kevin, een steenrijke Londenaar die hier woont en het feest organiseert. Kevin, zijn ogen staan zo onder spanning in zijn paars aangelopen gezicht dat het lijkt alsof ze er elk moment uit kunnen ploppen. Joy, zijn ex, heeft haar favoriete plek gevonden: op een blok midden op de dansvloer danst ze in een wit speelpakje met pailletten, zwaaiend met haar armen in de lucht. Alsof ze nog steeds eenentwintig is. Pathetisch. Wanneer ze hem ziet staan, slaakt ze een gilletje en springt met haar stonede lijf zo in zijn armen. Aanstelster.

Hij informeert naar Star en zij antwoordt dat ze slaapt als een roosje. Joy kust hem nogmaals op de mond en neemt dan haar plaats weer in op het blok. Hysterie tot kunst verheven, denkt hij en hij staart naar haar dunne benen, die reeds rimpelen.

Zijn nek is in één klap verstijfd tot een blok beton. Hij balt zijn handen tot vuisten. Vrouwen zijn hoeren, hij kan het niet anders omschrijven. Voor poen en coke doen ze alles. Kijk ze kronkelen met hun lijf, kijk ze hun hoofd in de nek gooien, schudden met die haren, de lippen bevochtigen. Als je ze eenmaal doorhebt, is het pijnlijk om te zien.

Nick zit nog als een boeddha tegen de boom. Zijn ogen zijn gesloten. Ik heb zin om tegen hem aan te kruipen. Mijn hoofd op zijn borst te leggen en te luisteren naar zijn rustige ademhaling. Zijn arm om mijn schouder te voelen en me klein te maken. Tegelijk breekt het zweet me uit bij die gedachte. Ik tik zachtjes op zijn schouder. Nick opent zijn ogen en kijkt me aan.

'Ik blijf maar water zien,' zegt hij. 'Wanneer ik mijn ogen sluit en haar oproep... En misselijk. Echt extreem misselijk. Verder kom ik niet. Ze is erg afwerend.'

'Hoe bedoel je, afwerend?'

'Dat haar hart niet openstaat voor spiritualiteit. Daarom kom ik er niet in.'

Hij komt nogal stijfjes overeind. Een oude, zweverige man. Wat moet ik daar in hemelsnaam mee? Hij pakt mijn hand en vraagt wat het plan is.

'We gaan ons opsplitsen en zoeken. En over een uurtje zien we elkaar hier terug. Oké?'

'Oké,' zegt hij en neemt mijn hand tussen de zijne en drukt er een kus op.

'En meisje, niet bang zijn. Het is niet jouw schuld. En ook niet bang zijn voor mij. Alles is goed en alles rolt vanzelf. Laat het los.'

'Ik kan het niet loslaten, dat begrijp je toch wel? Ze is verdwenen, dat lijkt me niet iets wat zich vanzelf oplost.'

'Ik heb het over jou en mij, baby. Wat er ook gebeurt, of niet, het is allemaal goed. Ik heb je hoog zitten.'

Hij streelt mijn wang, draait zich om en loopt sjokkend weg, zijn benen licht gekromd als die van een cowboy. Het lijkt even alsof ik over mijn hele lichaam bloos.

Iemand zoeken in een menigte gemaskerde mensen, dat slaat natuurlijk nergens op. De enige die haar daadwerkelijk vinden kan, ben ik. Nick, Lana, Jordi, zij kennen haar nauwelijks. Ik heb ze wel verteld dat Ellen halfhoge rode laarsjes draagt. En ze kunnen informatie verzamelen. Maar ik herken haar, gemaskerd of niet, ik weet hoe ze beweegt, hoe ze danst, hoe ze slaapt, hoe ze lacht, ik herken haar dunne ledematen, haar slordige, vaalblonde haar, dat ene hoektandje dat iets vooruitsteekt, de reeks zilveren ringetjes in haar rechteroor. Uit duizenden kan ik haar houding pikken. Want ik heb haar bewonderd. Niet werkelijk gekend, maar wel tot in detail geobserveerd. Omdat ik wilde zijn zoals zij. Slank, brutaal, ongeremd. Ze was niet zozeer mijn vriendin, als wel mijn idool. Joost had gelijk; ik leek wel verliefd op haar.

Ik loop over het felgroene gras in de richting van het terras voor de villa, waar het merendeel van de gasten staat te dansen en te praten. Op loungebedden liggen degenen die de strijd tegen de vermoeidheid hebben opgegeven naast uitbundig vrijende mannen en vrouwen. Het valt me op dat een mager, getatoeëerd lichaam in combinatie met asblond haar hier eerder regel dan uitzondering is. Ik denk aan Nederland, aan Joost, die niet meer in mijn leven is, maar die ik zo graag even zou bellen, puur uit eigenbelang en uit gewoonte, en aan de ouders van Ellen. Wanneer hoor ik hen op de hoogte te stellen van haar verdwijning? Had ik dat niet al moeten doen? Mijn keel wordt dik bij de gedachte dat ik die arme mensen dit nieuws zou brengen. Ik moet haar vinden, snel, zodat we hier morgen om kunnen lachen. En ze voelt zo dichtbij. Alsof ze hier is, vlak naast me, en het enige probleem is dat ik haar niet kan horen of zien.

Ik dwaal tussen de mensen door en krijg pijn in mijn ogen van het turen naar extatische gezichten, bewegende ledematen, pratende monden, zwaaiende haren en stampende voeten op het gebonk van de steeds weer herhaalde dreun, het gebonk dat de mensen aan blijft duwen als een ronkende dieselmotor. Ik word aangeraakt, handen gaan langs mijn armen, mijn billen, mijn rug en iedereen lacht en glimlacht en straalt me tegemoet. Kaken malen, nekspieren spannen zich, handen maken strakke gebaren, blikken staan op oneindig. Een man in Spiderman-pak beweegt zich als een spin over de vloer en de muziek pompt door terwijl de menigte aan lolly's en ijsjes likt, shotjes achteroverslaat, sigaretten opsteekt, aan flesjes snuift, lippen kust en slaafs op de beat marcheert.

Aan de rand van de dansvloer staat een man die ik herken aan zijn lengte, zijn overdreven rechte schouders en het halflange, donkerblonde haar dat over de kraag van zijn overhemd valt. Zijn blik is gericht op de tuin en hij spreidt zijn handen boven zijn hoofd, met de vingers in een V, het vredesgebaar. Zijn hoofd beweegt schokkerig mee met de muziek. Ik wurm me tussen de mensen door zijn kant op, en wanneer ik hem eindelijk bereikt heb, tik ik Martijn op zijn schouder. Martijn, de man met wie Ellen het laatst is gezien. Ik ben dichtbij, ik moet dichtbij zijn.

Hij grijnst als hij me ziet. Ik weet niet of het een grijns van herkenning is. Zijn ogen gaan schuil achter een gouden masker met een lange, puntige haviksneus. Nu ik nog eens goed kijk, weet ik niet eens zeker of het Martijn is.

'Nooit meer naar huis,' roept hij met zijn schorre, bekakte stem en hij gooit zijn hoofd in zijn nek. Zijn overhemd is kletsnat van het zweet.

'Waar is Ellen?' schreeuw ik. Hij legt een hand op mijn schouder en buigt zich naar me toe.

'Wat zeg je, schatje?' Uit zijn mond komt een chemische lucht, alsof hij aceton heeft gedronken.

'Ellen...' roep ik nogmaals. 'Jij was met haar vannacht. Je hebt haar vanochtend meerdere berichten gestuurd. Waar is ze?'

Ik kijk naar zijn gezicht. Het lijkt alsof hij ergens op kauwt. Hij blijft voor zich uit staren en wiegt met zijn hoofd.

'Die hoer, bedoel je?'

Ik haal diep adem.

'Ellen is mijn vriendin en ze is met jou meegegaan naar dit feest. Dat beweren je vrienden althans.'

Martijn vist een sigaret uit zijn broekzak en steekt die tussen zijn lippen. Met bevende hand geeft hij zichzelf vuur.

'Ik heb geen vrienden en die vriendin van jou is een hoer. Ik laat het achter me. Ik ben hier, ik ben vrij en ik laat alles en iedereen achter me.'

Martijn slaat met zijn vuist in de lucht en springt op en neer, de sigaret tussen zijn tanden geklemd. Dan stopt hij en slaat een arm om me heen.

'Weet je dat ik het hardst kan gaan van iedereen? Ik ga zo fokking hard, jongen, ik ben echt... strak. Dat ben ik. Fokking strak.'

Ik pak een glas cava aan van een passerende serveerster en neem een flinke slok.

'Wat heeft Ellen gedaan, dat je haar ineens een hoer vindt?' probeer ik nogmaals.

'Teasen...' sist hij. 'Als je haar zoekt, ze is met GJ.'

GJ. De jongen van de sms'jes in haar telefoon. Ik word gek. Een enorme vermoeidheid overvalt me.

'Wie is GJ?'

'Een of andere gast die hier woont. Ziet eruit als een kamper. Gedraagt zich als een kamper. Vinden wijven blijkbaar lekker.'

'Hij woont hier? Ze kan dus bij hem thuis zijn?'

Martijn knikt. 'Of hier. Fokking iedereen is hier.'

Ze heeft haar zieke lichaam in het jurkje weten te wurmen. Haar gezicht en oksels gewassen met water. Nu zit ze uit te hijgen op het bed. Iedere beweging lijkt te veel. Het liefst zou ze zich overgeven aan de peilloze vermoeidheid die haar zo zwak maakt. Even de ogen sluiten en het hoofd laten rusten op het zachte kussen. Ze bijt hard op haar onderlip. Bijblijven. Hoe komt ze van deze verdomde boot af?

Ze trekt zich op aan het nachtkastje en wankelt naar het trapje, dat leidt naar een deur. Op haar knieën neemt ze de treden, een voor een. Driftig in- en uitademend, vechtend tegen het spugen. Kracht en zwakte, het zit allemaal in je hoofd, daar gelooft ze heilig in. Ze pakt de deurknop en draait. Op slot. De klootzak heeft haar opgesloten.

Ze zit op de bovenste trede en leunt tegen de deur. Boort haar nagels in het vlees van haar dijen. Het is echt. Het is geen grap. Ze zit op een boot, midden op zee. Hij is het, de man die de vrouw van het balkon duwde. En zij, zij is de vrouw die recht in zijn armen liep. Ze heeft de grenzen gezocht en heeft ze gevonden. Hier op deze boot zal ze eindigen. Daar is geen twijfel aan. De enige vraag is nog hoe.

De doodsangst komt in golven. Eerst berust ze erin. Dan zakt haar hoofd in haar handen, zwelgend in schuld en spijt. Ze is zo dom geweest. Waarom? Waarom moet ze altijd verder gaan dan een ander, de stoerste, de gekste, de lefchick zijn? Wat is dat in haar, dat steeds weer het randje opzoekt? Ze streelt haar eigen schouders. Het maakt niet meer uit, ze is over het randje gekukeld. En diep in haar hart heeft ze altijd geweten dat ze jong en op bizarre wijze aan haar einde zou komen.

Dan komt de hoop. Hoezo is dit het einde? Hoezo is het haar eigen schuld? En wat is er mis mee een lefchick te zijn? Ze zal hieruit komen. Niemand heeft haar er ooit onder gekregen, dus ook deze psychopaat niet. De hoop maakt dat ze opstaat, aan de deur trekt, ertegenaan duwt en trapt, en ze uiteindelijk het trapje af trippelt, waarna ze zich na een aanloop met volle kracht tegen de deur werpt. De deur geeft geen millimeter mee, waardoor de woede komt. Ze schopt tot de lak van de deur vliegt, de treden van het trapje allemaal doormidden zijn. Met de roestvrijstalen toiletborstel slaat ze de glazen douchedeur en de badkamerspiegel aan diggelen, tot ze niet meer kan en haar eigen bloed langs haar handen gutst. Ze zal sterven. Hier in deze kleine, benauwde ruimte. Wegkwijnen terwijl de mensen die om haar geven naar haar op zoek zijn. Doodgaan vindt ze niet het ergste. Het verdriet van haar ouders, de gedachte daaraan is verschrikkelijk. Hun mislukte dochter die op mislukte wijze om het leven komt en misschien wel nooit wordt gevonden. Wat laat ze achter? Niets. De mensen zullen niet eens verbaasd zijn dat het zo met haar gelopen is.

Ik dwaal door de tuin. Mijn zoektocht wordt steeds gerichter en belachelijker. Ellen, die mannen tegen elkaar uitspeelt. Waarom laat ik het niet los? De trut. Straks duikt ze natuurlijk doodleuk op met ene GJ aan haar arm en zegt ze dat ik me niet zo moet aanstellen. Ik zou hetzelfde kunnen doen. Me op Nick storten en maar zien waar het schip strandt. Stoppen met zoeken en beginnen met die vakantie die ik zogenaamd zo nodig had. Maar ik kan het niet loslaten. Dat is altijd mijn probleem. Ik heb pas rust als de mensen om wie ik geef veilig zijn, en in de buurt. Tot dan houdt de angst me in zijn greep, samen met mijn duistere fantasie.

Ik loop langs de dansvloer en speur naar Lana, of Nick. Zij zouden die GJ toch moeten kennen.

Het grind op het pad knarst onder mijn voeten. Ik loop tussen twee natuurstenen muren door op zoek naar het toilet, dat hier zou moeten zijn. De zon staat nu lager en zet alles in een gouden licht. Achter een paarse bougainville doemt de rij giebelende en ratelende vrouwen op. Hier op Ibiza zijn vooral de toiletten hotspots. En hoewel de meesten in tweetallen of in groepjes de wc's bezoeken, schiet de rij nauwelijks op. Ik overpeins het wonderlijke fenomeen dat achter de illusie van het glamoureuze nachtleven zoveel ranzigheid schuilt. Dat alle schoonheid de lelijkheid dient te verdoezelen. Geen smeriger plees dan de damestoiletten in nachtclubs. Schitterend uitgedoste vrouwen die coke van een wc-bril snuiven en niet de moeite nemen hun afval op te ruimen. Die wel hun make-up bijwerken, maar niet hun handen wassen, die zich als diva's gedragen bij hun vip-tafeltjes en zich even later laten nemen in de wc, als de eerste de beste straathoer.

Vóór mij plaatst een mooi, donker meisje met zilveren pailletten op haar masker neptepels in haar beha, terwijl haar vriendin haar witte masker afdoet en zichzelf afkoelt met een flinke plens water in het gezicht. Ze lachen naar me via de spiegel. Lachen, dat is de Ibiza-code. Lachen, want iemand kan zomaar iets hebben wat jij ook wilt. Drugs. Een uitnodiging voor een goed feestje. Een betere tafel op het vip-deck. Ik lach terug en vraag of ze hier wonen. Helaas niet, antwoorden ze. Ze dansen in de Pacha, drie nachten per week, van eind juni tot eind september. Daarna vliegen ze weer terug naar 'misty London' zoals het donkere meisje haar stad noemt.

'Zijn jullie hier ooit een vriendin kwijtgeraakt?' vraag ik en ik zie de lach op hun gezichten vervagen.

'You mean like... dead?' zegt het blonde meisje, wier mascara is uitgelopen.

'Nee, ik bedoel vermist of verdwenen...'

Ze kijken elkaar aan. Het donkere meisje schikt haar borsten.

'Mensen verdwijnen hier voortdurend. Ik werk hier nu al een paar jaar, maar de meeste vermisten duiken wel weer op aan het eind van het seizoen, verslaafd, kapot, doorgedraaid...'

Het blonde meisje legt een hand op mijn arm en kijkt me verontrust aan.

'Ben je iemand kwijt?' vraagt ze, en als ik knik zie ik haar ogen vochtig worden. *'Oh, my god,'* stamelt ze. Emoties worden nogal groot wanneer je nauwelijks slaapt en drijft op drugs.

'It's strange,' mompelt het donkere meisje en ze pakt drie sigaretten uit haar tasje, steekt ze alle drie aan, inhaleert en geeft me er een.

'De laatste paar jaar gebeuren er op Ibiza vreemde dingen met vrouwen. Vooral in de party scene. Ze vallen van het balkon, bezwijken aan een overdosis op het strand, springen van een rots, verdrinken of verongelukken...'

'Verdrinken?' vraag ik en ik denk aan de woorden van Nick. *Ik zie water.* Meteen daarna herinner ik me zijn verhaal over zijn vrouw, die van een klif is gesprongen. Even luister ik naar het afschuwelijke doemscenario dat zich voltrekt in mijn hoofd, om het meteen daarna als volstrekte flauwekul te verwerpen.

'Vanochtend vroeg is er een meisje van het balkon gesprongen, in een hotel vlak bij de Pacha.' Het donkere meisje fluistert nu. 'Het gebeurt bijna iedere twee weken nu... Dat kan geen toeval meer zijn.'

Het blonde meisje slaat haar handen voor haar mond.

'I'm sorry,' zegt het donkere meisje en ze wrijft even over mijn schouder. 'Ik wil je niet bang maken. Het meisje dat van het balkon sprong was een trans. Ik neem aan dat jouw vriendin geen trans is...'

Een trans. Geen idee waar ze het over heeft.

'Een transseksueel. Ofwel een man met borsten.'

Nee. Godzijdank nee. Ik schud driftig mijn hoofd, maar mijn ongerustheid verdwijnt niet.

'Naast het feit dat het allemaal vrouwen zijn die vaak de clubs en de villaparty's bezoeken, waren ze allemaal high op K.'

'K?'

'Ketamine. Raak je van in een psychedelische coma. Een erg populaire drug op dit moment.'

'I know...' zeg ik zacht. Ik heb het vannacht zelf ondervonden. Ik steek mijn hand uit naar het donkere meisje. 'Ik ben trouwens Dorien.'

'Hi. Bobbi.' Ze drukt een zoen op mijn wang.

'En ik ben Sue,' zegt het blonde meisje en geeft me ook een kus.

'Heb jij K gedaan? Ik durf het niet... Ik doe alleen coke, soms MDMA, maar ik hou niet zo van trippen, jij wel?'

Sue ratelt nerveus en wil duidelijk van gespreksonderwerp veranderen. Het gepraat over verongelukte en vermiste vrouwen komt te dichtbij.

'Bobbi,' zeg ik. 'Hoe weet jij dit allemaal?'

'Een vriend van me werkt hier bij de politie. Je zou contact met hem op moeten nemen. Hij kan je helpen je vriendin te vinden.'

Sue staat hevig te knikken. 'Waarom ben je eigenlijk nog niet naar de politie gegaan?' vraagt ze een beetje bits.

'Ze is vanmorgen vroeg pas verdwenen. En men zegt dat ze met een man mee is, die GJ heet. Er wordt zelfs gezegd dat ze op dit feest is.'

'Oh... well, ze zal wel weer boven water komen. Ze is waarschijnlijk ergens aan het afteren, net zoals wij.'

Sue heeft overduidelijk haar interesse in dit verhaal verloren. Ik graai in mijn tas en haal mijn iPhone tevoorschijn. Laat de foto's van vannacht zien.

'Ik ken niemand,' zegt Bobbi. Sue schudt haar hoofd. 'En ik ken ook niemand die GJ heet.'

'Je zou het Joy moeten vragen!' zegt Sue. 'Zij is de gastvrouw van dit feest. Ze kent iedereen. Ze is de ongekroonde koningin van het nachtleven hier.'

'Joy is crazy,' voegt Bobbi toe. 'Hier heb je mijn kaartje. Voor als je alsnog die vriend van me nodig hebt.'

Ze haalt het kaartje uit de achterzak van haar zeer korte spijkerbroek. Ik neem het aan en stop het in mijn tas.

Beiden zoenen me nogmaals ten afscheid en wensen me sterkte met mijn zoektocht. *'If you ever need a good yoga lesson,'* zegt ze en ze knipoogt. Ze draait zich om en zwaait nog even, voordat ze verdwijnt achter de grote bougainville, op weg naar het oneindige feestgedruis.

Wanneer ik eindelijk op het toilet zit, pingt mijn iPhone. Een berichtje van Joost.

> *Je neemt niet op, dus ik neem aan dat je het naar je zin hebt daar. Ik hoop dat je ook de tijd neemt om tot rust te komen en het afgelopen jaar te overdenken. Weet dat ik je mis, dat ik van je hou, wat er ook gebeurt. Jij, lief vogeltje, bent voor mij de beste, de liefste, de mooiste. Kus*

Ik krimp ineen. Wie zet er zo'n lieve, goede man aan de kant? Ik. En waarom? Geen idee. Ik verlangde naar vrijheid, ruimte, spanning en sensatie. Nou, dat alles heb ik in grote mate gekregen, meer dan ik aankan. Het is alsof iemand of iets daarboven me met de neus in de stront wil duwen. Ik druk het berichtje weg en stop mijn iPhone weer in mijn tas. Het is beter hem niet te bellen, hoezeer ik daar nu ook naar verlang. Het is niet goed Joost te gebruiken als redder, als steun en toeverlaat. Dat is precies waar het is misgegaan. Hij is mijn vader geworden, de man op wie ik leun en uit wie ik mijn eigenwaarde haal.

Ik veeg mijn tranen weg en masseer mijn slapen. Een plan. Ik moet een plan maken, maar mijn hersenen weigeren dienst. Ik ben te moe en mijn gedachten vliegen alle kanten op. Ik kom overeind, trek mijn slipje omhoog en schik mijn jurk. Het lijkt wel alsof er achter de toiletdeur iemand huilt. Even vermoed ik dat de huilgeluiden alleen in mijn hoofd klinken. Ik was mijn handen bij het kleine fonteintje, trek door en merk op dat het huilen steeds luider wordt. Daarbuiten staat echt een klein kind hopeloos te snikken. Ik stap uit het toilet, dat onmiddellijk in beslag wordt genomen door een groepje hunkerende snuivers. En tussen de lange, blote, bruine benen van de wachtende vrouwen ontwaar ik een heel klein meisje in een zilveren prinsessenjurkje, met een rood, behuild gezichtje. Ik ga door mijn knieën en steek mijn hand naar haar uit. Het meisje trekt zich terug. Haar onderlip in pruilstand. Ik zie mezelf weer als driejarige, verloren dolend tussen de benen van de grote mensen, die allemaal wel iets beters te doen hadden dan zich te bekommeren om een peuter. Mijn ouders vonden het zeer hip en vrijgevochten om mij mee te nemen naar alle feestjes en gingen er prat op dat ik mezelf zo goed wist te vermaken. Uiteindelijk viel ik altijd wel ergens in slaap. Op een berg jassen, een stapel kussens, het mufriekende bed van de gastheer en -vrouw. Ze hadden geen idee hoe angstig en verlaten ik me doorgaans voelde in die vreemde huizen en donkere kroegen, omringd door gasten die quasi-jolig en aangeschoten tegen me aan begonnen te wauwelen. Als ze me al zagen staan.

Het meisje staat nu met haar rug tegen de muur gedrukt. Met grote lichtbruine ogen staart ze me aan. Volgens mij is ze nog geen vier jaar oud. Wie laat dit kind zomaar tussen de doorgefreakte feestgangers rondzwerven? Ik ga naast haar zitten, op de grond, met mijn rug tegen dezelfde muur. Het meisje begint weer onbedaarlijk te snikken en drukt haar knuffel, een lang, dun, groezelig konijn, stevig tegen haar buik. Niemand kijkt op of om. Het is alsof we niet bestaan, dit kind en ik, alsof wij onzichtbare toeschouwers zijn. Ik begin zachtjes tegen het meisje te praten en vraag in het Engels of ze papa of mama zoekt. Ze trekt haar schouders op, houdt het konijn voor haar gezichtje en duwt haar duim in haar mond.

'Mama...' zegt ze zacht en haar kinnetje begint weer te trillen. Heel voorzichtig streel ik haar plakkerige blonde krullen. 'Mama!' huilt ze nu. 'Mama, mama, mama.' Het snijdt door mijn ziel.

'What's your name?' vraag ik en ze kijkt me niet-begrijpend aan. Dan probeer ik het in het Spaans. '¿Cuál es tu nombre?'

Ze verstopt haar hele gezichtje in dat van het konijn en snikt onverminderd door.

'O, liefje,' stamel ik en ik wil dat kleine, bevende lijfje in mijn armen nemen en troosten.

'Liefje toch... waar is mama dan? Zullen we haar samen gaan zoeken?'

Plotseling stopt ze met huilen en gaapt me met vochtige ogen aan. 'Mama,' zegt ze. 'Mama kwijt.' Ze pakt mijn wijsvinger met haar warme, kleverige handje en begint me omhoog te trekken.

Ik til haar op en vraag deze keer in het Nederlands hoe ze heet. 'Star,' antwoordt ze en ze steekt drie vingers in de lucht.

'Zo! Ben je al drie jaar!' zeg ik, en met haar in mijn armen loop ik het pad af, achter Stars wijzende vingertje aan.

Star leidt me naar de villa, een grote finca van twee verdiepingen die grenst aan het terras waarop de dansende menigte zich bevindt. We lopen naar binnen door hoge, glazen, openslaande deuren, langs een gigantische open eetkeuken, en Star wijst naar de trap, die zo goed als zwevend in de ruimte hangt. Op de spierwitte muur achter de trap hangt een grote foto van de mond van een negerin die in een kers hapt. Links naast de trap, net voorbij de keuken, bevindt zich een open halletje, en Star stuurt ons daarin. Het is er donker in vergelijking met de oogverblindend witte woonkamer, en van Star moeten we een smal trapje naar beneden nemen, alsof we naar de kelder gaan. Ik volg haar dwingende vingertje; mijn arm is inmiddels stijf en pijnlijk van haar gewicht. Star is van een hulpeloos huilend popje veranderd in een delegerende prinses.

We komen op haar kamer. Een lichte, roze ruimte met glazen schuifdeuren naar de tuin, waardoor Star kennelijk naar buiten is geglipt. Ik zet haar op de grond en het kleine, mollige meisje kijkt me brutaal aan. 'Mijn kamer,' zegt ze met een eigenwijs stemmetje en ze neemt plaats op haar beslapen bedje.

'Ik moet slapen van mama.'

Ik ga naast haar zitten. Misschien krijg ik haar zover weer onder het roze laken te kruipen.

'Mama is aan het feesten.'

Ze pakt de hoorn van de intercom die naast haar bed hangt en drukt op de grote 1. We krijgen een luide ingesprektoon te horen.

'Stuk,' zegt Star. Ze maakt een hulpeloos gebaar met haar handjes in de lucht. Dan springt ze van het bed en rent naar de deur van haar kamer. 'Deur dicht.'

Ik loop achter haar aan en draai aan de knop, die niet meegeeft. Star heeft een kamer waar iedereen naar binnen kan maar zij nooit zelf uit kan.

'Kom,' zeg ik even later en ik geef een klopje op haar bed. 'Ga nog maar even een slaapje doen. Ik denk dat mama straks wel een kusje komt brengen.'

Haar lichtbruine ogen staan moe en treurig.

'Kiki is weg. Mama is weg.' Weer dat gebaar met de handjes. Ik neem haar op schoot en druk het warme lijfje dicht tegen me aan. Ze ruikt naar Liga, Zwitsal en urine. Haar luier voelt zwaar.

'Als jij nu eventjes gaat liggen, dan verschoon ik je en ga ik daarna een verhaaltje voorlezen, wat vind je daarvan?'

Star kruipt van mijn schoot en strekt zich uit op haar bed, steekt haar duim in haar mond en kijkt me met glazige ogen aan. Het verbaast me ook hoe gemakkelijk ik haar vertrouwen heb gewonnen. Ze is het blijkbaar gewend dat vreemden zich over haar ontfermen. Ik bedenk dat als ik ooit zo'n beeldschoon, lief kind krijg, ik haar nooit zo aan haar lot zal overlaten. Ik sta op en loop naar de commode. Naast het verschoonkussen ligt een pak Zwitsal-doekjes en staat een bruin flesje. Ik bekijk het etiket. *Prometh cough syrup with codeine.* Heftig spul.

'Ik wil geen slokje,' pruttelt Star met haar duim nog in haar mond. Ik bijt op mijn lip. Ik zou dit kind mee moeten nemen naar huis, weg uit deze poel van egotripperij en verwaarlozing. Ik zoek in de lades en vind een zak Pampers instapluiers. Ik pak er een uit en draai me om, lichtelijk weeïg in mijn maagstreek. Ik ben Ellen kwijt en heb een kind gevonden. Een kind op wie niemand let, wier eigen moeder haar drogeert, een kind van wie ik eigenlijk ook liever af wil. Ik heb het gevoel dat ik langzaam uit elkaar getrokken word.

Ik ga op het bed zitten en Star steekt als vanzelf haar beentjes in de lucht. Ze neuriet een liedje, nog steeds met haar duim in haar mond. Ik trek de zware luier uit en aai even over het kwetsbare buikje.

'Waar is mama?' murmelt ze herhaaldelijk en ik beloof plechtig mama te gaan zoeken zodra zij slaapt.

Als ik haar vurige billetjes schoonveeg met een Zwitsaldoekje zwaait de slaapkamerdeur open. De man die binnenstapt draagt zijn zwarte haren glad achterovergekamd, en het eerste waar ik gebiologeerd naar kijk, zijn zijn witte, slangenleren puntschoenen. In zijn hand draagt hij zijn masker en hij grijnst van oor tot oor.

'Papa!' roept het meisje. Ze veert op en rent bloot en opgewonden zijn armen in. Ik blijf achter, als aan het bed genageld, met een rood hoofd. Ik tast in mijn haar en realiseer me dat ik mijn masker op het toilet heb laten liggen.

Star. Engel van zijn hart. Haar stem, haar lijfje, haar lome, tevreden oogopslag. Ze springt in zijn armen en slaat haar mollige armpjes om zijn nek. Hij snuift de geur van Zwitsal, melk en koekjes op en drukt haar stevig tegen zich aan. Star. Zijn dochter. De enige vrouw die hem een weldadig gevoel van rust en vertrouwen geeft, de enige vrouw die oprecht en onvoorwaardelijk van hem houdt, wat hij ook uitvreet. Haar zou hij bij zich willen hebben, dag en nacht, zij zou best eens zijn ultieme medicijn kunnen zijn. Maar hij krijgt de kans niet. Joy geeft hem geen millimeter ruimte met haar alleen. Hij heeft vaak overwogen haar uit de weg te ruimen, maar dat is te riskant. Haar koud maken betekent onrust op het eiland, onrust bij de politie, betekent slapende honden wakker maken. Joy is Ibiza. Waar zij gaat is het feest, waar zij komt wordt het een succes, wat zij draagt wil iedereen, haar wil is wet. Link wordt het pas wanneer ze iets loslaat. Zoals ze hem heeft losgelaten.

Hij streelt zijn dochters ruggetje en sluit even zijn ogen. Hij had niet gedacht dat hij in staat zou zijn liefde te voelen. Maar dit is het toch echt. Deze hunkering, dit verlangen om te zorgen en te beschermen. Dit moet het zijn.

Hij opent zijn ogen en ziet het verschrikte wicht op Stars bed. Laat dit uitgewoonde kind alsjeblieft niet de zoveelste Oost-Europese au pair zijn.

'Ah, u bent de vader...' stamelt ze. Weer een Nederlandse. Het stikt er hier van. Het wicht vertelt over Star, hoe ze haar heeft aangetroffen, snikkend op het damestoilet. God, wat zou hij Joy toch graag eigenhandig de bijdehante strot omdraaien. Knak.

Het wicht ziet het aan zijn gezicht. Ze staart hem geschokt en bezorgd aan. Hij ziet zijn kans schoon. Het gebeurt vanzelf, alsof iemand anders het van hem overneemt.

'Ik ben het meer dan zat,' zegt hij streng. 'Jij ziet toch ook dat mijn dochter hier zwaar verwaarloosd wordt?'

Het wicht knikt.

'Dat dit hier neigt naar kindermishandeling?' Bij het laatste woord laat hij zijn stem overslaan. De ogen van het wicht worden vochtig.

'Ik denk dat Star met papa meegaat,' zegt hij zacht. 'Ik denk dat papa nu ingrijpt en die lieve kleine Star gaat beschermen.'

Hij drukt een kus op haar kleine hoofdje. Hij ziet het wicht smelten. Dit is wat alle vrouwen graag zien. De man als liefhebbende, doortastende vader.

Hij voldoet aan de omschrijving. Zwart haar, glad achterovergekamd. Ogen als gloeiende kolen. Het is hem, denk ik. Hij zou het zomaar eens kunnen zijn. De man die weet waar Ellen is. Hij is in ieder geval het type met wie ze zo mee zou gaan. En niet alleen Ellen. Te glad, dat wel, maar de blik waarmee hij me aankijkt met zijn duistere ogen, daar is bijna geen ontkomen aan. Dwingend en autoritair. Kil, maar fascinerend. Ik steek mijn hand uit en stel me voor. Hij geeft me een hand. Droog, krachtig, goed gemanicuurd.

'Ricardo,' zegt hij. Niet GJ dus.

Hij schuift de glazen deur verder open en stapt naar buiten, met zijn dochter op zijn arm, en kijkt me gebiedend aan. Ik sta op het punt een man te helpen zijn dochter te ontvoeren. Een man die me naar Ellen kan brengen. Mijn hoofd knalt bijna uit elkaar van de twijfels. Wat hier gebeurt is natuurlijk volstrekt idioot. Ik ken hem niet, hij kan wel een gek zijn, al is hij dan de vader van Star. Ze woont niet voor niets hier, bij haar moeder. Ik kijk nog eens naar het flesje hoestsiroop. Een moeder die haar dochter drogeert om te kunnen feesten. Dan richt ik mijn blik weer op Ricardo. Hij wenkt.

'Kom, baby, help me, alsjeblieft. Ik heb je nodig. Jij hebt het gezien...'

Hij zegt baby. Net zoals de GJ in de sms'jes. Ik huiver. Er is iets met deze man. Wat heb ik gezien? De luieruitslag. Ja. De extreem volle luier. Er is uren niet omgekeken naar dit meisje. Ze had kunnen verdrinken in het zwembad. Het stikt hier van de coke. Dit is geen plek voor een peuter. Ik weet het. Ik zoek voor mezelf excuses om iets te gaan doen wat niet bij me past.

'Een vraagje,' zeg ik en ik schraap mijn keel. 'Waar gaan we naartoe?'

'Naar mijn boot,' antwoordt de man.

Boot. Ellen is op een boot. Zei Nick dat niet?

'Ik ben op zoek naar mijn vriendin. Ellen, heet ze. Ik ben haar kwijt, eigenlijk moet ik haar zoeken. Ze schijnt hier ergens rond te lopen...'

De man knikt. 'Ellen is bij mij. Kom.'

Hij wenkt.

Ik gris de zak instapluiers en Zwitsal-babydoekjes mee en volg.

We lopen buiten, achter de finca, over een smal paadje met aan de ene kant een witgepleisterde wand en aan de andere een gestapelde stenen muur. Ricardo overhandigt mij zijn dochter en pakt zijn telefoon uit de binnenzak van zijn zachtgrijze linnen jasje. Ik versta niets van wat hij in rap Spaans tegen de persoon aan de andere kant van de lijn zegt. Star legt haar hoofdje in mijn nek. Nu ze weet dat ik bij haar vader hoor, voel ik aan haar lome, ontspannen lijfje dat ze me vertrouwt.

Uiteindelijk komen we uit op een veld, bezaaid met kleine, gele bloemetjes en hier en daar een weerbarstige olijfboom. We kijken uit op een glooiende groene vallei, omzoomd door heuvels, en even wordt me de adem benomen door de schoonheid ervan. We nemen een grindweggetje, tussen grote lavendelstruiken door, tot we uitkomen op een grote ronde parkeerplaats waar kennelijk alle auto's van de gasten geparkeerd staan.

Ricardo staart met zijn hand boven zijn ogen de vallei in.

'We wachten hier,' mompelt hij en ik neem plaats op een grote kei, met Star slapend tegen me aan.

'Ik ben blij met je,' zegt Ricardo. 'Star en ik hebben een grote stap gemaakt. Ze is eindelijk veilig.'

Hij komt achter me staan en buigt zich over me heen. Drukt een kus op het slapende hoofdje van zijn dochter en legt een hand in mijn nek. De tranen schieten in mijn ogen. Ik zie mijn eigen vader voor me, zoals hij al enkele jaren in het verzorgingstehuis zit, in zijn stoel, met glazige ogen voor zich uit starend.

In de verte doemt een rode stofwolk op.

'Ik laat mijn auto hier staan,' zegt Ricardo. 'Anders weten ze meteen hoe laat het is.'

Ik knik en streel het ruggetje van Star.

'Daar komt Manel. *Let's go.*'

Hij neemt Star van me over en we beginnen te lopen, weg van de parkeerplaats, een stoffig pad op, tot we bij een schuurtje van betonblokken komen, waarnaast een grote pick-up geparkeerd staat. Uit de auto stapt een klein, indiaans ogend mannetje, dat voor ons de deur opent. Ricardo legt de kleine Star op de achterbank en ik neem plaats naast haar. Hij stapt voorin en dan stuiven we weg, langs het hoge riet, naar zijn boot. De boot waar Ellen is, dat moet wel.

Manel zet de muziek harder. The Platters. 'Only you'. Ricardo neuriet mee, terwijl hij met een gekwelde blik uit het raam staart.

Ze zou nu een einde aan haar leven kunnen maken. Alles beter dan langzaam te versterven. Dat de man die haar hier heeft gebracht niet terugkomt, weet ze bijna zeker. Hij laat haar hier creperen, tot ze uitgehongerd haar laatste adem uitblaast. Een heel makkelijke manier om iemand uit de weg te ruimen. Passieve moord. Maar zij kan actieve zelfmoord plegen. Dat geeft dit einde nog iets heldhaftigs. Ze sleept zich naar de badcel. Met een glasscherf moet het toch lukken haar polsen door te snijden.

Verticaal, niet horizontaal, zoveel weet ze zich nog te herinneren van een pathetische poging toen ze zestien was en zich doodeenzaam en buitengesloten voelde in Puttershoek, bij ouders van wie ze zeker wist dat het niet haar echte ouders konden zijn.

Wie zeeziek is, wil dood. Wie opgesloten zit op een boot, om een langzame dood te sterven, wil dat het opschiet. Maar zelfs voor zelfmoord is kracht nodig. En Ellen is zo zwak dat ze met haar trillende vingers niet eens een glasscherf te pakken krijgt. Haar maag komt weer in opstand en werkt uitsluitend nog gal omhoog. In haar borstkas fladdert haar hart angstig; ze is aan het eind van haar Latijn.

Na het braken staart ze wazig voor zich uit, het laken van het bed om zich heen geslagen. Ze haat het klein en zwak te zijn, haar hele fucking leven al. Om dat te compenseren ging ze vroeger stoere, sterke dingen doen. Motorrijden. Bergbeklimmen. In haar eentje door Zuid-Amerika reizen. Een grote bek opzetten tegen autoriteiten. Liefdes dumpen, voordat ze haar in de steek lieten. Stoer doen, vooropstaan en voor niemand bang zijn. En nu, nu gaat ze eenzaam dood. Ze had zo graag nog echte liefde gekend. Een man gehad die van haar hield, hoe stoer ze ook deed, die zich niet liet afschrikken door haar, een rustige man in wie ze weg kon kruipen, zo'n lekkere groterd met veel haar, op zijn hoofd, op zijn borst...

Een liefde zoals Dorien die had. En die zij met haar giftige praat kapot geluld heeft. Uit jaloezie. Ze is het niet waard ook. De liefde niet. Het leven niet.

Ze kan de benauwde ruimte inmiddels uittekenen. Het beslapen, ondergekotste bed, de nepnotenhouten kastjes, de groenblauw gestreepte synthetische sprei, de crèmekleurige plastic wanden. Walgelijk hok. Smakeloze Duitse patserboot van een poetsfreak. Muffe burgerkooi, doordrenkt van de geur van haar braaksel en angstzweet. Ze kijkt naar de ronde patrijspoortjes. Als ze er nu eens een stuk kon slaan. Waarmee? Ze kijkt rond, voor de zoveelste keer met een nieuwe, geconcentreerde blik. En dan vraagt ze zich af: zou ze erdoorheen passen? Krap. Misschien. Al moet ze zichzelf helemaal openhalen. Ze zal erdoorheen passen.

Ze loopt haastig naar de badkamer en pakt de stalen douchekop. Trekt de slang los van de kraan. En dan begint ze te beuken op het raampje. Zo krachteloos als ze zo-even nog was, zo sterk is ze nu. Het raampje gaat eraan. Ze ramt en ramt en ramt de douchekop tegen het dubbele glas. Leven of dood, leven of dood, stamelt ze in cadans en ze wordt een met het slaan, ze is een machine die beukt, en ze komt pas trillend tot stilstand wanneer ze een doffe krak hoort en ziet dat het glas in duizenden stukjes uiteenspat.

Ze ontdoet de sponning van de glasscherven en steekt dan haar hoofd door het gat. Zuigt de zilte zeelucht op. De opening blijkt groot genoeg. Ze trekt haar schouders op naar haar oren. Onder haar de kolkende, diepgrijze zee. Boven haar de hemel, die reeds roze kleurt. Zelfs als ze hierdoorheen weet te komen, zal ze het niet overleven, vreest ze. Ze kijkt naar links. Daar hangt een stootkussen. Ze kijkt naar rechts. Vier stootkussens. Ze bevindt zich dus onder het achterdek, of hoe zoiets ook heet. Mocht ze hierdoorheen komen, dan is het slechts een klein eindje zwemmen tot ze de kont van de boot bereikt. Daar zal toch wel een trapje zijn, of op z'n minst een touwladder.

Mijn telefoon gaat. Ricardo draait geïrriteerd zijn hoofd om, legt zijn wijsvinger tegen zijn lippen en wijst op Star, die met open mond naast me ligt te slapen. Ik druk de oproep weg en zet mijn iPhone op stil. De auto stuitert zo snel over de onverharde weg dat ik er lichtelijk nerveus van word.

Ik kijk op het scherm van mijn telefoon en zie dat ik vier oproepen van Nick heb gemist. Razendsnel toets ik een bericht.

Ben op weg naar Ellen, heb de gladjanus gevonden. Bel later. X

Ricardo blijft achteromkijken, naar zijn dochter, en hij glimlacht naar mij. 'Ik ben blij,' fluistert hij. 'En jij,' gaat hij door, en hij wijst naar me met een grijns van oor tot oor, 'jij hebt me geholpen. Dat zal ik niet snel vergeten, baby.'

Een warme gloed welt op in mijn buik en ik wend mijn blik af, bang dat ik anders nog roder zal worden. Ik kijk naar buiten, naar de heuvels die baden in het late gouden licht.

'Zeg, Ricardo,' begin ik, 'waar heb je Ellen vannacht ontmoet?'

'Bij de Pacha,' antwoordt hij zacht.

'Aha. Ik ben haar daar namelijk kwijtgeraakt. En mensen

zeiden me al dat ze met jou is gezien. Althans, met een Spaans ogende man, met zwarte haren, strak achterovergekamd. Maar zij noemden die man GJ.'

Hij legt opnieuw zijn vinger tegen zijn lippen.

'Dus wie ben je nou? GJ of Ricardo?'

Ik fluister, nog zachter dan eerst.

'Ik denk dat die mensen zich hebben vergist.'

'Maar Ellen is wel bij jou?'

'Ze slaapt, ze kon het niet opbrengen mee te gaan,' antwoordt hij.

'Niet gek,' zeg ik lachend. 'Na al dat gezuip.'

Ik leun achterover, met mijn hoofd tegen het raam. De chauffeur, wiens naam ik alweer ben vergeten, draait zijn raam open en een warme wind waait door de auto. Een diepe vermoeidheid drukt zwaar op mijn oogleden. Nog even, denk ik, en ik lig in mijn bed, Ellen veilig in het hare. Wellicht ben ik iets te hysterisch geweest over haar zogenaamde verdwijning, maar over een paar nachten, als we relaxed en bruinverbrand op een strandje liggen, lachen we ons de tranen.

Ik schrik op uit mijn hazenslaapje van het getril van de iPhone in mijn schoot. We rijden op de geasfalteerde weg, met aan weerskanten droge naaldbomen. Ik pak mijn telefoon en wrijf in mijn ogen.

Dat kan niet. IK ben hier in het appartement van die GJ. Ellen is hier niet, hij heeft haar voor het laatst bij uitgang Pacha gezien, waar zij hem heeft laten staan. Bel me zodra je kunt. X

Het is alsof iemand mijn keel dichtknijpt. Ik lees het bericht twee, drie, tien keer. Ik hap naar lucht en probeer tegelijkertijd zo normaal en zo kalm mogelijk te doen. Ik ben ervan uitgegaan dat deze man door Ellen tot gladjanus was omgedoopt. GJ. Na GJ kwam er kennelijk nog een ander. Ergens onderweg is Ellen deze Ricardo tegengekomen. Het hoeft niet te betekenen dat de man die voor me zit een leugenaar is. Maar ik heb hem het hele verhaal zo ongeveer in de mond gelegd. En Ellen, Ellen is zeeziek. Ellen op een boot, dat kan helemaal niet. Althans, niet vrijwillig.

Hij heeft hier niet over nagedacht. Hij kreeg de kans en heeft die gegrepen, en nu stormt het in zijn hoofd. Hij is de man van het plan en de details. De man die gelooft in het herhalen van bewezen succesformules. Al zijn rituelen zijn tot in de perfectie uitgewerkt, nooit laat hij iets aan het toeval over. Tot nu. Overvallen door toeval.

Het kan geen toeval zijn. Er is een groter plan, waarvan ook hij onderdeel is. Iets heeft ervoor gezorgd dat hij haar in de slaapkamer van zijn dochter tegen het lijf liep. Hij wordt van bovenaf beschermd en op de proef gesteld, dat kan niet anders. De uitdagingen worden zwaarder en zwaarder. Tot nu toe kon hij zijn drang botvieren op betekenisloze vrouwen, van wie iedereen aannam dat ze het er zelf naar hadden gemaakt. Niemand die het vreemd vond dat ze verzopen, verongelukten, sprongen na een weken- of maandenlange drank- en drugsmarathon. Natuurlijk verzamelden jankende familieleden zich even op het eiland, maar geen van hen stelde vragen. Ze legden wat bloemen neer, brandden een kaarsje, draaiden een zielig liedje op de eindbestemming van hun zus, dochter, vriendin of nicht en gingen weer verder met hun leven, misschien wel heimelijk bevrijd van het lastige serpent.

Maar nu. Nu vallen er in een weekend vier vrouwen in zijn schoot. Eentje volgens de beproefde methode, en daar heeft hij zich keurig van afgemaakt. Behalve dan dat hij is gezien. Hoe dat mogelijk is, gaat hij checken. Voorlopig blijft hij verre van hotels.

Zijn dochter bij hem in de auto. Er is maar één manier. Met haar moet hij zo snel mogelijk van het eiland zien te komen. Hij heeft gehandeld in een opwelling en nu moet hij doorzetten. Risico's nemen, voor haar. Nooit brengt hij haar terug naar die hoer van een Joy. Hij neemt het blote voetje van zijn dochter in zijn handen en huivert. Kijkt naar het wicht dat slaperig uit het raam zit te staren, haar iPhone in haar handen geklemd. Hij moet haar naar de boot brengen. En dan boem.

Het bloed begint weer te stromen, zijn hart juicht. Hij is fucking geniaal.

We passeren een traag openzwaaiend, modern vormgegeven hek van centimeters dik glas en staal. Daarachter een ruime, geasfalteerde parkeerplaats waarop diverse poenerige auto's staan, voor een strenge, strakke bungalow met spierwitte, gladde muren en een langgerekte glazen schuifpui naar het houten terras, dat uitkijkt over zee en eindigt in een zwembad. Hier geen weelderige tuin, maar wit grind en lelijke lampen van roestvrij staal.

'We gingen toch naar de boot?' vraag ik. Boven in mijn maag bonkt de angst.

'Eerst even wat spulletjes van Star ophalen,' zegt de man. De chauffeur keert de auto met de neus naar het hek. Klaar om weer te vertrekken.

'We rijden zo weer door,' vervolgt Ricardo. 'Hou je van varen? Gaan we dat doen morgen. Lekker naar Formentera, lunchen bij Juan y Andrea...'

Ik weet zeker dat hij liegt. Ellen zal nooit vrijwillig een boot op gaan. Dat heeft ze me in het vliegtuig nog verteld. Op zee wordt ze zo ziek als een hond.

De man tilt zijn slaperige dochter de auto uit en drukt haar stevig tegen zich aan.

'Gaat zij mee?'

'Tuurlijk,' zegt hij. 'Ik laat haar nooit meer gaan.'

Hij lacht naar me als een straalverliefde vader en geeft mij de kreunende Star.

'Neem jij haar even mee naar binnen, daar is het koel. Ik pak met Manel de spullen.'

Die hooghartige toon. De vanzelfsprekendheid waarmee hij Star in mijn armen legt. Hij is een man die gewend is aan macht. En hij denkt ook over mij macht te hebben.

'Wat had Ellen aan?' vraag ik zo nonchalant mogelijk.

'Niet veel,' zegt hij lachend. 'Maar in ieder geval korte rode Spaanse laarsjes met een flinke hak.'

Hij heeft haar. Ik weet niet wie hij is of waar hij haar heeft opgeduikeld, maar zeker is dat hij haar heeft. Zoals hij nu ook mij in zijn val lokt. Met Star als een babyaapje aan me vastgeklonken loop ik het huis in. Zolang ik haar bij me heb, kan me niets gebeuren.

We ploffen op de witleren bank. Star trekt mijn tas naar zich toe en begint erin te graaien met haar mollige handjes. Ze vindt Ellens make-uptasje en maakt dat gretig open. Ik kijk ernaar terwijl ik greep op mijn gedachten probeer te krijgen. Alles in me schreeuwt. Maak dat je wegkomt. Nu kan het nog. Ren. Ren. Ren. Red jezelf. Het gaat nu om mij, om mij alleen. Pech voor Ellen, pech voor Star. Ik heb mijn telefoon, ik kan bellen zodra ik hier weg ben. Weg hier. Naar de politie. Bel Nick. Ze is op het water. De boot. Ga weg. Weg hier. Ren voor je leven.

Maar ik doe niets. Ik zit verstard op de bank, mijn lijf verlamd van paniek.

De ringtone van Ellens mobiel. Star heeft de telefoon vast en houdt hem speels bij haar oor. Hij blijft overgaan. Voorzichtig neem ik het toestel uit haar handje. Even ben ik bang dat ze het hard op een huilen gaat zetten. Daarom geef ik haar een lippenstift. Haar pruillipje verandert in een hebberige grijns.

'Hallo? Met Dorien, Ellens vriendin...' zeg ik zo zacht mogelijk en ik kijk even op het scherm. 'Mams', staat er. Mijn hart breekt.

'Ja hallo, dit is de moeder van onze Ellen.' Een opgewekte stem, waarin ook een zweem van bezorgdheid doorklinkt. Mijn keel wordt dichtgesnoerd. Ik slik.

'Ja, hoi!' Ik zeg het opgewekt. 'Ellen kan even niet opnemen.'

Op mijn schouder voel ik de ijzige hand van de man. Hij knijpt. Niet hard, maar dwingend. Mijn keel slibt nu helemaal dicht.

'Ze staat onder de douche.'

'We zijn klaar,' zegt Ricardo. Ik kijk naar Star, die opgetogen overeind klautert en haar armen naar haar vader uitstrekt. Hij grijnslacht naar me en tilt Star in een vloeiende beweging op zijn heup.

'O, dat is...' Ellens moeder zoekt naar woorden. 'Nou ja, ik wilde alleen even weten of jullie goed aangekomen zijn. Ellen belt altijd even als ze geland is, maar nu... Ik had nog niks gehoord. Vandaar.'

Ik wil iets zeggen wat haar alarmeert, zonder argwaan bij Ricardo te wekken. Er komt niets, behalve een afgeknepen 'oké'.

'Let's go,' zegt hij en hij blijft naast me staan wachten. Ik houd twee handen aan de telefoon, alsof mijn leven ervan afhangt.

'Nou, dag dan...' stamelt Ellens moeder.

'Ja,' zeg ik. 'Ik zal vragen of ze nog even belt. Dag!'

Voor het moment is het het beste dit spel mee te spelen. Ik doe Ellens telefoon terug in mijn tas en hang die over mijn schouder.

'Ik heb er zin in!' zegt Ricardo verheugd. 'En Star ook, hè? Varen op papa's boot! Met drie mooie lieve meisjes ook nog eens! Toch, lekker klein beertje van me?' Hij kietelt Star, die onmiddellijk begint te schaterlachen. Hij is goed, zeer goed in dit spel. Of ik ben gek geworden.

De lucht is grijsblauw. Achter ons zijn de heuvels en de zon, die vurig rood ondergaat. Star brabbelt op mijn schoot aan één stuk over de boot en Ricardo lijkt te stralen. Ik probeer mijn angst los te laten. Het is helemaal niet zeker dat deze man liegt. Dat is waarschijnlijk weer van die onzin die ik me in het hoofd haal. Zeker is dat Ellen bij hem is, verder niks. Ik moet ophouden te geloven in mijn eigen doemscenario's.

We rijden door een wit gehuchtje dat bestaat uit een kerk, een schooltje en een bar. Ricardo vertelt over Formentera, het wonderschone eilandje dat voor Ibiza ligt en omringd wordt door de blauwste zee die hij ooit gezien heeft. Hij reikt me een flesje mineraalwater aan en pakt er zelf ook een. Geeft Star een pakje appelsap met een rietje. Hij praat en praat, zijn arm hangend over de stoel, zijn gezicht onze kant op. Hij is overal ter wereld geweest, zegt hij, maar Ibiza is de mooiste plek op aarde. Daarom besloot hij zich hier te gaan settelen. Nergens vind je die combinatie van schitterende natuur, uiterst vrijzinnige en gastvrije bewoners en een grootstedelijke subcultuur. Alles kan, alles mag, het is mogelijk hier je eigen droomwereld te creëren. Niemand die je in de gaten houdt of over je oordeelt. De man draait zijn flesje open en neemt een paar flinke slokken. 'Cheers,' zegt hij en klinkt met zijn flesje tegen het mijne.

Wat er ook gebeurt, denk ik, ik ga hier niet van drinken.

Ik vraag hem wat voor werk hij doet.

'Niets,' zegt hij. 'Ik leef.'

Even later legt hij uit dat hij onroerend goed geërfd heeft. En dat hij met een beetje handig beleggen zijn vermogen heeft weten te vergroten. We rijden langs Ibiza-Stad en nemen de afslag naar de haven. Ik trek mijn tas naar me toe en steek mijn hand erin. Ik tast rond, op zoek naar mijn mobiel en die van Ellen. Ik probeer de twee zijvakjes. Niets. Ik kijk op de vloer van de auto, in het zijvakje van de deur, ik voel aan mijn beha, waarin ik hem ook nog weleens wil stoppen... Niets. Ze zijn weg.

'Mijn telefoon...'

'Misschien bij mij thuis laten liggen?' vraagt hij en hij duikt naar voren, om te kijken of hij niet toevallig onder zijn stoel ligt.

Ik schud mijn hoofd. Ik kan ze niet bij hem thuis hebben laten liggen. Ik weet zeker dat ik Ellens mobiel terug in mijn tas heb gedaan nadat haar moeder had gebeld. Ik weet het omdat ik bang was, en extra alert op mijn enige contact met de buitenwereld.

'Star heeft met je tas gespeeld,' zegt Ricardo als hij weer omhoogkomt.

'Het kan niet. Ik weet het zeker.'

Ik sluit mijn ogen en haal de beelden terug. De bank. De mobiel die overging. Ik ging staan. Ik hing op. Ik was bang. Ik klampte me vast, aan de tas en de telefoon. Het is onmogelijk dat ik ze uit het oog ben verloren. Het is onmogelijk en toch twijfel ik. Omdat de dingen vaak zo gaan bij mij. Ik ben warrig en chaotisch. Ik raak alles kwijt. Zelfs mijn beste vriendin.

Manel parkeert de auto voor de steiger.

'Het kan niet.' Ik herhaal het steeds weer en ik duw mijn vingers tegen mijn neusschot, om mijn tranen tegen te houden.

'Wil je teruggaan, baby? Wil je anders mijn telefoon?'

Nee, zeg ik. Ik wil niks. Ik wil het opgeven. Ik wil duizend uur slapen. Ik wil mijn leven terug, mijn oude, vertrouwde, saaie leven waarin dingen zeker waren. Ik wil Ellen slaan, omdat het haar schuld is, dit alles, en in plaats daarvan sla ik mezelf voor mijn kop.

Vrouwen laten zich leiden door hun negatieve zelfbeeld. De man die dat weet en daar handig gebruik van weet te maken, heeft ze allemaal. En je hoeft er niet eens zoveel voor te doen. Je plant het zaadje en het groeit uit tot woekerend onkruid van twijfel en zelfhaat. Waarna ze zich volledig afhankelijk en verslaafd aan jouw zorg en troost in je armen zal storten. En zo word je de bron van haar zelfvertrouwen. En kun je alles met haar doen. Altijd zal ze terugkomen om te drinken uit de bron. Het is beter dan drugs.

Het ontvreemden van de twee mobieltjes was een eitje. Vrouwen denken dat ze goed opletten, maar met wat mooie woordjes vang je gemakkelijk hun aandacht. Met de ene hand geef je ze een drankje, met de andere haal je hun tas leeg. Manel heeft hem alles geleerd wat nodig is om op straat te overleven.

Hij durft te gokken. Aan te bieden om terug te rijden. Het is zo goed als zeker dat ze verdrietig haar hoofd zal schudden. Ze heeft het al opgegeven. Ze verwijt het zichzelf. Het zaadje is geplant en schiet razendsnel wortel. Hij biedt haar zijn telefoon aan, galant als hij is. Ze weet de nummers toch niet uit haar hoofd. Vrouwen. Ze stoppen hun hele hebben en houden in hun telefoon, en raken hem vervolgens kwijt.

Nu kan hij de volgende slag slaan. Definitief haar vertrouwen winnen. Hij heeft geen zin in hysterische taferelen. Soepel moet het gaan. Hij is te moe. Baby noemt hij haar, dat doet het altijd goed.

'Baby, toch,' zegt hij. 'Baby…' Hij legt een hand in haar nek. Trekt haar tegen zich aan. Haar zwakte zit zo dichtbij. Hij hoeft hem slechts een klein duwtje te geven.

'Het is te veel, hè?' Hij kust haar op het voorhoofd. Behandel vrouwen als slachtoffer en ze vallen als een rijpe mango in je armen. Hij kan er cursussen in geven. Zo weet hij zeker dat deze vrouw geen drugs hoeft. Haar drug is liefde. Aandacht. Waardering.

'Ik ben blij met je, Dorien,' zegt hij zachtjes in haar oor. 'Zonder jou had ik nu mijn dochter niet. Vergeet dat nooit. Ik sta bij je in het krijt. Big time.*'*

Hij voelt het aan het ontspannen van haar lichaam. De zucht naar erkenning. De verrassing. Dat hij nog weet hoe ze heet. Noem vrouwen altijd bij hun naam, zo vaak mogelijk.

Ricardo brengt me in verwarring. Noemt mijn naam. Het raakt me en maakt dat ik me schuldig voel over mijn wantrouwen. Hij wil terugrijden, biedt me zijn eigen telefoon aan: hoeveel bewijzen van goede wil kun je krijgen, vraag ik me af. Hij houdt me tegen zich aan gedrukt. Zijn geur is mannelijk. Tabak, een zweem van sterke drank en ouderwetse eau de cologne. Niet vreemd dat Ellen voor hem gevallen is.

Licht duizelig trek ik me terug uit zijn armen. Hij blijft een leugenaar. We stappen uit en Ricardo en Manel pakken de tassen uit de achterbak, terwijl ik met Star kijk naar de grote jachten. Aan de steiger voor ons liggen de kleine bootjes en het verbaast me dat we hier staan.

'Dit is 'm niet, hoor,' zegt Ricardo. 'De mijne ligt verderop. Ik hou er niet van in een haven te liggen. Geef mij maar het ruime sop, de vrijheid, het echte werk. Dit hier is net een camping.'

Manel springt in een kleine witte opblaasboot en de man geeft hem de tassen aan.

'We pakken de dinghy.' Hij gooit een zwemvest op de kade.

'Wil jij Star deze aantrekken?'

Ik probeer Stars huppelende lijfje enigszins in bedwang te houden en wurm haar armpjes in het oranje zwemvest. Ze slaat ze om mijn nek en geeft me spontaan een snotterige zoen op mijn wang.

'Jij bent lief,' zegt ze.

'Jij ook,' zeg ik. Ik omhels haar.

'Hoe heet jouw papa?' vraag ik zachtjes in haar oor.

Ze pakt mijn hoofd met twee handjes en fluistert in mijn oor: 'Ricardo. En mama is Joy. Ricardo en Joy.' Ze giebelt even. 'En van achteren heet ik Damen,' zegt ze dan, en ze wijst op haar borst. 'Star Damen. Net zoals papa. Ricardo Damen.'

Ze weet hoe ze het moet doen. Het krukje onder de patrijspoort schuiven. Erop gaan staan, met haar rug naar de wand. Eerst haar armen erdoorheen. Schouders naar voren trekken, zichzelf zo smal mogelijk maken. Met haar handen het dikke touw pakken, dat buiten boven het raam hangt. Zich omhoogtrekken tot ze zit. Haar kont naar achteren, tot alleen nog haar enkels op het ronde kozijn leunen. Misschien kan ze zich optrekken en zich op de boot hijsen. Zo niet, dan zal ze moeten zwemmen.

Ze kijkt nogmaals. Haar hart hamert in haar keel. Haar doodswens heeft weer plaatsgemaakt voor levensdrang. Ze ziet de kans, maar ook het risico. Maar ze heeft niets te verliezen. Dus gaat ze. En het lukt. Thank God for yoga, *denkt ze wanneer ze aan het touw hangt en haar hele gewicht op haar handen en voeten steunt. Alles trilt, alleen deze keer kan ze niet ineenzijgen en de spanning weg ademen. Haar voeten laten de patrijspoort los, ze houdt zich alleen nog vast aan het ruwe touw en trekt zich op met alle kracht die ze nog in haar kleine lijf over heeft.*

Stap nooit bij een vreemde in de auto, zei mijn moeder altijd. De afgelopen vierentwintig uur heb ik deze wet meerdere keren overtreden en ik sta op het punt om het weer te doen. Een boot is nog enger. Op zee ben je aan de goden overgeleverd. En deze man, deze Ricardo Damen, wil ons maar wat graag op zee hebben. Nu ik zijn naam weet, lijkt het of mijn hersenen weer op gang komen. Ik moet het zekere voor het onzekere nemen. Iets van mezelf achterlaten op deze kade. Laten weten bij wie ik ben. Voor het geval dat...

Niet meegaan is geen optie meer. Ik wil Star niet in de steek laten en ik wil Ellen zien.

'Kun je haar niet even oproepen?' vraag ik Ricardo. Ik schrik zelf van de plotse luidheid in mijn stem. Hij kijkt om, eveneens verbaasd.

'Eh, nou, ze heeft geen telefoon. Die heb jij.' Hij schuift de tassen in waterdichte kisten. Manel vult de benzinetank bij.

'Er is toch wel een manier om met de boot te communiceren?'

Ricardo kijkt naar Manel en vraagt iets in het Spaans. Manel bromt en loopt naar het stuur. Daaronder staat een roestvrijstalen kist, waarin hij begint te zoeken.

Ondertussen tast ik in mijn tas tot ik het heb gevonden. Het kaartje van Bobbi.

Manel roept van alles in een soort rubberen walkietalkie, waaruit uitsluitend gekraak klinkt. Ricardo neemt het over.

'Liefje,' roept hij. 'Zeg even iets terug. Wij komen eraan.'

Niks. Gekraak.

Hij richt zijn blik op mij.

'Ze heeft waarschijnlijk geen idee hoe dit werkt.' Hij glimlacht. En ik geloof inderdaad dat als zij daar is, ze geen flauw benul heeft wat ze moet doen om van zich te laten horen.

'Nou ja, baby, ik neem je vriendin mee. Dorien.'

Weer uitsluitend gekraak.

'Jammer,' zeg ik. Ricardo haalt zijn schouders op en legt dekens op de kisten.

'Mag ik toch even je telefoon lenen?'

Weer die blik. Ricardo houdt niet van te veel vragen.

'M'n vriendje... Ik wil even laten weten wat ik ga doen. Dat hij zich niet ongerust gaat maken als hij niks hoort. En ik wil hem laten weten op welk nummer hij me in geval van nood kan bereiken.'

'*Sure*,' zegt Ricardo. Hij pakt de telefoon uit de zak van zijn jasje en overhandigt hem aan mij. Mijn hand trilt.

'Je vertrouwt me niet hè, baby?' Ricardo knijpt me vluchtig in mijn pols.

Ik word rood.

'Jawel...'

Ik pak Bobbi's kaartje erbij en toets razendsnel het nummer in.

Daarna de tekst.

Bobbi, this is Dorien. I found my friend. She's on a boat with Ricardo Damen. I'm on my way to her. Please check him out.

Ik verstuur het en verwijder het meteen. Daarna schrijf ik een nieuw.

Lieve Bobbi, Dorien hier. Ben telefoon kwijt. Maak je geen zorgen, ga morgen varen met Ellen en een vriend, je kunt me in nood op dit nr bereiken. X

Ik verstuur het en geef Ricardo zijn telefoon terug.

'Mooi,' zegt hij. 'Dan zijn we denk ik klaar voor vertrek. Komt Star bij papa?'

'Jaaaa!' roept ze en ik geef haar aan Ricardo. Dan zet ik mijn voet op het stalen trapje naar beneden.

Er is geen weg meer terug, denk ik, en ik kijk even omhoog, naar de steeds donker wordende lucht.

Laat er een God zijn, denk ik, en laat Hij het beste met me voorhebben.

Hij weet niet wat het verzet in het wicht heeft aangewakkerd. Gelukkig is zijn nummer afgeschermd. Welke kerel heet er nu Bobbi. Een fluim van een vent, dat is zeker.

Hoe dan ook, er is ook nog het wapen. Maar dat geeft altijd gedonder. En gedonder kan hij niet gebruiken, niet nu hij op het punt staat een nieuw leven te beginnen. Een leven met Star. Kaboem. Wat een klap zal het geven.

We varen de avond in. De lucht boven het water is koel en fris en ruikt naar zee. De zon is al onder en de halve maan hangt nog bleekjes boven ons. We zwijgen alle vier en staren naar de horizon. De boot ligt kennelijk een eind weg. Ricardo biedt me een sigaret aan. Ik weiger, hoewel ik ernaar snak. Kippenvel kruipt over mijn benen omhoog, en dat is niet van de kou. In mijn hoofd vechten de gedachten om voorrang. Je bent gestoord. Je zit met een of andere idioot op een boot. Hij kan wel drugsdealer zijn, verkrachter, een psychopaat. Stel je niet zo aan. Laat die angsten nu eens los. Straks zit je daar op dat jacht met een glaasje op het dek en schaam je je voor je wantrouwen. Ik denk aan Joran van der Sloot met Natalee Holloway. Zo kan het gegaan zijn. Samen het water op. Niemand die iets hoort of ziet. Niemand die iets vindt. Mijn vader zal het niet weten. Hij herkent me niet eens als ik zijn kamer binnenkom. Joost zal kapot zijn, en nooit stoppen met zoeken. Op de redactie van HER zullen ze er werk van maken. De media opzoeken. Twee vriendinnen vermist op vakantie-eiland. Ik heb een spoor achtergelaten. Het is te hopen dat Bobbi het oppikt. Voor hetzelfde geld herinnert ze zich mij niet meer, of vindt ze me een grote aanstelster. En Nick, Nick zal ook niet opgeven. Zijn woorden galmen in mijn achterhoofd vanaf het moment dat Ricardo het over varen had.

Ik zie water. Ze is op een boot.

Steeds harder gaan we over het verlaten water. De boot klapt op iedere golf. Ik ril van de kou en van vermoeidheid, net als Star, wier lipjes blauw zien en trillen. Ik trek de deken waar ik op zit omhoog. Star klautert mijn kant op, vastgehouden door Ricardo, en kruipt dan dicht tegen me aan. Ik sla mijn armen en de deken om haar heen. In de verste verte geen boot te zien.

'Die ligt nog iets verder weg,' roept Ricardo. Hij neemt een flinke trek van zijn sigaret en blaast de rook krachtig uit.

'Wacht maar,' zegt hij. 'Ze ligt sprookjesachtig mooi.'

Het lukt Ellen om een voet omhoog te zwaaien en die achter het touw te haken. Haar handen branden en haar hoofd knalt bijna uit elkaar. Maar nu heeft ze hulp van haar been, en dat is sterker. Haar yogaleraar zei het. Mannen moeten het hebben van hun bovenlichaam, vrouwen van hun onderstel. Belachelijk dat ze daar nu aan denkt. Maar alles beter dan bezig zijn met het zwarte water onder haar. Ze kijkt niet om. Ze doet alsof het er niet is. Alsof ze aan de klimmuur van haar sportschool hangt. Ze weet zich omhoog te wurmen totdat ze op het touw ligt. Balans is alles. Ze sluit haar ogen en omklemt het, vechtend tegen de misselijkheid. Dit is goed. Ze is een aapje. Nu in- en uitademen, diep in de buik, tot de duizeligheid verdwijnt, en dan langzaam omhoog, stukje voor stukje, handje voor handje, totdat ze bij de reling kan. Er is geen tijd om bang te zijn.

We maken een ruime bocht, om de uitstekende rotsen heen, en varen dan een schitterende baai in. Het witte zand aan de kust licht in de verte op en de maan schittert op het rustige water. Meerdere boten liggen hier bij elkaar, donkere, spookachtige schepen in de nacht. Erachter kleurt de lucht paars en donkerblauw, met een laatste restje oranje. Op geen enkele boot brandt licht.

Manel mindert vaart en zet koers in de richting van een witte zeilboot, een tweemaster die majestueus heen en weer wiegt, apart van de andere boten.

Ricardo schraapt een paar keer zijn keel.

'Schitterend toch?' zegt hij schor. Achter hem doemt Es Vedra op; het confronteert me met de onvermijdelijkheid van mijn lot. Het was voorzien. Geen ontkomen aan. Wat moet gebeuren ontrolt zich.

Ik haal diep adem en proef het zilt in de vochtige lucht. Mijn kippenvel is verdwenen. Mijn onrust ook. Ik ervaar een vreemd soort opluchting en berusting nu mijn hereniging met Ellen zo dichtbij is. Hoe het ook zit, dit verhaal, wat Ricardo ook van plan is, we zullen het zo weten. Er komt een einde aan deze onzekerheid en dat voelt alsof er een zware last van mijn schouders valt.

Manel gooit een oranje touw uit en slaat het rond een kort wit paaltje op de achtersteven van het zeilschip. Ik zeg voor de vorm: 'Wauw, mooie boot.' Star kruipt dichter tegen me aan, alsof ze me niet los wil laten.

'Ik neem haar,' zegt Ricardo. 'Ga jij maar naar boven, naar je vriendin.'

Star klemt haar benen rond mijn middel, haar vingers om mijn armen.

'Nee,' dreint ze. 'Star bij Dorien.'

Ricardo zwijgt een moment. Krabt even door zijn haren.

'Kom liefje, Dorien wil naar haar vriendinnetje.' Ik hoor een lichte spanning in zijn stem.

Ik til haar wat hoger en druk mijn armen stevig tegen haar ruggetje.

'Geeft niet,' zeg ik, 'Star kan mee, dat vindt mijn vriendinnetje wel leuk, denk ik.'

Ricardo glimlacht naar me. Het is moeilijk zijn gelaatsuitdrukking te zien in het donker, maar ik voel zijn spanning. Het is niet in de haak. Mijn intuïtie was juist. Wanneer leer ik toch eens daarnaar te luisteren, in plaats van naar de stem die me altijd maar weer zegt dat ik me aanstel, dat ik te bang ben, dat ik moet loslaten? Waarom zeg ik ja, als ik nee bedoel, ga ik mee als ik weg wil?

Ik staar naar zijn gezicht en zie hoe zijn kaakspieren zich spannen. Hij wil mij op die boot hebben en Star niet, zoveel is duidelijk.

Net als ze de reling te pakken heeft, ze zich er alleen nog maar overheen hoeft te trekken, hoort ze het. In de beklemmende dromerige stilte van de avond. Een pruttelende motor. Zacht gekabbel. Een bootje glijdt door het water. Ze opent haar mond om te schreeuwen, en bedenkt zich dan. Hij kan het zijn. Op weg naar haar. Klaar om zijn werk af te maken.

Ze durft nauwelijks te ademen. Ze spant haar biceps opnieuw, slaat haar andere hand om de reling. Haar voeten staan wiebelig op het touw. Als hij het is, staat hij straks op deze boot. En heel lang houdt ze het niet vol, hangend aan haar geschramde, trillende handen. Ze kan zich in het water laten vallen, maar dat zal hij horen. Er is weinig keuze. Ze zet haar voeten tegen de romp en klautert omhoog. Springt zachtjes over de reling en staat dan te wankelen op het houten dek.

Tijd om trots te zijn op haar geniale ontsnapping is er niet. De motor is gestopt. Ze hoort het kalme gekabbel van de boot en daarbovenuit een kinderstemmetje. De man, die tegen het kind praat. Een vrouwenstem, hoog, schril. Ze kent die stem. Ze durft het niet te geloven. Voor een paar seconden is ze blij. Dorien is hier. Ze is niet langer alleen. Ze leeft en haar vriendin komt haar halen. Ze jankt niet gauw, maar nu voelt ze haar ogen nat worden. Lieve Dorien, die arme schat, ze heeft me ge-

vonden. Ze prevelt het voor zich uit. De vraag is of Dorien doorheeft dat ze haar leven op het spel zet.

Ellen kijkt om zich heen en ziet een grote, witte metalen opbergkist die met kettingen is vastgeklonken aan de reling. Ze steekt haar trillende vingers onder de klep. Hij is open. Langzaam doet ze de klep omhoog. Hij piept niet.

In de kist liggen oranje zwemvesten, keurig in het gelid op een stapel nepleren witte kussens. Haastig trekt ze alles eruit en ze legt de spullen zachtjes op de grond.

Ze stapt in de kist en vouwt zich dubbel. Het ruikt naar ponykamp, denkt ze. Ze past precies.

Ze ligt en bedenkt hoeveel ze om haar leven geeft. Het is nog niet af. Er moet een hoop gebeuren. Daar zal ze voor vechten. Hier ligt ze, op het randje van een onafwendbare ramp. Er prikt iets in haar bil en ze tast achter zich om te voelen wat het is. Het is roestig. Haar pijnlijke vingers glijden om het koude metaal. Het ligt los. Ze voelt eraan. Aan het einde van een ijzeren stang zit een scherpe haak. Ze jubelt vanbinnen en haalt de stang voorzichtig achter zich vandaan. Dan trekt ze de klep boven zich dicht. Ze siddert bij het idee dat ze werkelijk in staat is hem de hersens in te slaan.

'Kom,' zeg ik tegen Star met een lichte trilling in mijn stem. Mijn adem stokt boven in mijn borst. Hij weet nu dat ik het weet. Daar hoeven we geen woorden aan te wijden. De spanning tussen ons is voelbaar. Dus houd ik Star vast en gebruik haar als schild. Ze begint te huilen.

'Baby,' zegt hij grijnzend. 'Geef mij mijn dochter nu maar. Straks val je met haar van het trapje. Dat willen we niet, toch?'

'Maak je geen zorgen, ik heb haar goed vast. En als we vallen, vang jij ons op, hè Star? Deze twee sterke mannen helpen ons wel.'

Ik pak de ijzeren leuning en hijs mezelf het trapje op. De peuter hangt zwaar om mijn nek. Ricardo pakt mijn arm stevig vast.

'Dorien!' zegt hij dwingend en ik kijk om. Zo onverschrokken mogelijk. Hij zal me niet zover krijgen. Hou vol, hou vol, hou vol, herhaal ik in mijn hoofd. Achter Ricardo staat Manel, die ruim een kop kleiner is. Hij kijkt me emotieloos aan en maakt een snel gebaar met zijn rechterhand. Ik voel mijn longen bevriezen. Bijna verlies ik mijn evenwicht, en Stars kleine lijfje klemt zich schokkend dichter tegen me aan. Manel heeft een pistool in zijn hand. En ik zie aan zijn kalme, wezenloze gelaatsuitdrukking dat mijn leven hem weinig waard is.

Ik herstel me snel. Ik ben veilig. Zolang ik Star bij me heb, kan me niets gebeuren. Hij zal haar met geweld uit mijn armen moeten rukken. Ik vraag me af of ik in staat ben het kind in het water te gooien om hun aandacht af te leiden.

'Ellen?' roep ik zo hard mogelijk. 'Ellen? We zijn er. Ik ben er. Ik heb je gevonden!'

Star is nu stil en kijkt me met grote bange ogen aan.

'Het spijt me, lief schatje,' fluister ik. Ik voel de panische hartslag in haar borstkasje roffelen.

'Niet bang zijn. Dorien is bij je, het komt goed.'

'Ik wil naar mama,' prevelt ze.

'We gaan naar mama, schatje, het komt goed, het komt goed.'

Het komt goed. Dat zeggen mensen wanneer ze zeker weten dat het fout gaat.

Ik hijg terwijl ik het dek op ren. Bedenk dan dat ze me zo in mijn rug kunnen schieten en draai me om. Achterwaarts beweeg ik me in de richting van de kajuit en ik zie eerst Manel en dan Ricardo mijn kant op komen.

'Dorien,' roept Ricardo. 'Stel je niet zo belachelijk aan!'

Ik krijs Ellens naam.

'Manel, doe dat wapen weg!' schreeuwt Ricardo. Ik haast me het trapje af, de kajuit in, en registreer in razend tempo een kleine, lage houten keuken die ruikt naar citroen en bleekmiddel en een gesloten deurtje, recht voor me. Star gilt nu ook. Om haar moeder. Ik schop en bonk tegen de deur. Schreeuw.

'Godverdomme, klootzak, je hebt haar vermoord. Waar is ze godverdomme!'

Ik herken mezelf niet. Er is een furie in mij gevaren. Een deel van mij weet dat dit niet de beste manier is om twee gewapende kerels van me af te schudden, midden op zee. Maar ik kan niet anders. Ik laat me tegen de deur vallen met

Star tegen mijn borst, mijn hand om haar hoofdje. Ze probeert zich los te wurmen, maar mijn armen zijn als stalen kabels.

Dit is precies wat hij wilde voorkomen. Emotie. Hysterie. Het is hem altijd gelukt dit te omzeilen. Daar zoekt hij ze op uit. Ze moeten ver heen zijn, gek op dope, aan het eind van hun Latijn. Lethargische zwakte is een voorwaarde. Zijn prooien protesteren niet of nauwelijks. Een halfslachtige stuiptrekking, dat komt nog weleens voor, maar echt verzet nooit. Ze hebben de hoop doorgaans al lang geleden opgegeven, dus hij ziet zichzelf als degene die het laatste duwtje geeft.

Maar dit... Hij had kunnen weten dat het zo zou lopen. Hij handelde in een impuls en dat leidt steevast tot problemen. Dat heeft zijn relatie met Joy wel bewezen.

En nu loopt het dus uit de hand. Ellen is niet in staat antwoord te geven. Hij moet greep op de situatie proberen te krijgen. Dorien kalmeren, Manel onder controle houden, zijn dochter terug bij hem, het beest in hem aan de teugels. Hij gaat door de knieën en haalt diep adem.

'Dorien, als je aan de kant gaat, maak ik de deur open. Beheers je alsjeblieft. Niemand gaat je pijn doen.'

Ze staart hem als een angstige hond aan.

'Ik weet wat je van plan bent, en het gaat niet gebeuren,' zegt ze hijgerig.

'Je hebt het zelf in de hand,' zegt hij. En zo zitten ze tegenover

elkaar, zijn angstig snikkende dochter tussen hen in.

'Star, kom bij papa.'

Het meisje schudt pruilend haar hoofd.

'Star, Dorien en papa hebben een beetje ruzie, maar we vinden elkaar nog steeds aardig.'

Ineens ziet hij zijn moeder voor zich, die dezelfde woorden zei nadat ze zijn vaders gezicht had opengehaald met haar vlijmscherpe nagels. Liegen is zijn tweede natuur geworden. Het gaat vanzelf. Dat heeft hij van haar.

'Dorien, Ellen is daar niet. Ze is in de machinekamer.'

Ik weet niet eens wat een machinekamer is. Ik zit hier totaal verstijfd met een bevend kind op schoot en heb geen idee hoe ik me hieruit moet redden. In mijn lichaam woedt uitsluitend paniek. Ellen in de machinekamer. Dat kan niets goeds betekenen.

'Je bedoelt haar lichaam.' Het komt er haperend uit.

Ricardo sluit zijn ogen.

'Haar lichaam, ja,' verzucht hij. Hij drukt zijn vingers tussen zijn ogen. Alsof hij ieder moment in tranen kan uitbarsten.

'Je bedoelt...'

Zijn hoofd zinkt tussen zijn schouders. Uit zijn mond ontsnapt een vreemde snik.

'Het was een ongeluk.' Hij zegt het nauwelijks hoorbaar. Even lijkt het alsof ik val, en blijf vallen, alsof de grond onder me opensplijt. Ik duw mijn neus in de krullen van Star en snuif de Zwitsal-geur zo diep mogelijk op. Haar ruggetje ontspant zich en ze vlijt haar hoofdje muisstil tegen mijn borst.

'Ik nam haar mee in de auto...' Hij opent zijn handen in een hulpeloos gebaar. 'Ze was al behoorlijk dronken, stoned, weet ik veel... Ik ook trouwens.'

Ik wil mijn oren dichthouden. Ik wil dit niet horen. Ik wil

niet dat dit waar is. Ik wil terug naar de onzekerheid, naar de hoop, naar het zoeken.

'Nou ja, hoe dan ook... Ik bood haar een snuffeltje aan, nam er zelf ook een...'

'Snuffeltje?' Ik krijg het nauwelijks mijn strot uit.

'Je weet wel.' Hij gebaart met zijn vinger onder zijn neus, wijst op Star en legt dezelfde vinger tegen zijn lippen.

'Ze haalde haar neus op... en... haar ogen draaiden weg. Ik schrok me rot. Haar hele lichaam begon te schudden, er kwam groenig schuim uit haar mond... Het kon niet aan het snuffeltje liggen, ik voelde zelf weinig en Manel en ik, we hebben haar vastgehouden, water gegeven...'

Mijn maaginhoud komt omhoog. Ik knijp mijn neus dicht en adem door mijn mond.

'Manel reed zo snel mogelijk naar Can Misses, het ziekenhuis, maar ze gleed weg in mijn armen, ik voelde het, ik voelde hoe het leven haar verliet...'

Nu snikt hij.

'O, ik was zo over mijn toeren, zo in de war, weet je. Wat moet je doen?'

Hij snottert. Manel staat achter hem. Stoïcijns voor zich uit te staren.

'Het was Manels idee, de boot.'

Ik begin te beven en mijn tanden klapperen.

'Stelletje schoften,' sis ik. Star legt haar handjes tegen mijn wangen en geeft me natte kusjes. Dit kleine meisje. Zo is Ellen ook geweest. Een klein meisje van twee mensen die zielsveel van haar hielden. En ze is... ze was nog steeds een klein meisje. Hengelend naar aandacht, zoekend naar liefde.

'En zo iemand denkt goed voor zijn dochter te kunnen zorgen. Ontvoert nog even zijn kind. Wat een zieke, zieke figuren zijn jullie. Je bent godverdomme gewoon naar een feestje gegaan daarna!'

'Ik weet het, ik weet het, ik haat mezelf. Het hele tafereel speelt zich steeds opnieuw af in mijn hoofd...'

Hij slaat zijn armen om zijn benen en buigt zijn hoofd.

'En nu?' vraag ik, hoewel het antwoord op die vraag al in de lucht hangt. Nu zit er niets anders op dan mij ook uit de weg te ruimen.

'Papa huilen,' stamelt Star. Ze probeert zich uit mijn armen te wringen. Ik vraag me af waarom ze Ellen in de machinekamer hebben gelegd en niet gewoon in de zee hebben gedumpt. Even verslapt mijn aandacht, en dan rukt Star zich van me los en rent de armen van haar vader in.

Gek eigenlijk, hoe snel het went om in levensgevaar te verkeren, denkt Ellen. Al jarenlang probeert ze te leren leven in het nu. En nu gaat het vanzelf. Adrenaline is haar drug. Aangemaakt door het eigen lichaam. Haar bewustzijn is helder als glas, haar spieren zijn gereed als die van een leeuwin, haar gehoor versterkt elk geluid en al ziet ze niets, wat er buiten gebeurt lijkt zich in 3D in haar hoofd af te spelen.

Op haar buik rust de stang, haar beide handen eromheen geklemd, klaar om te slaan of te steken zodra iemand de kist opendoet. Het is van het grootste belang nu stil en rustig te blijven, tot het juiste moment zich aandient. Ze weet wat haar te doen staat. Wachten, en hopen dat Dorien geen rare dingen gaat doen. Ze concentreert zich met iedere hersencel op haar vriendin, en ziet haar voor zich. 'Luister naar hem,' prevelt ze. 'Luister, volg hem, geef hem het gevoel dat hij de macht heeft. Ik ben hier, lieve schat, ik ben hier en ik ga het oplossen. Door mij ben je hier verzeild geraakt en ik haal je er ook weer uit. Vertrouw op jezelf en geef je over.'

Zo zonder Star voel ik me kwetsbaar. Naakt en op het punt van sterven. Iedere vezel in me lijkt zich ervoor klaar te maken. De overgave. Ik ben moe. Ik maak geen schijn van kans. Ellen is dood.

Ricardo tilt Star op en loopt met haar naar het trapje. Ik vrees dat hij Manel het vuile werk zal laten opknappen.

'Ricardo,' roept een stem, die diep uit mijn onderbuik komt en die ik nauwelijks herken als van mezelf.

Hij draait zich om, zijn gezicht tegen de zachte, plakkerige wang van Star gedrukt.

'Ik wil haar zien,' zegt de stem.

Ricardo mompelt iets in het Spaans tegen Manel, die zich bukt en een houten luik opentrekt.

'Ze ligt daar,' zegt Ricardo. 'Beneden.'

'Mama,' hoor ik Star zeggen. 'Mama en Kiki...'

'Ja,' antwoordt Ricardo, 'ik breng je naar mama en Kiki.'

Hij neemt het trapje en gaat de boot af, om in de dinghy af te wachten hoe Manel met me afrekent.

Ik sta op. Mijn benen voelen stram als die van een honderdjarige. Het is alsof ik van buitenaf naar mezelf kijk. Hoe ik als een geslagen hond opsta en naar het luik loop. Ik open mijn mond en schreeuw in gedachten tegen mijn ineengedoken angstige lijf. Verzet je. Beter vechtend te sterven dan als lafaard. Het maakt nu allemaal niets meer uit. Maak sporen. Gil. Schop. Sla. Trap de hele boel hier aan gort. Maar het lijf loopt door en neemt de eerste trede. Ik lijk het te hebben opgegeven. Of misschien kan ik het gewoon niet geloven. Misschien is mijn vertrouwen in een ingrijpen van iemand, desnoods van hogerhand, wel zo groot dat ik het loslaat.

Ik daal af, het ruim in. De machinekamer. Manel kijkt me na. In de verte hoor ik Star brabbelen. En dan gebeurt er iets binnen in mij. Ik kan het niet anders omschrijven dan een explosie van verontwaardiging. Ineens zit ik weer in mijn lichaam en zuig ik mijn longen vol lucht, pomp mijn aderen vol kracht. Het is alsof ik mezelf in het gezicht sla en ontwaak uit een zombieachtige toestand. Ik glimlach naar Manel. Neem nog een trede. Ik recht mijn schouders en rug, maak me hard en stijf als een plank en doe alsof ik de een na laatste trede neem. Mijn ogen sluiten zich, mijn kaken staan strak en ik bereid me voor op de pijn. Plaats mijn handen op de trede voor mijn borst. Laat me zakken tot mijn voet bijna de grond raakt.

En dan, zodra ik vanuit mijn ooghoek zie dat Manel het luik wil sluiten, schiet ik als een raket omhoog. Ik denk niet meer, ik voel niet meer, ik ben. Ik ben zo hard als staal. Ik hoor het hout boven me kraken, splijten, kreunen. Manel slaakt een korte, luide kreet. Daarna een doffe klap. Er sijpelt iets langs mijn slaap naar beneden. Ik open mijn ogen en zie sterretjes. Manel ligt op de grond. Zijn ledematen schokken en uit zijn mond gulpt bloed. Naast hem op het houten dek ligt het pistool dat uit zijn hand is gevallen. Ik graai ernaar met mijn bevende hand. Ik kan niet geloven dat ik hem met deze nogal dwaze actie heb uitgeschakeld. Dan zie ik, ongeveer een halve meter achter zijn bebloede hoofd, twee dunne, bruine enkels. Het dunne zilveren kettinkje om de rechter. Ik kijk omhoog, recht in de ogen van Ellen, die me geschokt aanstaart.

Hij wacht. Met zijn dochter op schoot. De arme schat rilt van de kou.

'Bye bye, babies,' *mompelt hij. Er woedt grote onrust in hem. Hij vreest duizenden steken te hebben laten vallen. Neemt alle stappen door. De boot en de auto staan op Manels naam. De telefoons liggen op de bodem van de zee. De auto die nog bij het feest staat, is van Joy. Het huis is op naam van zijn bv gehuurd. Joy is nog wel even bezig met haar drugsorgie en de lange, zware kater daarna. Hij bezit niks. Al jaren maakt hij zich klaar om ervandoor te gaan. De mensen kennen hem van de nacht, van vage feesten; kennen gaat hier gemakkelijk, niet meer kennen ook. Iedereen komt en gaat. Verdwijnen valt hier nauwelijks op.*

Twee meisjes op een zeiljacht, na een vierentwintiguurs feestsessie. De een zocht de ander. Ze vonden elkaar, maar hoe? Dat zal hij nog moeten oplossen. Ze vonden elkaar. Namen een drankje. Wilden iets klaarmaken in de kombuis. Gas aansteken en boem. Wat een pech. Hoe dan ook, tegen de tijd dat ze hier de boel gaan onderzoeken, is hij allang gevlogen.

De klap die hij hoort en de korte, krachtige kreet die erop volgt zijn niet van een vrouw. De doffe plof is te zwaar om van Dorien te zijn. Hij springt overeind en Star schrikt. De dinghy wankelt. Hij gaat meteen weer zitten en drukt haar stevig tegen zich aan.

Kut. Hij zegt het niet hardop. Hij wil zijn dochter niet nog meer verontrusten. Kut.

'Zullen papa en Star gaan, schatje?' Hij zet haar neer op de kist en slaat de deken om haar heen.

'Dan moet papa nu even de motor starten. Rustig blijven zitten, lieverd.'

Ze kijkt hem uitgedoofd aan en knikt. Haar hoofd is weggedoken in het te grote zwemvest.

Onder het stuur, in de metalen kist, ligt nog een .22. Voor de zekerheid. En dan beseft hij dat wat er zojuist vermoedelijk is gebeurd een godsgeschenk is. Als het lichaam van Manel ook wordt aangetroffen... dan klopt het. Als een bus. De auto en de boot op zijn naam. Het is niet te geloven. Hij wordt echt door hogerhand beschermd. Hij is nog maar één stap verwijderd van de vrijheid. Maar hij zal terug de boot op moeten. Zonder Star.

Hij draait zich om en loopt naar zijn dochter toe. Gaat voor haar door zijn knieën.

'Liefje, kun je iets voor papa doen?'

Star zwijgt. Haar ogen half geloken.

'Als je hier gaat liggen,' zegt hij, 'dan kun je slapen, schatje.'

Hij legt wat dekens onder het houten bankje bij de motor. Dan legt hij haar erop.

'Star een slaapje doen. Als je wakker wordt, zijn we weer gewoon thuis.'

Ze sluit haar ogen meteen. Hij strijkt de krullen uit haar gezichtje en wacht tot hij haar ademhaling rustiger hoort worden. Wel handig, zo'n kind dat van haar moeder heeft geleerd overal te slapen.

Hij trekt zijn handschoenen aan.

'Dit is 'm niet,' stamelt Ellen. 'Hij is het niet, hij is het niet.' Ze tiert zoals alleen zij kan tieren. 'Shit Dorien, wie is deze gast? Waar is die andere kerel? Ik heb zijn stem gehoord!'

Ik maak een gebaar dat ze stil moet zijn en wijs op de achtersteven.

'Fokking hell,' fluistert ze. 'Wat nu?'

We rennen over het dek naar de zijkant van de boot. Ellen met de pikhaak in de hand, waar Manels bloed van afdrupt. Het vormt een spoor. Ik heb het pistool. Geen idee hoe ik ermee moet vuren. Ik twijfel er zelfs ernstig aan of ik het kan.

We geven elkaar een haastige kus en betasten elkaars armen, als om na te gaan of we echt zijn.

'We moeten springen,' fluistert Ellen. Ze wenkt met haar hoofd naar de zee.

'Dan vindt hij ons,' fluister ik terug.

'Jezus... Wat moeten we doen?' Alles aan Ellen trilt. We drukken ons tegen de wand. Ik weet niet of ik Ricardo neer kan schieten.

'Hij komt vanzelf hierheen,' fluister ik. 'Dan slaan we hem neer.'

Ellen toont me haar handen. In haar handpalmen staan twee rode, bebloede striemen.

'Ik kan niet meer,' stamelt ze. 'Ik kan niet meer.'

'We hebben geen keus,' zeg ik. Ik neem de pikhaak uit haar handen en geef haar het pistool.

'Ik doe het.'

Ik druk de gedachte aan die arme kleine Star weg. Wij zullen ons over haar ontfermen. Ze is beter af zonder deze vader. We begeven ons nu in een andere werkelijkheid. De werkelijkheid van leven of dood.

Ellen en ik houden ons muisstil. Ik hoor haar zachtjes naar adem happen. We ruiken de zure, indringende lucht van onze eigen angst. En dan zijn ze daar. De voetstappen. Ricardo sluipt behoedzaam en blijft zo te horen even stilstaan bij Manels lichaam.

We staan daar, samen één groot bonzend hart. Ellen legt haar hand op mijn arm en prevelt: 'O god, o god, o god, o god, o god, o god.' Ze lijkt in shock. Ik leg mijn vinger tegen haar mond. Ze zwijgt, maar ik voel haar lichaam naast me lichtjes schokken. Het is stil. Te stil.

Er is weinig tijd. Hij haalt Manels zakken leeg. Voelt aan de halsslagader, die nog zwakjes pulseert. Het wapen is weg. Daar had hij op gerekend. Het wicht kan er niets mee. Dat heeft ze niet in zich. Hij is een gokker en heeft qua vrouwenkennis nog nooit verkeerd gegokt.

In de kombuis, in het kastje onder de gootsteen, draait hij het gas open. Tiktaktiktaktiktak. Hij wacht. Hij gokt. Laat haar maar komen. Hij voelt de aandrang even te gaan kijken in de kajuit. Ze kan er onmogelijk uit ontsnapt zijn. De deur is nog steeds op slot. De vrouw was zo ver heen... En ze heeft het water gedronken. Die ligt daar in coma. For sure.

Ellen glijdt langs de wand naar beneden als een slappe sliert spaghetti. Ik buk naast haar. Neem haar hoofd in mijn handen. 'Blijf bij me, alsjeblieft.' Ik streel haar haren en dwing haar me aan te kijken.

'We zijn zo dichtbij.'

Vanaf het achterdek hoor ik niets, hoewel ik weet dat hij daar is.

'Maak hem dood,' kreunt Ellen.

Ik vraag me af waar hij Star heeft gelaten.

Mijn handen klemmen zich stevig om de pikhaak. Dit is geen moment om me dingen af te vragen. Ik inhaleer de klamme zeelucht en schuif langs de wand naar het achterdek. Doodse stilte.

Ik schuif en ik kijk. Zie Manel liggen. De plas bloed rond zijn levenloze lichaam.

Ricardo wacht op me in de kajuit. Hij is me niet gaan zoeken, want hij weet dat ik hem zoek. Hij laat mij komen. Hij verwacht mij met het pistool. Wetende dat ik niet kan schieten. Zelfingenomen zit hij daar te wachten. Ook hij is gewapend, vrees ik.

Plotseling hoor ik muziek. Keiharde techno galmt over de zee. Ik adem diep in. En ruik gas. Ik ruik gas. Hij gaat ons verdomme opblazen.

Nu is er geen tijd meer, geen plan, geen toekomst, geen verleden. Er is slechts mijn lichaam en het zijne en de vraag is wie het meest hecht aan het leven. Ik storm op hem af, de pikhaak achter mijn schouder. Hij heft zijn pistool en grijnst. Het hoofd van de duivel. Hij zegt iets, maar ik hoor hem niet meer. De grijns verlaat zijn gezicht. Als hij schiet, gaan we er allemaal aan.

Ik sla. Op het keukenblad. Tegen de ruiten. Ik sla en mijn kracht neemt toe, vloeit mijn armen in. Hij richt het pistool dreigend mijn kant op en ik zie verbazing en teleurstelling in zijn ogen. Ik blijk een stuk slimmer dan hij. Ik sla tegen zijn handen. Hij praat. Schreeuwt. Baby, zegt hij nog een paar keer. Dan raak ik zijn gezicht. Zijn schouders. Zijn rug. Hij valt en wijst achter me. Daar staat Ellen, met het pistool voor zich uit gestoken.

'Nee!' roep ik. 'Gas!'

De klap is onverwachts en oorverdovend. Het knettert en kraakt in zijn hoofd. Borrelend bloed schiet door zijn neus, zijn oren, zijn mond. De bitch heeft zijn kaak gebroken. Een gloeiende pijn schiet door zijn hoofd als een veenbrand. Ergens, achter een rood waas, ziet hij de vrouw staan. Klein, mager, breekbaar. Knak. Dat een foutje hem nu fataal wordt. Ze houdt het wapen op hem gericht. 'Star,' raspt hij.

Dan gaan ze maar allemaal. Boem.

Ellen laat haar hand zakken.

'Gooi weg!' roep ik. Ze werpt het pistool in zee.

'Go, go, go!' Ik krijs. Kijk niet meer naar Ricardo. Duw Ellen struikelend voor me uit naar het achterdek, naar het trapje.

Ze stapt erop.

'Er is niks!' gilt ze. 'Die fokking boot is weg!'

Beiden staren we een seconde naar het zwarte water. Dan spring ik overboord. Het gaat vanzelf. Ik laat Ellen los. Ik wil leven. Ik strek mijn armen en benen en begin te zwemmen. Even later hoor ik een plons. Gevolgd door een gigantische explosie. De lucht boven de zee lijkt zich te verplaatsen en ik voel de schroeiende hitte op mijn wangen. Ik duik onder en stuw mezelf voort.

De een springt. De ander wankelt op het trapje. Er is geen andere optie. Verdrinken schijnt een zachte dood te zijn. Ze kijkt om. Opent haar hand. De zippo die op het aanrecht lag. Ze had hem meegegrist voordat ze er erg in had. Ze opent hem. Draait met haar duim over het wieltje. En werpt.

'Bye bye baby,' fluistert ze. Ze knijpt haar neus dicht en duikt.

EEN JAAR LATER

De zon kruipt traag boven de groene heuvels uit en zet de uitgestrekte velden in een bleek geel licht. Het is een schitterende ochtend, zoals bijna iedere ochtend hier mooi is. Ik zit voor hoge, openslaande deuren naar een balkon en luister naar de krekels. Witte linnen gordijnen waaien in de koele ochtendbries naar binnen. Ik adem diep de weldadige lucht in. Nergens ruikt het zoals hier. Naar lavendel, ceder, hars, rode aarde en rozemarijn. De geur van sabinas, de geur van Ibiza.

Dit is mijn eiland. Hier ga ik wonen. Ik ben hier gekomen om twee weken te genieten, en ik ben gebleven omdat ik hier mijn geluk vond, en ook bijna de dood. Ibiza, het eiland van uitersten. Ik houd ervan, van de grilligheid, de sprookjesachtige schoonheid en tomeloze energie.

Een kapster borstelt met driftige slagen mijn haar. Ik staar naar buiten met een kop koffie in mijn handen en een glimlach op mijn gezicht. Wie had een jaar geleden kunnen denken dat ik hier nu zo zou zitten? Ik herinner me nog dat Ellen en ik spraken over ons leven en we ons afvroegen waar we een jaar later zouden zijn, en met wie. Aan deze afloop had niemand gedacht, en ik al helemaal niet.

Beneden is alles in volle gang. Ik hoor gerinkel van servies en bestek, opgewonden stemmen, haastige stappen, nerveus gelach. Ik sluit mijn ogen. Aan mijn voeten zit iemand die mijn teennagels vijlt, met kleine haaltjes. De kapster zet grote krullers in mijn haar. En ik, ik straal. Vandaag ben ik de prinses. Deze grijns krijgt niemand van mijn gezicht.

Geluk: het heeft geen zin om het te zoeken, weet ik nu. Het vindt jou, op een moment dat je er even niet mee bezig bent. En ik ben dankbaar. Dankbaar dat het mij heeft gevonden, dankbaar dat ik het herken. Ik heb gevochten voor mijn leven, een leven dat ik eigenlijk niet zo heel veel waard vond, tot ik op het punt stond het te verliezen. Sindsdien weet ik dat leven alles is. En dat ik nergens bang voor hoef te zijn. Ik kan op mijzelf vertrouwen. Ik ben zo sterk als een beer. De dood in de ogen zien maakt je vrij van angst en dat is een prettige bijkomstigheid. Daarom ben ik ook niet nerveus nu, terwijl ik toch op het punt sta mijn leven definitief een andere wending te geven. Ik kan niet wachten.

Achter me klinkt een schorre lach. Sigarettenrook prikkelt mijn neus en ogen. Je hoort en ruikt Ellen altijd eerder dan je haar ziet. Ze ligt hoorbaar in een deuk.

'O, ik moet hier foto's van maken,' roept ze en ze trippelt naar me toe om me een stevige kus op mijn mond te geven. Ik open mijn ogen en kijk recht in die van haar. Grinnikend legt ze haar handen op mijn wangen.

'O, Dorientje, kijk nou toch eens! Daar zit je dan! Jezus! Ik vind het zo te gek... Ik kan gewoon niet meer.'

Ze draagt een poederroze mousselinen jurkje, haar blonde haar is strak achterovergekamd en bij elkaar gebonden in een knot, waarin een lichtroze zijden bloem prijkt. Ik spreid mijn armen en geef haar een knuffel. Onder mijn vingers voel ik haar breekbare schouders. Een beeld doemt op. Een hand die me uit het water trekt. Hoe ik me verzet tot ik een andere hand voel, een mager klein handje, met dunne klauwige vingertjes. Een hand die maar van één iemand kan zijn. Ik kijk omhoog en zie haar grote, verschrikte ogen, het lijfje dat rilt onder een deken. Mijn hart slaat over en mijn hoofd kan het niet geloven. De dierlijke kreten die we slaken, de tranen die in onze verzwakte lichamen opwellen en niet meer te stoppen zijn. Wij leven.

Mijn keel zwelt en ik slik de ontroering weg. 'Niet janken!' roept ze en ze wappert met haar handen in de lucht. 'We gaan deze dag niet beginnen met *puffy eyes*!'

Ze kijkt naar me, nu zonder te lachen, en neemt een diepe haal van haar sigaret. 'O meid, wat ben je mooi.'

De vrouw bij mijn voeten duwt mijn tenen een voor een in een tenenspreider.

'French manicure,' zegt Ellen en ze loopt naar de kast waaraan de jurk hangt.

'Schitterend,' zegt ze terwijl ze de tulen rok streelt. 'Het is een droom.'

'Ja,' zeg ik zacht. 'Van een nachtmerrie naar een droom.'

Vanuit de hal klinkt een kinderstem, die mijn naam roept.

'Daar zijn ze,' zegt Ellen en ze opent met een grote zwaai de deur van mijn kamer. De kleine Star stormt naar binnen en blijft dan halverwege stokstijf staan.

Ellen lacht. 'Ja, dat is schrikken hè Star, Dorien als *alien*...'

Ik voel even aan de rollers op mijn hoofd en steek dan mijn armen naar haar uit.

Verlegen komt ze stapje voor stapje dichterbij.

'Wat ben je mooi!' zeg ik. Star draait een rondje.

We leven, denk ik iedere dag. Het is een wonder dat we leven.

Ik zie het weer voor me, wij met z'n allen op dat bootje, gehuld in dekens, totaal in shock. Het geluid van de walkietalkie, het onverstaanbare Spaans van de guardia civil. Ellen en ik met onze handen ineengeklemd tot de knokkels wit zagen en onze armen begonnen te tintelen. Star die op mijn schoot klom en haar hoofd in mijn borsten begroef, de koude armpjes om mijn hals. We raasden over het water naar het licht, naar de warmte en de levendige stad, en ik herinner me hoe dankbaar ik me voelde. Dankbaar voor alles. De wind in mijn haren. De koude nevel op mijn gezicht. De stralende sterrenhemel boven mijn hoofd. Het vertrouwen van de peuter die tegen me aan lag. De vriendschap van Ellen. De liefde die ik voelde. En bovenal was ik dankbaar voor mijn kracht.

Op de kade wachtte Bobbi op ons. Zij had gehandeld zoals ik hoopte, door haar vriend de politieman te bellen. Op het politiebureau in Ibiza-Stad was alles samengevallen: Joy die de ontvoering van haar dochter meldde, Bobbi die met mijn verhaal kwam en Nick die maar geen contact met mij kreeg. Met meerdere politieboten waren ze eropuit gegaan, en toen een team het zeiljacht van Ricardo in de baai van Cala d'Hort aantrof en via de dinghy op het jacht probeerde te komen, hadden ze het kind gevonden, zachtjes huilend, verstopt onder het bankje. Onmiddellijk besloten ze eerst de peuter in veiligheid te brengen en er zo geruisloos mogelijk vandoor te gaan met de dinghy. Tegen de tijd dat ze terug wilden naar het jacht, was het ontploft en konden ze alleen nog maar zoeken naar eventuele overlevenden in het water.

Dit alles vertelde Bobbi's vriend ons later, en zij vertaalde het. En terwijl wij rillend luisterden, kwam Nick aanrennen.

Ik was zo blij hem te zien. Zo blij dat de tranen over mijn wangen bleven stromen en ik hem omhelsde, steeds weer.

Iedereen bij elkaar. Dat heb ik het liefste. Het zal te maken hebben met het los-vaste gezin waarin ik ben opgegroeid. Nu is het eindelijk zover. Zelfs mijn vader is ingevlogen, samen met Joost. Hij rust nu in de suite naast de mijne. We moeten hem steeds opnieuw vertellen waar hij is en wat er gaat gebeuren, maar iedere keer begint hij te lachen en zegt hij: 'Schitterend.'

Ellen en Bobbi nemen de jurk van de hanger. Een droom van kant, zijde en tule. Mijn vriendinnen giebelen en deppen beiden hun ogen droog met een zakdoekje.

'*What the fuck* is dat toch, dat wij meisjes veranderen in jankerige, labiele wezens zodra er een bruidsjurk in zicht komt?' zegt Ellen en ze schraapt haar keel.

'Oh yeah,' verzucht Bobbi.

Samen tillen ze de jurk over mijn hoofd.

De kapster haalt de rollers los en schudt mijn haar met haar vingers tot de krullen langs mijn wangen vallen. Ik kijk naar mezelf in de spiegel en mijn ogen schieten vol. Ik, de bruid. Er is me de afgelopen maanden vaak gevraagd waarom. Waarom trouwen, waarom met alles erop en eraan, waarom al die poppenkast?

Om het leven en de liefde te vieren, zeg ik dan. Om mijn dankbaarheid te tonen aan al mijn geliefden, en om trouw te beloven aan de man die ik het meest liefheb. Allemaal achterhaalde, ouderwetse flauwekul volgens Ellen, maar ik geloof erin, nu nog meer dan ooit.

Fokking irritant vindt ze het, de tranen die te pas en te onpas opwellen en haar make-up verneuken. Ellen had niet verwacht dat deze bruiloft haar zo zou aangrijpen, maar al sinds het etentje met de getuigen van gisteravond heeft ze een steen in haar maag en ogen op sap. Ze gunt het Dorien, meer dan wie dan ook, maar als ze heel eerlijk is tegen zichzelf, moet ze toegeven dat ze jaloers is. Jaloers op iets wat zij beweert nooit van haar leven te zullen gaan doen. Zodra het woord trouwen valt, maakt ze al spontaan kotsbewegingen. Bij trouwen denkt ze aan het zwijgzame huwelijk van haar ouders en krijgt ze een claustrofobisch gevoel. Maar gevraagd worden, dat zou wat zijn... Een man die zo verschrikkelijk veel van je houdt dat hij door zijn knieën gaat en een ring aan je vinger schuift, ja, zo'n man zou zij graag willen. Geliefd te zijn voor de rest van je leven, het is een niet uit te roeien hoop.

Ze schikt Doriens jurk een laatste keer en zoent haar snel op haar bevende mond.

'Daar ga je, schat,' fluistert ze in haar oor. Hand in hand staan ze achter het witte gordijn te luisteren naar het gekeuvel van de gasten die zich naar hun stoelen begeven. Het kleine geïmproviseerde altaar staat tussen de sinaasappelbomen en daarachter wacht de man die de huwelijksceremonie zal vol-

trekken. Rechts van hem Bobbi en Star, links twee mannen in beige pakken. In het midden staat hij, met een smile van oor tot oor, wachtend op zijn bruid. Naast het altaar een gitarist op een krukje. Zijn gitaarspel klinkt ijl en liefelijk. Alles is erop gericht haar te doen smelten, en dat lukt aardig. Haar hart zwelt. Deze twee mensen hebben geen enkele andere reden om te trouwen dan de liefde. En voor minder gaat ze zelf ook niet meer.

In de tuin staan de houten stoelen klaar bij het prieel, dat overwoekerd is met witte jasmijn. Onder de grote *porcha* de enorme bruidstaart, een toren van cake, geslagen room en vers fruit. Alles is zoals ik ooit droomde, als klein meisje. Een bruiloft zoals die van mijn ouders, zoals ik zag in het vergeelde fotoalbum: mijn ouders, jong en mooi, feestend aan lange tafels in het gras onder de sinaasappelbomen. En hij gaf me die droom terug.

De gasten wachten op mij, onder aan de trap. Ik schrijd naar beneden, met Ellen in mijn kielzog. Beneden staan ze allemaal. Hij in het midden. Zijn gelukzalige blik. Mijn handen glijden in de zijne. Onze lippen raken elkaar voorzichtig. Er klinkt een zucht, en dan is er muziek. Zijn glimlach maakt me rustig. Het is goed. Vandaag is het feest, en een feest zal het blijven. Hij geeft me alles waarnaar ik heb verlangd. Een nieuw gezin. Geborgenheid. Het zijn afgezaagde woorden, maar voor mij zijn ze belangrijk. Ik ben geen wees meer. Ik hoef niet langer alles in de hand te hebben. Ik kan leunen op sterke schouders. En daar is niks mis mee.

Ik kijk in zijn zeeblauwe wijze ogen.

'Mijn wonder,' stamelt Nick. 'Wat ben je mooi...'

Mijn hele wezen wordt zacht.
'Van jou,' fluister ik. 'Helemaal van jou.'

Van Saskia Noort verscheen eveneens bij uitgeverij Anthos

Terug naar de kust
Aan de goede kant van 30
De eetclub
Nieuwe buren
40. Over lijf en leven van een beginnende veertiger
Babykoorts
De verbouwing
Afgunst & Een goed huwelijk. Twee spannende verhalen